Gröls Verlage

„Bücher sind wie Fallschirme. Sie nützen uns nichts, wenn wir sie nicht öffnen."

Gröls Verlag

Redaktionelle Hinweise und Impressum

Das vorliegende Werk wurde zugunsten der Authentizität sehr zurückhaltend bearbeitet. So wurden etwa ursprüngliche Rechtschreibfehler *nicht* systematisch behoben, denn kleine Unvollkommenheiten machen das Buch – wie im Übrigen den Menschen – erst authentisch. Mitunter wurden jedoch zum Beispiel Absätze behutsam neu getrennt, um den Lesefluss zu erleichtern.

Um die Texte zu rekonstruieren, werden antiquarische Bücher von Lesegeräten gescannt und dann durch eine Software lesbar gemacht. Der so entstandene Text wird von Menschen gegengelesen und korrigiert – hierbei treten auch Fehler auf. Wenn Sie ebenfalls antiquarische Texte einreichen möchten, finden Sie weitere Informationen auf www.groels.de

Viel Freude bei der Lektüre wünscht Ihnen das Team des Gröls-Verlags.

Adressen

Verleger: Sophia Gröls, Im Borngrund 26, 61440 Oberursel

Externer Dienstleister für Distribution & Herstellung: BoD, In de Tarpen 42, 22848 Norderstedt

Unsere „Edition | Werke der Weltliteratur“ hat den Anspruch, eine der größten und vollständigsten Sammlungen klassischer Literatur in deutscher Sprache zu sein. Nach und nach versammeln wir hier nicht nur die „üblichen Verdächtigen“ von Goethe bis Schiller, sondern auch Kleinode der vergangenen Jahrhunderte, die – zu Unrecht – drohen, in Vergessenheit zu geraten. Wir kultivieren und kuratieren damit einen der wertvollsten Bereiche der abendländischen Kultur. Kleine Auswahl:

Francis Bacon • Neues Organon • **Balzac** • Glanz und Elend der Kurtisanen • **Joachim H. Campe** • Robinson der Jüngere • **Dante Alighieri** • Die Göttliche Komödie • **Daniel Defoe** • Robinson Crusoe • **Charles Dickens** • Oliver Twist • **Denis Diderot** • Jacques der Fatalist • **Fjodor Dostojewski** • Schuld und Sühne • **Arthur Conan Doyle** • Der Hund von Baskerville • **Marie von Ebner-Eschenbach** • Das Gemeindekind • **Elisabeth von Österreich** • Das Poetische Tagebuch • **Friedrich Engels** • Die Lage der arbeitenden Klasse • **Ludwig Feuerbach** • Das Wesen des Christentums • **Johann G. Fichte** • Reden an die deutsche Nation • **Fitzgerald** • Zärtlich ist die Nacht • **Flaubert** • Madame Bovary • **Gorch Fock** • Seefahrt ist not! • **Theodor Fontane** • Effi Briest • **Robert Musil** • Über die Dummheit • **Edgar Wallace** • Der Frosch mit der Maske • **Jakob Wassermann** • Der Fall Maurizius • **Oscar Wilde** • Das Bildnis des Dorian Grey • **Émile Zola** • Germinal • **Stefan Zweig** • Schachnovelle • **Hugo von Hofmannsthal** • Der Tor und der Tod • **Anton Tschechow** • Ein Heiratsantrag • **Arthur Schnitzler** • Reigen • **Friedrich Schiller** • Kabale und Liebe • **Nicolo Machiavelli** • Der Fürst • **Gotthold E. Lessing** • Nathan der Weise • **Augustinus** • Die Bekenntnisse des heiligen Augustinus • **Marcus Aurelius** • Selbstbetrachtungen • **Charles Baudelaire** • Die Blumen des Bösen • **Harriett Stowe** • Onkel Toms Hütte • **Walter Benjamin** • Deutsche Menschen • **Hugo Bettauer** • Die Stadt ohne Juden • **Lewis Caroll** • *und viele mehr….*

Wilhelm Raabe

Die Akten des Vogelsangs

(1893-95)

An einem Novemberabend bekam ich (der Leutnant der Reserve liegt als längst abgetan bei den Papieren des deutschen Heerbanns), Oberregierungsrat Dr. jur. K. Krumhardt, unter meinen übrigen Postsachen folgenden Brief in einer schönen, festen Handschrift, von der man es kaum für möglich halten sollte, daß sie einem Weibe zugehöre.

„Lieber Karl!

Velten läßt Dich noch einmal grüßen. Er ist nun tot, und wir haben beide unsern Willen bekommen. – Er ist allein geblieben bis zuletzt, mit sich selber allein. Daß ich mich als seine Erbnehmerin aufgeworfen habe, kann er freilich nicht hindern; das liegt in meinem Willen, und aus dem heraus schreibe ich Dir heute und gebe Dir die Nachricht von seinem Tode und seinem Begräbnis. Dieser Brief gehört, meines Erachtens, zu der in seinen Angelegenheiten (wie lächerlich dieses Wort hier klingt!) noch nötigen Korrespondenz. Seinen Ton entschuldige. Es klingt hohl in dem Raume, in welchem ich schreibe: *er* hat die Leere um sich gelassen, und wie ein Kind nenne ich Dich, Karl, noch einmal *Du* und bei Deinem Taufnamen; es soll kein Griff in die Zukunft sein; es ist nichts als ein augenblickliches letztes Anklammern an etwas, was vor langen Jahren schön, lustig, freudenvoll und hoffnungsreich gewesen ist. Auch Deine liebe Gattin wird den Ton verzeihen, wenn sie auch gottlob nichts weiß von der Angst, die wir Weiber haben können in einem so leeren Raume. Ihre Angst im Dunkeln wird sie ja wohl auch schon gehabt haben in ihrem Leben.

Helene Trotzendorff als ein sich fürchtendes Kind? – Nein, doch nicht! – So ist es nicht! – Die wilde Törin möchte sich nur entschuldigen, daß sie Euch ruhigen Seelen durch ihre Nachricht den bürgerlichen und häuslichen Frieden stört. Von jetzt an, lieber Karl, gedenke meiner als einer mit dem Freunde zu den Toten Gegangenen; ich wollte, ich könnte sagen: in den Frieden.

Euer Freund Leon war sehr aufmerksam, doch Eure Frau Fechtmeisterin hat mir das Recht zuerkannt, das Begräbnis zu besorgen. Er, der Herr Kommerzienrat des Beaux, tut mir nur die nötigen Wege. Nun bin ich allein mit dem Freunde und freue mich über ihn und könnte ihm wieder wie unter den Holunderbüschen zwischen den Buchsbaumeinfassungen der Aurikelbeete unserer Kindheitsgärten oder auf unseren Bergen und Waldwiesen in den Haarbusch greifen und ihn Schelm nennen oder einen schlechten Menschen. Verdient hätte er das heute, wie vor Jahren. Er hatte in seinem Frieden noch denselben Zug um Nase und Mund wie vor Jahren, wenn er mich zu Tränen vor Ärger und Erboßung und Dich, guter alter Jugendkamerad, zu einem Zitat aus einem deutschen oder lateinischen Klassiker gebracht hatte.

Die Frau Fechtmeisterin hat das große, schlaue Kind wahrhaftig wie ein kleinstes, dummstes, hülfslosestes Kind besorgt und zu Tode gepflegt. Sie ist jetzt nahe an die neunzig Jahre alt und sagt: „Daß ich das noch tun mußte, hat mich das ganze letzte halbe Jahr durch auf den Beinen erhalten; ich hatte es ihm ja aber auch so versprochen, wenn ich auch niemals geglaubt habe, daß mal ein Ernst aus seinem Spaß werden könne." Sie konnte es nicht wissen, daß er immer Ernst aus dem Spaße machte!

Wenn wir nun zusammensäßen, so könnte ich Dir wohl noch vieles sagen. Zu schreiben weiß ich nichts mehr; ich bin auch sehr müde.

Mit den besten Wünschen für Dich und Dein Haus

Helene Trotzendorff, Widow Mungo."

„Was hältst du so den Kopf mit beiden Händen?" fragte mich recht spät am Abend meine Frau, nachdem die Kinder längst gekommen waren, um mir eine gute Nacht zu wünschen. „Hast du heute wieder mal kein Stündchen Zeit für uns übrig gehabt, armes Männchen? Großer Gott, diese Berge von Akten! Was haben wir denn eigentlich noch von dir?"

Sie lehnte sich bei diesen Worten über meine Stuhllehne und legte mir ihre kühle Hand auf die Stirn.

„Die bösen Akten sind es diesmal nicht, mein armes Weibchen. Es ist etwas viel Grimmigeres. Was erschrickst du denn? Dich und deine Kinder geht es nur recht mittelbar was an."

Ich gab ihr den Brief der Witwe Mungo, der mich in dieser Nacht über die gewohnte Zeit hinaus von dem allabendlichen Plauderstündchen im Wohnzimmer ferngehalten hatte, und Anna nahm ihn, wenn nicht erschreckt, so doch sehr verwundert und gespannt, und sah natürlich zuerst nach der Unterschrift.

„Von Helene Trotzendorff?"

„Von der Witwe Mungo."

Die Pfeife war mir längst ausgegangen; ich stand auf, um sie in einem Wirrwarr von Gedanken gedankenlos wieder anzuzünden, und ging nun in meiner Arbeitsstube auf und ab, während Anna an meinem Schreibtische in meinem Arbeitsstuhl Platz nahm und zwischen den freilich berghohen, ihr so ärgerlichen Aktenhaufen das liebe Gesicht über den unheimlich wunderlichen Brief aus Berlin beugte, um es sofort, jetzt doch im höchsten Grade erschreckt, wieder zu erheben und mir zuzuwenden.

„Velten tot? Unser – dein Freund Andres! – Und sie – Helene – die Witwe Mungo, allein bei ihm!"

Das Blatt zitterte in ihren Händen, als sie weiterlas; aber sie machte weiter keine Bemerkungen, bis sie fertig war, das Schreiben niederlegte, mit der Hand darüber strich, wie um es zu glätten.

„Aber das ist ja ein entsetzlicher Brief! In seiner Unverständlichkeit doch gar nicht so, wie ich sie mir nach deinen – euren Reden und Erzählungen vorgestellt habe, daß unsereine trotz ihres Erschreckens und Mitgefühls wieder mal nicht weiß, was sie dazu sagen soll. Velten Andres tot, und die amerikanische Talermillionärin jetzt als seine Totenwache, wie es scheint, in seiner leeren Dachstube. Was will sie denn jetzt da? Ganz dumm und irre wird man hierbei! Du lieber Gott, wie machen sich doch die Menschen aus puren Grillen das Leben schwer und das Sterben zu einem Komödienschluß! Ja, was siehst du mich an? Wenn es nicht so trauriger Ernst wäre, so möchte man wirklich sagen: aus seiner Rolle ist keiner von beiden gefallen. Und der gute Leon ist auch natürlich wieder da und steht dabei wie der brave Mensch im Hintergrund, der auf dem Theater immer dabei ist, wenn so eine Katastrophe eintritt, daß doch wenigstens *einer* als vernünftiger Teilnehmer den Kopf schüttelt. Aber freilich – du mußt und willst doch auch wohl als erster alter guter Freund und Bekannter von allen jetzt zu ihr nach Berlin?"

„Morgen – wenn es mir irgend möglich ist.“ –

„Weshalb sollte dir das nicht möglich sein? In solchem Fall darf sich jeder Mensch seinen Urlaub selber geben. Ich für mein Teil werde morgen diesen unheimlichen Brief bei hellem Tageslicht lesen. Jetzt ist er mir wie ein Stein auf den Kopf gefallen, und ich gehe zu den Kindern. Die Mädchen sind eben aus dem Theater nach Hause gekommen. Das ist in diesem Augenblick meine einzige Rettung nach dieser Lektüre. Der Himmel bewahre sie uns vor zu viel Einbildungskraft und erhalte ihnen einen klaren Kopf und ein ruhiges Herz.“

„Ganz meine Meinung, liebe Anna“, seufzte ich, und dann ließ ich den Brief Helenens unter meinen Aktenhaufen, zog den Arm meines klugen, klaren und ruhigen Weibes unter den meinigen, und wir gingen zusammen zu den Kindern. – Das sind schon ziemlich erwachsene junge Leutchen mit wenn auch jungen, so doch eigenen Lebenserfahrungen und Interessen: von Velten Andres und Helene Trotzendorff wußten sie nichts, oder doch nur wenig. Und das wenige konnte jetzt bloß ein romantisches Interesse für sie haben. Mit den Akten des Vogelsangs hatten sie persönlich nichts mehr zu schaffen. Ob sie später einmal persönlichen Nutzen aus ihnen ziehen werden, wer kann das wissen?

Daß mein Vater nur auf das zu dem Landesorden hinzugestiftete Verdienstkreuz Erster Klasse und den Titel Rat die Anwartschaft besaß, sagt alles über unsere gesellschaftliche Stellung im deutschen Volk um die Zeit herum, da ich jung wurde in der Welt. In welchem juristischen Sonderfach er ein Beamteter war, ist wohl gleichgültig, daß er aber ein sehr tüchtiger Beamter war, haben alle seine Vorgesetzten anerkannt und viel häufiger von seinem Verständnis in den Geschäften Gebrauch gemacht, als sie ihren Vorgesetzten gegenüber laut werden ließen. Es handelte sich in seinem Amt viel um Zahlen, und er hatte einen hervorragenden Zahlensinn, womit, beiläufig gesagt, meistens auch ein entsprechender Ordnungssinn verbunden ist. Beides gab ihm eine Stellung in unserer heimischen Bürokratie, die für unser häusliches Behagen nicht immer von dem besten Einfluß war; denn die Vorstellung, nicht studiert und es dadurch zu etwas Besserm gebracht zu haben, verbitterte nur zu häufig nicht nur ihm, sondern auch uns, das heißt meiner Mutter und mir, das Leben.

Ich habe übrigens in meiner heutigen oberregierungsrätlichen Stellung dergleichen wackere Herren gleichfalls gottlob unter mir und hole mir nicht selten für meinen Amtsberuf nicht nur Aufklärung, sondern auch Rat von ihnen. Das Bild meines seligen Vaters aber, mit dem zu dem Landesorden hinzugestifteten Verdienstkreuz Erster Klasse auf der Brust, habe ich in Lebensgröße (nach seinem Tode nach einer guten Photographie gefertigt) über meinem Schreibtische hängen und hole mir auch von ihm heute noch Aufklärung und Rat, und nicht bloß in meinen Geschäften, sondern im Leben überhaupt.

Meine Mutter war eine Frau, deren höchste Lebenswünsche und Ansprüche durch den Titel Rätin ganz und gar erfüllt wurden. Sie war eine gute Mutter und die beste der Gattinnen, wenn das letztere vom vollständigen Aufgehen in den Ansichten, Meinungen, Worten und Werken des Gatten abhängig ist. Sie fühlte sich wohl in der Zucht, in welcher er sie und sein Haus hielt, und ich glaube nicht, daß sie je einen andern Willen haben konnte als den seinigen.

Geschwister habe ich nicht gehabt, wenigstens nicht solche, die so lange geatmet hätten, um von Einfluß auf mein Leben zu werden. Den Ersatz hierfür lieferte die Nachbarschaft, und zwar in ergiebigster Weise, und davon handelt denn auch, um es hier schon kurz zu sagen, die Akte, die ich jetzt anlege. Wem zum Besten, wer mag das sagen? Jedenfalls mir zu eigenster Seelenerleichterung und aus tiefgefühltem Bedürfnis nach einem, nach etwas, das einen ruhig anhört, aussprechen läßt und nicht eher dazu redet, bis das Ganze vorliegt. Daß es nicht eine Personalakte in der wirklichsten Bedeutung dieses Wortes ist, nimmt in meinen Augen den Aufzeichnungen nichts von ihrem Wert. –

Die Nachbarschaft! Ein Wort, das leider Gottes immer mehr Menschen zu einem Begriff wird, in den sie sich nur mühsam und mit Aufbietung von Nachdenken und Überdenken von allerlei behaglicher Lektüre hineinzufinden wissen. Unsereinem, der noch eine Nachbarschaft hatte, geht immer ein Schauder über, wenn er hört oder liest, daß wieder eine Stadt im deutschen Volk das erste Hunderttausend ihrer Einwohnerzahl überschritten habe, somit eine Großstadt und aller Ehren und Vorzüge einer solchen teilhaftig geworden sei, um das Nachbarschaftsgefühl dafür hinzugeben.

Wir zu unserer Kinderzeit hatten es noch, dieses Gefühl des nachbarschaftlichen Zusammenwohnens und Anteilnehmens. Wir kannten einander noch im „Vogelsang“ und wußten voneinander, und wenn wir uns auch sehr häufig sehr übereinander ärgerten, so nahmen wir doch zu anderen Zeiten auch wieder sehr Anteil im guten Sinne an des Nachbars und der Nachbarin Wohl und Wehe. Auch Gärten, die aneinandergrenzten und ihre Obstbaumzweige einander zureichten und ihre Zwetschen, Kirschen, Pflaumen,

Äpfel und Birnen über lebendige Hecken weg nachbarschaftlich austeilten, gab es da noch zu *unserer Zeit*, als die Stadt noch nicht das „erste Hunderttausend" überschritten hatte und wir, Helene Trotzendorff, Velten Andres und Karl Krumhardt, Nachbarkinder im Vogelsang unter dem Osterberge waren. Bauschutt, Fabrikaschenwege, Kanalisationsarbeiten und dergleichen gab es auch noch nicht zu unserer Zeit in der Vorstadt, genannt „Zum Vogelsang". Die Vögel hatten dort wirklich noch nicht ihr Recht verloren, der Erde Loblied zu singen; sie brauchten noch nicht ihre Baupläne dem Stadtbauamt zur Begutachtung vorzulegen. Wir hatten von ihren Nestern unsere Hecken, Büsche und Bäume voll und unsere Freude dran, trugen aber dessenungeachtet nicht auf eine „Katzensteuer" an und schlugen oder schossen jeden wackern Kater tot, der nach seinem Rechte mal im Bauplan der guten Mutter Natur mit einem „Immer und ewig Mäuse?" herumstieg und von der sämtlichen Käfer-, Fliegen-, Raupen-, Schmetterlings- und Würmerwelt nicht nur als ein Wohltäter, sondern auch als ein Rächer geachtet wurde.

Wohin reißt mich dieses Rückgedenken? Bedenke dich, Oberregierungsrat, Doctor juris K. Krumhardt, und bleibe bei der Sache! Bei der Stange! würde dein Freund Velten zu jener Zeit – unserer Zeit gesagt haben. –

Mein Vater, Oberregierungssekretär Krumhardt, hatte sein Haus im Vogelsang von seinem Vater geerbt und der wieder von seinem Vater. Darüber hinaus verlor sich unsere Kenntnis des Besitzstandes in der Nacht der Zeiten. Es war jedenfalls ein altes Haus, das nicht nur die drei Schlesischen Kriege, sondern auch den Spanischen Erbfolgekrieg miterlebt hatte als Zeitengenosse. Das Nachbarhäuschen, das seiner äußern Erscheinung nach etwas jünger war, hatte Dr. med. Andres erst bei seiner Niederlassung in der Stadt und der Vorstadt Vogelsang käuflich an sich gebracht. Seine Witwe und sein Junge gründeten ihre Wohnorts- und (möglicherweise) auch ihre Unterstützungsberechtigung auf diesen, der Zeit nach noch ziemlich naheliegenden „Eintrag" im Hypothekenbuch; aber auch sie fühlten sich ihres Besitztums sicher und gehörten vom Anfang an dazu – nämlich zur Nachbarschaft im alten, echten Sinne, und mein Vater war nach dem Tode des Doktors ganz selbstverständlich von der Obervormundschaft der Witwe als „Familienfreund" beigegeben worden.

Zugezogen war nur, jenseits der Grünen Gasse, Mrs. Trotzendorff from New York, in eine Mietwohnung. Wie aber deren Kind sein Bürgerrecht unter dem Osterberge im Vogelsang erwarb und es aufgab, darüber mögen denn diese

Akten mit allen dazugehörigen Dokumenten das Nähere berichten. Ich werde mir die möglichste Mühe geben, nur als Protokollist des Falls aufzutreten. Wenn ich dann und wann an dem Federhalter nage, meiner Privatgefühle, Stimmungen, Meinungen und so weiter wegen, so bitte ich die geehrten Herren und Damen auf dem Richterstuhle des Erdenlebens, hier, in Sachen Trotzendorff gegen Andres, oder Velten Andres contra Witwe Mungo, nicht darauf zu achten. Meine Frau sagte seinerzeit:

„Guter Gott, wie dankbar können wir doch sein, daß du nicht so warest wie die beiden anderen von euch. So haben wir doch wenigstens unser geregeltes Dasein und unsere Kinder um uns. Aber auf deren vernünftige, ordentliche Erziehung wollen wir auch recht Achtung geben. Es wäre mir zu entsetzlich, wenn eines von ihnen auch so ins Wilde wüchse!" –

Dr. med. Valentin Andres, der Vater unseres Freundes Velten Andres, war ein echter und gerechter Vorstadtdoktor, ein gutmütiger Mensch und ein guter Arzt, welchem letztern nur die Berge und die übrige schöne Natur für seine Liebhaberei, die Insektenkunde, oft zu nahe lagen. Er war recht häufig nicht zu finden, wenn er an einem Krankenbette, bei einem Unglücksfall oder sonst in seinem Beruf höchst nötig war. Seine Abhandlung über Cynips scutellaris, die Gallapfelwespe, machte seinerzeit in den betreffenden Kreisen Aufsehen und ist auch heute noch von den Fachgenossen geschätzt. Zum Sanitätsrat aber brachte er es nicht durch dieselbe, und das geringe Vermögen, welches er bei seinem Tode seiner Witwe und seinem Sohn zu dem kleinen Hause und Garten im Vogelsang hinterließ, stammte weniger von ihm als von seinem Vater und Großvater her. Letzterer soll ein nach unseren Begriffen sehr wohlhabender Mann gewesen sein; aber wie verkrümelt sich die Wohlhabenheit, der Reichtum in der Folge der Geschlechter! –

Ich für mein Teil habe nur eine ganz dunkle Erinnerung an den Doktor Andres. Mein Nachbarschaftsleben war nur mit seinem Jungen und der „Frau Doktern"; aber seine Käfer- und Schmetterlingssammlungen in den Glaskästen an den Wänden haben doch einen Einfluß auf mich gehabt und behalten ihn heute noch, und sein freundliches Bild gleitet mir noch manchmal auf einem Waldwege um unsere jetzige „Großstadt" entgegen.

Wie kopfschüttelnd oder lächelnd er seinem Sohn auf dessen Wegen dann und wann erschienen sein mag? – Und was er aus seinem Lebensvermögen weitergegeben haben mag an diesen, seinen Sohn Velten Andres – unsern Freund? – –

Was nun die Frau Doktor Andres anbetrifft, so steht deren freundliches Bild hell und klar in meiner Seele und kann nie darin auslöschen. Sie hat an meiner Mutter Wochenbett gesessen und gut nachbarschaftlich in meine Wiege gesehen; ich habe an ihrem Sterbelager gesessen und sie in ihrem Sarge gesehen – ebenso gut nachbarschaftlich (ich gebrauche das Wort trotz allem, was nachher hierüber zu den Akten kommt). Zwischen meiner Wiege und ihrem Sarge aber haben so viele gute, liebe, lange Jahre des Zusammenlebens und Verkehrs von Haus zu Haus gelegen, daß wir wahrlich zueinandergehörten, obgleich mein Vater – ihr Familienfreund war, sie nur selten „begriff", sie recht häufig sehr ängstete und dann und wann noch viel mehr ärgerte und obgleich meine Mutter in allem diesem der Ansicht und Meinung meines Vaters war und „Amalien" fast noch weniger „begriff" als er.

Natürlich wurzelten neun Zehntel aller Mißverständnisse in dem Vorhandensein meines Freundes Velten in dieser auf bürgerlichem Ordnungssinn gegründeten Erdenwelt. Weshalb hatte denn aber auch die Obervormundschaftsbehörde nach dem Tode des Doktors der Vormünderin des Jungen den Oberregierungssekretär Krumhardt als Familienberater beigegeben? Da mußte sich denn freilich manches zuspitzen, was von Natur keine Schärfe hatte, wenigstens auf der einen Seite. – Mit den Gärten sind heutzutage zwar auch die Vögel im Vogelsang ausgerottet; aber in den Wäldern jenseits des Osterberges singen auch heute noch, aus Überlieferung, vielleicht einige davon, was für ein sauberer Vogel Velten Andres war und was für eine unzurechnungsfähige Vormünderin seine Mutter. Freilich hatte er ja auch eine Eiersammlung seinerzeit, bis ihn – grade seine Mutter hier auf dem Felde seiner Liebhabereien zurechtwies und sich die „grausame, unnütze Spielerei" verbat. Natürlich unter gänzlich unberechtigtem Hinweis auf seinen seligen Vater, der nie ein Vogelnest ausgenommen hatte.

„Aber gucke mal, da seine Käfersammlung und seine Schmetterlinge. Tat es denen nicht weh, wenn er sie auf seine Nadeln spießte?" hätte der Sohn seines Vaters der Mutter antworten und sie fragen dürfen. „Da, mach du dir einen Eierkuchen draus", sagte er jedoch nur zu mir, mir die ausgeblasene Herrlichkeit über die Hecke zuschiebend. „Die Alte hat auch recht, wenn sie mir dieser Dummheit wegen die Hosen nicht mehr flicken will. Sie mufft, und ich lege mich lieber auf Briefmarken." –

Wann hätten wir je im Vogelsang die Nachbarin Andres „muffen“ sehen? Daß sie weinen konnte, wußten wir daselbst. Aber muffen? Diese Schmach konnte ihrem lieben, freundlichen Gesicht nur unsereiner und also am besten ihr eigen Fleisch und Blut aus seinen Schulbubenerlebnissen und -redensarten antun. Auf das Lachen war sie von Natur eingerichtet oder, noch besser, auf das ruhige, stille Sonnenlächeln, das ohne irgend zutage liegenden Grund eben aus der Tiefe kommt und also da ist, weil einmal ein bevorzugtes armes Menschenkind die Welt schön sieht.

Wie muß ich heute mit Helene Trotzendorffs Brief vor den Augen daran denken, wie schön die Mutter Velten Andres' die Welt sah!

„Die Frau ist unzurechnungsfähig, der Junge ein verwahrloster Strick und bei den Leuten Familienfreund spielen zu sollen und Vernunft reden zu müssen eine Aufgabe, die einen zur Verzweiflung bringen kann!“ rief mein Vater, aus dem Nachbarhause nach Hause – unserm – seinem Hause heimkommend und den Hut verdrießlich, doch sorgsam neben meinen Cornelius Nepos auf den Tisch stellend. „Karl, was ist das wieder gewesen, und was für eine Rolle hast du bei dieser neuen Albernheit gespielt? Sie haben das Hartlebensche Gartenhaus beinahe in Brand gesteckt, Frau.“

Ja, ich hatte den Cornelius Nepos und das Leben des Alkibiades, des Klinias Sohn, vor mir und das Herz voll Angst vor meinem „Alten“ und verquollene Augen und heiße, schwarzschmierige, zitternde Pfoten; und zu übersetzen hatte ich:

„At mulier, quae cum eo vivere consuerat, muliebri sua veste contectum aedificii incendio mortuum cremavit“ – aber das Weib, das mit ihm zu leben gewohnt war, verbrannte den mit ihrem Frauenrock bedeckten Leichnam in dem brennenden Hause.

„Heraus mit der Wahrheit, Junge! Da drüben kriegt man doch nichts anderes als Phantasterei und Lügen zu hören“, rief mein Vater und faßte nun auch mich an der Schulter, wie er „drüben“ wahrscheinlich den Freund Velten und „gegenüber“ die kleine Helene Trotzendorff gefaßt und geschüttelt hatte. Aus mir schüttelte er jedenfalls die ganze Wahrheit heraus.

„Wir haben bloß Komödie gespielt in Hartlebens Pavillon. Velten hat sie angegeben, weil – weil – wir jetzt – in der Schule den Alcibiades haben!“ schluchzte ich.

„Eine schöne Komödie, die auf Brandstiftung hinausläuft! Was meinst du dazu, Mutter?“

Meine Mutter rang nur stumm die Hände; mein Vater aber hatte ihr doch nun die Sache etwas deutlicher auseinanderzusetzen.

„Daß ihnen in der Schule aus den Griechen und Römern saubere Exempel vor die Augen gestellt werden, das ist freilich leider eine Tatsache, Frau“, brummte er. „Und da ist denn auch so eine Geschichte von einem griechischen General – Alcibiades heißt er –, die haben sie auf dem Hartlebenschen Grundstücke aufführen wollen und mit Streichhölzern, Schießpulver und Kolophonium, was weiß ich, gewirtschaftet; und daß das Mädchen bloß mit verbrannter Schürze, die sie dem Musjeh Alcibiades, ich meine dem Schlingel Velten, überdecken wollte, aus Hartlebens getrockneten Krautbündeln herausgekommen ist, das ist auch nur ein Wunder, wie es solchen Narrenköpfen allein passiert.“

„Du lieber Gott! Du lieber Gott! Und du bist auch wieder mit dabeigewesen, Karlchen?“ wimmerte meine Mutter.

„Velten hat alles gleich gelöscht mit den Händen und mit Wasser aus dem Brunnen in seiner Mütze!“ schluchzte ich.

„Und sitzt jetzt mit den Händen in Watte und Leinöl“, brummte mein Vater. „Nicht einmal ein regelrechtes Schmerzgeheul und Gewinsel kriegt man aus ihm heraus. Verstockt beißt der Taugenichts die Zähne aufeinander und glotzt nur von Zeit zu Zeit angstvoll auf die Mama, was die zur Sache von sich gibt. Ja die! Wer doch von Gottes und Rechts wegen in Tränen schwimmen sollte, das müßte die Frau Nachbarin Amalie sein; denn der dumme Junge muß arge Schmerzen haben. Aber tut sie es? Bewahre! Lieber sterben als dem zum Richtigen redenden Nachbar und Familienfreund seine Verantwortlichkeit durch Zustimmung zu erleichtern. Natürlich beißt auch die Frau Doktor nur die Zähne zusammen, sagt nur von Zeit zu Zeit: „Aber Velten, das war doch zu dumm!“ und läßt mich gewohntermaßen in den Wind und ins Blaue reden.“

„Die arme Amalie!“ seufzte meine Mutter.

„Du bedauerst sie wohl gar noch?“ fuhr mein Vater fast gröblich sie an. „Das kannst du dir dreist für andere und bessere Gelegenheiten sparen!“

Und mit einem Blick auf mich fuhr er fort: „Na, reden wir nicht weiter hierüber. Übrigens, um den neuen Skandal (der dich, mein Sohn, beiläufig, auch mit vor die Polizeibehörde bringen wird) völlig auszukosten, war ich denn auch drüben bei der dritten von euch drei lieben Jugendfreundinnen, Adolfine, – bei der berühmten (ich will kein anderes Wort gebrauchen), bei der berühmten Frau Agathe – unserer teuren Mistreß Trotzendorff. Nu, was ich da zu hören bekam, das hätte ich mir vorher schon selber sagen können. Saß die Person wieder sofort auf dem hohen Pferde, als ob die sämtlichen Vereinigten Staaten von Nordamerika es ihr gesattelt und gezäumt hätten! – Das habe das Kind eben aus einem größern Leben als das unserige hier von drüben mitgebracht, daß es die Welt (die Närrin sagte wahrhaftig: die Welt!), daß es die Welt nicht mit unseren hiesigen Philisteraugen (dies ist freilich mein Ausdruck), mit unseren hiesigen Philisteraugen ansehe. Der Spaß sei ja gottlob wieder glücklich abgelaufen; Hartleben werde sich wohl auch zufrieden geben, wenn man vernünftig mit ihm spreche, und auf die verbrannte Schürze des Kindes komme es gar nicht an; für die werde sein Papa drüben in New York wohl noch aufzukommen wissen. – Damit holte sie mir das naseweise Balg unter den Händen weg und hob es, wie Niobe ihr letztes aus den Büchern unseres Jungen, auf den Schoß. Der Hinweis auf den Schwindler, den Erzschwindler Trotzendorff, ihren Mann, imponierte mir aber so, daß ich nur meinen Hut nehmen konnte und sagen: „Da hört alles Eingreifen von verständiger Seite gründlich auf!" – Du lieber Himmel, was für eine Nachbarschaft! Junge, Junge, ich rate dir, daß du bei den Grundsätzen deiner Eltern wie bei deinen Büchern bleibst und dich exakt hältst. Dich wenigstens kann ich windelweich hauen, wenn du mir bloß noch ein kleines mehr in dem Affenspiel rundum die Purzelbäume mitschlägst und nicht deine bürgerlichen, gesunden, nüchternen fünf Sinne beieinanderbehältst!"

„Ja, bitte, bitte, bester Karl, tue das und mache deinen Eltern und deinen Herrn Lehrern Freude!" sagte meine Mutter. „Ach, Vater, aber können denn die armen Frauen, die Amalie und Agathe dafür, daß die eine ihren armen Doktor so früh verloren hat und die andere ihren –"

Sie brach ab, und mein Vater brummte nur: „Na, was deine Andere dazu beigetragen hat, hier jetzt wieder als abenteuerliche amerikanische Strohwitwe im Vogelsang zu sitzen, darüber sind die Akten noch nicht mit allen dazugehörigen Dokumenten versehen. Für die Doktorin mag deine Entschuldigung zu mildernden Umständen beitragen, Adolfine."

Welch eine Nachbarschaft! Jawohl, das war es, was trotz aller Warnungen und Drohungen, Aufregungen und Ärgernisse meines braven seligen Vaters mir den Vogelsang unter dem Osterberge bis heute noch zu einem Zauber macht, der mich dahin bannt, obgleich er so sehr, so ganz und gar recht hatte mit seinen

Warnungen vor diesem Zauber. Bin ich nicht heute der einzige von uns dreien, der seine gesunden fünf Sinne exakt und werkmäßig beieinandergehalten und es nach bürgerlichen Begriffen (sehr wohl berechtigten!) zu einer soliden Existenz in der schwankenden Erdenwelt gebracht hat? Und hält mich dieser alte Zauber heute nicht mehr denn je – der Zauber der Nachbarschaft, trotzdem daß Velten Andres und Helene Trotzendorff auf anderen Wegen und, nach unseren bürgerlichen Begriffen, verlorengegangen sind in der Welt und die Welt nicht gewonnen haben? Wenigstens der arme Velten. Die hundertfache Millionärin, die Witwe Mungo, geborene Trotzendorff, ist ja wohl nicht ganz so sehr zu beachselzucken wie der ganz verrückte Mensch, der arme kuriose Kerl, der Andres! Schade um ihn, wie hätte der es mit seinen Talenten und seinen vielen, vielen guten Gelegenheiten, es zu was zu bringen, in der Welt zu etwas bringen können!

Aber pragmatisch, pragmatisch, Karl Krumhardt! Das heißt, referiere dir selber so werkmäßig als möglich, Oberregierungsrat Doctor juris Krumhardt, um dir selber wenigstens deinen Standpunkt in Sachen Andres contra Trotzendorff oder umgekehrt klarzuhalten. Wenn nicht wegen eines andern Publikums, möchte es deiner Kinder wegen wohl der Mühe wert sein.

Wir, Velten und ich, waren ungefähr zehn oder zwölf Jahre alt, als wir anfingen, mehr und mehr aufzuhorchen, wenn in unsere Kinderspiele, Schularbeiten und Dummejungenstreiche der Name Trotzendorff hineinklang, mit bedenklichem Kopfschütteln von seiten meiner Eltern, mit bedauerndem von seiten der Mutter Veltens. Da hieß es in unserm Hause: „Konnte man das nicht voraussehen?“ und im Nachbarhause: „Die arme Agathe!“ Bei uns: „Der Schwindler mußte ja zu diesem Ende kommen, und nun schickt er uns das leichtsinnige Geschöpf, seine Frau, auch gar noch wieder über den Hals!“ Nebenan: „Mit so einem armen kleinen Kinde! Und so weit her, über die See; ganz allein mit dem kleinen Mädchen über das große Meer!“

Die weite See, wo Robinson Krusoe seine Wunderinsel fand und wir, Velten und ich, so gern eben eine solche gesucht hätten, – das große Meer, über welches Sindbad der Seefahrer schiffte und seine tausendundein Abenteuer erlebte, über welches Whittington (dreimal Lord-Mayor von London) seine Katze verhandelte und vom Negerkönig drei Säcke voll Goldstaub für das brave Tier zurückempfing: das war es, was natürlich zuerst unsere Knabenphantasie erregte.

„Du“, sagte Velten, „es kommt eine Frau mit einem kleinen Mädchen aus Amerika wieder hierher nach dem Vogelsang. Meine Mutter kennt seine Mutter, und deine Mutter kennt sie auch.“

„Das weiß ich auch schon. Mein Vater und meine Mutter haben aber auch seinen Vater gekannt und sagen, er sei ein Taugenichts.“

„Davon hat meine Mutter nichts gesagt, aber kennen tut sie ihn auch. Das ist mir übrigens ganz Wurst; aber das Wurm! Hol mal deinen Atlas. So eine dumme Schürze und Zimperliese auf dem Atlantischen Ozean, wenn wir ihn nur in der Geographiestunde haben und bloß Dummheiten vom Doktor Klebmaier zu hören kriegen, wenn wir nicht wissen, wie weit er reicht! Na, laß sie mir nur kommen! Drüben bei Hartlebens haben sie sich eingemietet; meine Mutter hat ihnen dabei geholfen.“

„Mein Vater und meine Mutter auch. Es geht ihnen recht schlecht, und man muß sich ihrer annehmen, sagen sie. Weißt du, sie sind eben alle gute Freunde miteinander gewesen, die Alten. Ja, wir sollten uns ihrer annehmen!“

„Meinetwegen. Was ich dazu tun kann, wird gemacht. Von einem Mädchen mehr soll mir diesmal noch nicht übel werden, obgleich wir des Zeugs schon eigentlich borstig hier zu viel im Vogelsang haben. Überall stehen sie einem im Wege, und über keine Hecke kann man steigen, ohne daß man zwischen einen Haufen von ihnen fällt und fünf Minuten nachher das Gezeter angeht: „Wenn du dich nicht aus unserm Garten scherst, sagen wir's deinem Vater!“ Übrigens, Karlchen, kannst du mir noch mal deinen Lederstrumpf leihen, ich will doch lieber vorher, ehe die Kreatur einrückt, über Amerika nachlesen.“ –

Wie viele deutsche Jungen haben diese Cooperschen Lederstrumpferzählungen, „für die Jugend bearbeitet“, hinübergelockt in das Land der Langen Flinte, der Großen Schlange und des Renard subtil? Ob das bei Mr. Charles Trotzendorff aus dem Vogelsang auch der Fall gewesen war, kann ich nicht in den Akten nachweisen, was *seine* Jugendzeit betrifft. Aus späteren Dokumenten geht mir hervor, daß es sich nicht so verhielt – daß ihn weder der edle Unkas noch der tapfere Major Heyward und auch nicht die stolze schwarzhaarige Cora und die blonde liebliche Alice an- und dorthingezogen hatten, sondern ganz was anderes: etwas, was nicht das geringste mehr mit jener wundervollen, lügenhaft-wahren Kinder-Urwaldswelt zu schaffen hatte, nämlich ganz einfach das *Geschäft* in den glorreichen Vereinigten Staaten von Nordamerika. Auch aus dem edlen deutschen Vaterlande, vom grünen Rhein und aus dem Vogelsang, kann das deutsche Gemüt die vollkommene Befähigung mit übers Wasser nehmen, nicht nur mit Messrs. Longbow, Snake, Renard and Company vortrefflich auszukommen, sondern selbst sie bei günstiger Gelegenheit dergestalt übers Ohr zu hauen, daß sie sich den fernern Import von dergleichen Konkurrenz am liebsten gänzlich verbitten würden. Aber das sind Geschichten ausVäterzeiten. Ich habe, wie gesagt, wenig über Herrn Charles Trotzendorff in meinen Papieren. In unserer Heimatstadt war er Auswanderungsagent und wanderte seinerzeit selber aus, und zwar aus zwingenden Gründen. Seine Frau, die Freundin und Schulbankgenossin meiner Mutter und der Nachbarin Andres, nahm er aus dem Vogelsang mit. Sie soll in ihrer Jugendblüte sehr schön gewesen sein und war auch eine noch nicht häßliche Erscheinung, als er sie uns dahin, für eine Zeit, wiederschickte, „zur Aufbewahrung für besseres Glück", wie mein Vater sagte und wie es sich später auch wirklich so herausgestellt hat.

Es war Veltens Mutter, an welche „Mrs." Agathe Trotzendorff dann und wann aus Amerika schrieb; Velten hat bei seinem „großen Aufräumen" wohl ein halb Dutzend Briefe mit überseeischem Poststempel in den Ofen geschoben. Soviel ich mich erinnere, war weder stilistisch noch ethisch das geringste daran verloren; jedenfalls ging aus ihnen hervor, daß Mr. Charles Trotzendorff ein großer Schwindler war, der seine Sache verstand, also Glück gehabt hatte, es wieder haben konnte und jedenfalls im Pech sich zu helfen wußte. Das letzte Schreiben berichtete über ihn, daß er recht im Pech sitze, von „schlechten Menschen unglaublich betrogen worden sei" und deshalb fürs erste seinen Haushalt auflösen müsse. Wie uns, das heißt mir und Freund Velten, später die Sache klar wurde, war er damals nur mit genauer Not an einem längeren Aufenthalt in Sing-Sing vorbeigeglitten. Jedenfalls war er nach dem in jener Zeit noch mit einigem Recht „fern" genannten Westen verduftet und hatte Weib und Kind dem Vogelsang wieder zugeschoben. Was wußten wir im Vogelsang von Mr. Fisk und der Erieeisenbahn, von Mr. Tweed, dem Tammanyring und Sing-Sing? –

Sie kamen an, die deutsch-amerikanische Mutter und little Ellen, das amerikanische kleine Mädchen, und bezogen auf Hartlebens Anwesen die von uns ihnen im Nebengebäude daselbst gemietete Wohnung. Der Einzug ging vor, während wir beide, Velten und ich, in der Schule waren. Als wir nach Hause kamen, fanden wir unsere beiden Mütter in erklecklicher Aufregung und zitternder Ratlosigkeit beieinandersitzend und horchten, wie Jungens horchen, wenn ihre Mütter die Hände stumm im Schoße ringen oder sie laut schreiend über den Köpfen ausspreizen, als wollte ihnen nicht bloß das Himmelsgewölbe, sondern auch die Stubendecke auf die Hauben fallen.

„Das Frauenzimmer ist ja als eine komplette Närrin heimgekommen!" ächzte meine Mutter.

„Du lieber Himmel, was wird das werden!" seufzte die Nachbarin Andres.

„Weißt du, Amalie, wie ich hier sitze?"

Veltens Mutter schüttelte den Kopf.

„Vollständig mit dem Eindruck, als ob wir – wir beide hier im Vogelsang schuld dran seien, daß Hartlebens Nebenhaus nicht Unter den Linden in Berlin oder noch großartiger irgendwo drüben bei den Amerikanern in New York oder sonstwo liege. Und mit den hundert Talern, die der Schlingel Trotzendorff meinem Mann für die Einrichtung geschickt hat, hätten wir selbstverständlich unserer hiesigen Frau Herzogin häusliche Ausstattung drüben bei Hartlebens beschaffen müssen für diese – diese, unsere Mistreß, oder Lady, oder wie wir sie sonst zu betitulieren haben! Bitt ich dich!"

„Die arme Agathe."

„Bedauere sie gar noch! Nimm es mir nicht übel, hier bin ich doch anders. Ich für mein Teil werde ihr bei späterer, kommender Gelegenheit meine Meinung nicht vorenthalten, daß sie sich in unsere Verhältnisse zu schicken habe, und wir nicht in ihre."

„Großer Gott, ihre Verhältnisse!" seufzte Veltens Mutter.

„Nun, ich meine eben ihre großartigen früheren, nicht ihre jetzigen. Ja, da magst du wohl wieder recht haben, Malchen, und ich werde mich auch für mein Teil bemühen, ihr dieselben so behaglich und verständlich zu machen, wie es mir möglich ist."

Ich ziehe selbstredend im besten Sinne des übelverwendeten Wortes diese Unterhaltung der Mütter aus den Akten. Daß wir dummen Jungen das so nicht aufbewahrten, ist selbstverständlich. Wir zwei – Velten und ich – wußten nur, daß etwas ganz aus der Regel Fallendes und durchaus nicht ganz und gar Angenehmes dem Vogelsang die Ruhe aufgestört hatte und die Behaglichkeit für unabsehbare Zeit (wie mein Vater meinte) zu kränken drohte. Übrigens gewannen wir sofort die Überzeugung, daß die Geschichte uns beide gar nichts angehe, und mit der „neuen Schürze bei Hartlebens" wollten wir schon bald fertig werden, wie mit den anderen dummen Gänsen auf den Schulwegen, in den Gärten und Gassen bei Sommersonnenschein und Winterschnee.

So warteten wir denn mit dem Kinn auf dem Zaun wie zwei europäische Indianer nach Hartlebens Wigwam hinüber.

„Aus den beiden dummen Engländerinnen, Cora und Alice, mache ich mir gar nichts", sagte Velten, „aber wenn diese Neue rot, grün, gelb und blau angemalt käme, wie Junitau im Pfadfinder, dann wär doch noch was, und mal was Neues, hier bei uns in der ewigen Langweilerei aus dem Kokon gekrochen."

„Du! Da kommt deine Mutter mit ihr! Ach, der Dreikäsehoch! Guck, läßt sich auch noch an der Hand führen und – richtig – hat natürlich geweint und zimpert noch und läßt sich nachziehen, als ob deine Mutter der richtige Oger wäre und ihr bei euch zu Hause bloß von Kinderfleisch lebtet. Na, nun mach nur, Velten, daß du auch nach Hause kommst. Du hast sie wahrscheinlich heute zu Tische – guck, da nimmt deine Mutter das große Balg in eurer Gartentür gar noch auf den Arm! Na, adjö, da rufen sie auch bei uns nach mir, und meinen Vater kennst du."

Es war ein Sonnabend und keine Schule am Nachmittag; wir lagen also am Osterberg unter einem Busch, und ich vernahm den ersten Bericht über das erste Zusammentreffen der Familien Andres und Trotzendorff beim Suppennapf.

„Ja, sie waren bei uns zur Fütterung", erzählte Velten. „Die englische Madam auch. Die kann Deutsch, aber sie tut manchmal, als ob sie es vergessen habe. Die Kleine kann nur Englisch, das heißt, Amerikanisch: die richtige Wilde! Und sie sind schauderhaft vornehm, das heißt eigentlich gewesen. Es ist übrigens nur gut, daß meine Mutter noch vornehmer ist und auch ein bißchen englisch kann, durch meinen Vater. So ging es denn so ziemlich glatt ab; nur ich kriegte es natürlich zu hören von meiner Alten, daß jetzt das Hinflegeln mit beiden Ellenbogen auf dem Tische aufzuhören habe und daß sich eine Masse anderes nicht schicke. Die Kleine hat den Teufel in ihren Augen und greinte, und auf gelbe Erbsen, dicke Bohnen, Steckrüben, Mohrrüben und sonst unser Futter scheint sie noch nicht recht eingerichtet zu sein. Sie hat eine Mohrin als Amme gehabt und Mohren als Bediente; aber meine Mutter hat sie zuletzt doch zum Lachen gebracht, und daß sie mich angrinste. Ihre Mama war zuletzt die einzige, die bei ihrem Jammergesicht blieb und nach Tische meiner Mutter auch jetzt wieder was vorweinte. Ellen heißt die Krabbe; auf deutsch Helene, und meine Mutter hatte sie auf dem Sofa auf dem Schoße und tröstete sie beide. Da habe ich mich gedrückt, denn den ganzen Nachmittag so was auszuhalten, konnte keiner von mir verlangen. Na, Mitleid will ich ja wohl gerne mit haben, wie meine Mutter verlangt; aber kriegt sie mich, dieser neuen, fremden Nachbarschaft wegen, auch noch an das Englische, so werfe ich auf. An dem Latein und dem Französischen haben wir grade genug in der Schule. Puh, Mitleiden! Hat da jemals einer mit uns Mitleiden gehabt, Karlchen?"

„Nee", sagte ich.

„Aber wie sollen wir uns denn mit der Kröte verständlich machen, wenn wir kein Englisch können? Auf unsern Buckel laden sie sie doch ab; darauf nehme ich jetzt schon Gift. Übrigens habe ich auch versprechen müssen, nicht den ganzen Nachmittag vom Hause wegzubleiben. Drunten in unserer Laube sitzt die ganze Prostemahlzeit beisammen und hat Mitleid. Deine Mutter auch, Krumhardt."

Nun bin ich mit meinen Erinnerungen wieder am Abend jenes Tages, an welchem wir in Hartlebens Gartenhause den Tod des Alkibiades aufgeführt hatten. Es waren damals schon einige Jahre seit der Rückkehr der Mistreß Trotzendorff in den Vogelsang hingegangen, und Miß Ellen hatte, auch mit unserer, Veltens und meiner, Beihülfe, doch allgemach ganz gut Deutsch gelernt, hörte (wenn sie Lust hatte) auch auf den Ruf: Helene! Lene! Lenchen! und – wir waren alle drei in den echtesten und gerechtesten Flegeljahren.

Daß die Deutsch-Amerikanerin eine dumme, aufgeblasene, einfältige Gans sei, hatten wir zwei Jungen längst heraus, und ebenso, daß sie doch *ein* Gutes hatte, nämlich daß man mit ihr aufstellen konnte, was man wollte, wenn man sie nur recht zu nehmen wußte. Mein Vater hatte nichts getan, den Eindruck, den die Arme auf uns gemacht hatte, zu verbessern. Meine Mutter war natürlich der Meinung meines Vaters, wenn auch in einem etwas mildern Grade. Und nur die Nachbarin Andres war ganz und gar dabei geblieben, daß man Mitleid mit ihr haben müsse, und gab der Ansicht bei jeder vorkommenden Gelegenheit nicht bloß Worte, sondern fügte auch die Tat hinzu. –

Ach, wie ich es mir jetzt überlege, kamen die Gelegenheiten recht häufig! Viel häufiger als die Briefe und Geldsendungen des Gatten und Vaters Trotzendorff aus den Vereinigten Staaten von Nordamerika. Dem wollte es noch immer nicht wieder recht glücken, und aus meines Vaters Munde schnappte ich das Wort auf: „Gib acht, Adolfine, und erinnere mich seinerzeit an mein heutiges Wort: demnächst hören wir gar nichts mehr von ihm. Wir und die Stadt haben die Frau und das Mädchen allein auf dem Halse. Von Heimatberechtigung kann ja wohl nicht die Rede sein; aber wohin sollte die Kommune sie abschieben, wenn der Gauner seinen Verpflichtungen gegen seine Familie genügend nachgekommen zu sein glaubt oder, was mir wahrscheinlicher ist, wenn sie ihn irgendwo da drüben an einem Strick an einem Baume in die Höhe gezogen haben werden. Nach oben strebte er ja auch schon hierzulande; aber hier hatte er doch nur mit den ordentlichen Behörden, Gerichten und nicht mit dem Lynchsystem zu tun." –

In einem Hause, in welchem solche Reden über ihren Papa geführt wurden, fühlten sich weder die Mutter noch das Kind des exotischen Sünders so wohl und in verhältnismäßiger Sicherheit, wie es sich für eine treue Nachbarschaft im Vogelsang eigentlich gebührte. Da bot das Häuschen und Stübchen der Nachbarin Andres einen behaglichern Unterschlupf. Es wurde dort *allen* Sündern viel leichter vergeben als – bei uns. Ich habe eben wahr zu sein, wenn ich durch diese Blätter bei meiner Nachkommenschaft irgendeinen Nutzen stiften will, und so sage ich, daß auch ich selber mich lieber bei der Mutter Veltens zu den Sündern als bei meinen eigenen Eltern zu den Gerechten zählen ließ. –

Also das Unglück war wieder einmal geschehen, und hier hole ich es noch einmal hinein in die Akten aus der fernen unaufgeschriebenen Vergangenheit, unseren Kindertagen: es hatte Feuerlärm im Vogelsang gegeben. Ich hatte die Hand meines Vaters am Kragen gefühlt, meine Mutter hatte die Hände gerungen, der Nachbar Hartleben hatte seiner „Amerikanischen" zum zwanzigstenmal gedroht, sie mit ihrem Balge beim nächsten Quartal auf die Gasse zu setzen – „einerlei, wer mir dann zu meiner rückständigen Miete verhilft!" – Lenchen-Timandra hatte sich, wie immer bei solchen Gelegenheiten, auf dem Osterberge in den Wald geschlagen und vergeblich nach sich rufen und suchen lassen, der Hauptsünder, mit seinen „nichtsnutzigen Pfoten" wahrlich in Leinöl und Watte, agierte in der Sofaecke den Heros weiter, indem er seine nicht kleinen Schmerzen so gut als möglich verbiß, und Frau Amalie seufzte:

„Junge, Junge, dein seliger Vater! Das war wieder ein Tag und Streich, bei dem wir beide ihn mit Tränen von neuem vermissen. Großer Gott, Velten, wen haben wir denn jetzt, der uns sagen könnte, was aus dir, du Strick, noch mal werden soll?"

„Oh heaven, und mein Mann!“ ächzte Mistreß Trotzendorff; doch da zuckte die Doktorin Andres nur die Achseln und meinte ablehnend:

„Die Hauptsache ist jetzt Hartleben mit seiner Drohung für dich, Agathe.“

„Der Grobian! Der unverschämte Mensch!“ wimmerte die Exmillionärin vom New Yorker Breiten Weg. „O wenn doch mein Mann hier wäre!“

„Nun, nun“, meinte Veltens Mutter, „der würde uns wohl nicht viel helfen. Jawohl, grob war er, der gute Nachbar, und recht hätte er eigentlich wohl, Ernst zu machen und dich mit deinem armen Würmchen auf die Gasse zu setzen. Velten, Velten, was habt ihr angerichtet.“

„Puh“, rief aber jetzt Andres der Jüngere, die umwickelten Hände erhebend und wie ein kranker Affe grinsend, „da ist doch mein Vater noch!“

„Dein Vater, dein armer seliger Vater?“ stammelte Frau Amalie.

„Hat der etwa nicht dem Nachbar Hartleben und seiner Frau und seiner Schwiegermutter ein halb dutzendmal das Leben gerettet? Hat er ihn nicht wieder zurechtgebracht, als das Wagenrad über ihn weggegangen war? Und hat Hartleben dir nicht geschworen, Mutter, du solltest nicht bloß deinetwegen, sondern auch wegen meines Vaters zu jeder Stunde bei Tage und bei Nacht bei ihm anklopfen, wenn du was von ihm brauchtest? Und hat er dir nicht zugeschworen, wenn er dich nötig hätte, käme er auch zu dir, und du solltest immer das letzte und beste Wort bei ihm haben und dafür bedankt sein?“

„Man muß die Güte der Menschen aber auch nicht zu sehr in Anspruch nehmen, Kind“, lächelte die Nachbarin Andres trotz aller Aufregung und Sorge des Tages.

„Soll das etwa wieder ein Stich auf mich sein, Amalie?“ fragte die Nachbarin Trotzendorff, ihr Taschentuch in Bereitschaft setzend und im Begriff, ihren fragbedenklichen Lebensjammer der Schlechtigkeit und Bosheit der Welt überhaupt und also auch der Mutter Veltens aufzuladen.

„Da kommt Herr Hartleben und bringt Lenchen!“ Ich war's, der vom Fenster her dieses erlösende Wort in diese „Gesellschaft am Krankenlager“ warf, und es war der Kranke, der aufsprang und gegen die Tür lief, und zwar mit den Worten:

„Was schreit es denn so? ... Wenn Herr Hartleben ihm –“

Er kam nicht zum Schluß seiner Rede. Hartleben hatte „ihm“, das heißt dieser anderen jungen Sünderin nicht ihren Lohn dahin aufgezahlt, wohin er von

Rechts wegen gehörte, er zog nur die „widerborstige Range“ am Arm hinter sich her durch den Garten und trat mit ihr jetzt ins Haus und in die Stube und sagte, ohne sich um seine Madam Trotzendorff im geringsten zu kümmern:

„Sehen Sie doch mal nach, Frau Doktern. Ich meine, sie hat auch eine häßliche Brandwunde am Ellbogen. Ich habe sie oben am Osterberge mit dem Gesicht im Grase und mit dem Arm im feuchten, kühlen Erdboden und Moose begraben gefunden. Ich war wegen einer Holzabfuhr da oben und bin dem verbissenen Geschluchze seitwärts in den Busch nachgegangen. Ist das eine Komödie! Ist das eine Schwefelbande! Na, nu fangen Sie nur nicht auch an zu schluchzen, Madam – Mistreß Trotzendorff. Lieber Gott, Frau Doktern, und nun fangen auch Sie noch an, den alten Hartleben wehleidig anzusehen! Ja, das ist recht, sehen Sie erst nach dem Kinde. Nicht wahr, eine arge Brandblase. Und damit in den Wald laufen, so weit als möglich von den Menschen weg. Je ärger der Schmerz, desto dickköpfiger die Verstockung, der Trotz und Eigensinn. Na, na, die beiden passen zusammen, Frau Doktern, Ihr Junge und dies kuriose Geschöpfe, unser Lenchen Trotzendorff. Ich sage nichts, aber wenn diese zwei sich durch die Jahre und in der Nachbarschaft noch näher aneinander heranspielen, so gibt das mal 'nen Haushalt mit Mord und Totschlag.“

„Ich bin nicht trotzig! Ich bin nicht eigensinnig! Ich ging nur auf den Osterberg hinauf, weil Velten wieder alles allein für sich haben wollte und den Großartigen spielen. Mir tat es so weh, mir tat es weher als wie ihm. Karlchen weiß es, wie er ist, und ich will mich nicht von euch allen eine Heultrine schimpfen lassen!“ weinte, schluchzte unter wahrem Tränenstrome Helene Trotzendorff jetzt unter den Händen der beiden Mütter. Das heißt, eigentlich nur unter den Händen der Nachbarin Andres; denn die Nachbarin Trotzendorff konnte Verwundungen nicht gut ansehen, geschweige denn hülfebringend fest und kräftig anrühren.

Das Kind stand große Schmerzen aus; aber es behielt während des Verbandes den Unheilskameraden im Auge und rief, mit dem Fuße aufstampfend: „Ja, gucke nur. Bilde dir nur nichts drauf ein, dummer Junge, daß du ein Junge bist. Und wenn uns Herr Hartleben jetzt deiner Dummheit wegen aus dem Hause wirft, so will ich auch allein schuld daran sein und gehe wieder in die Welt und nach Amerika und suche meinen Papa. Nicht wahr, Ma, und wenn wir den gefunden haben, dann können wir wieder auf den Vogelsang aus unserer eigenen Kutsche heruntersehen?“

„Nun höre einer! höre sie einer!“ brummte Hartleben. „Und was schwatzt der kleine Racker von mir und dem, was ich tun werde oder nicht? Aber da sie denn einmal die Rede auf die Sache gebracht hat, so wollen wir auch bei ihr bleiben. Frau Doktern, was Hartlebens Anwesen angeht, so wissen Sie, wie Sie dazu stehen – Sie im Vogelsang! Und also auch zu dem Wohnungskündigen und dergleichen. Also wenn es Madam Trotzendorff nicht mehr bei mir – aber eigentlich bei Ihnen nicht mehr gefällt, so muß sie das mit Ihnen ausmachen. Von wegen meiner ist sie sicher. Wir zu unserer Zeit waren ja eben auch Kinder und Jungen im Vogelsang und haben ihn oft unsicher genug gemacht. Was mich aber nicht abhält, dem Haupträuberhauptmann, dem Musjeh Velten, da ein bißchen anzuraten, sich doch manchmal ein warnendes Beispiel an seinem Freunde Karlchen hier, dem Karl Krumhardt, zu nehmen. Wenn ein Randalmacher im Vogelsang existiert, dem ich noch nicht mit einer Tracht Prügel habe drohen oder aufwarten müssen, so ist er das. Also grüße du deinen Herrn Vater, Karl, und mache ihm fernerhin alle Freude. Mistreß – Madam Trotzendorff: Hartleben kann wohl grob, sackgrob werden, wenn er das Recht dazu hat; aber ein Unmensch ist er nicht, und wo er sieht, daß weder Hart- noch Sanft-Dreinreden hilft, da weiß er sich auch zu bescheiden – vorzüglich bei Damens. Also empfehle ich mich und, liebe Frau Trotzendorff, wenn unsere Frau Doktern Ihrem Wurm für diese Nacht ein Lager da auf ihrem Sofa machen würde, wie sie's auch mal meinem kleinen seligen Hans getan hat, so hielte ich das für das beste. Das Kind wird doch wohl diese Nacht durch ein bißchen unruhig sein und Pflege verlangen und Sie, liebe Madam, recht stören. Habe ich schon wieder zuviel gesagt? Na, denn guten Abend rundum! Zwischen uns beiden bleibt alles wie es ist, Frau Doktern.“

Er war gegangen, und Lenchen Trotzendorff bekam ihr Lager für diese Nacht und manche folgende im Andresschen Hause, dem rechten Nachbarhause.

„Ich bin dir so dankbar, Amalie! Aber meine unglückseligen Nerven! Und dann bist du ja auch eine Doktorsfrau, und selbst eine halbe Ärztin, du liebe, liebe Seele“, wimmerte die Nachbarin Agathe.

Ich habe dem Nachbar Hartleben Raum zu seinen Eräußerungen gegeben. Es lag mir daran, diesen guten Mann aus der Erinnerung mir hinzumalen, wie er war und sich gab zum Besten seiner Nachbarschaft. Have, pia anima! Sanft ruhe seine Asche: er hat's auch um den Ritter mehrerer Orden Dr. jur. Oberregierungsrat Krumhardt verdient, daß der ihn seinen Nachkommen nach den Akten, wenn auch nicht aktenmäßig, aufbewahre als ein Zeichen, wie es vordem zuging im Vogelsang. Sein schmeichelhaftes Wort über mich auf dem vorigen Manuskriptblatt kommt hierbei wahrlich nicht in Betracht, sondern vielmehr ein vollkommenes Gegenteil davon. Es half sehr, wenn der Nachbar Hartleben seine Meinung über den Sohn meines Vaters dahin abgab:

„Bengel, wenn ich du wäre, so hätte ich gestern doch nicht mit den Händen in den Hosentaschen dabeigestanden und die anderen allein es ausfechten lassen!"

Ich war dann wirklich das nächste Mal nach besten Kräften mehr mit dabei. Gewöhnlich litten dann aber leider nicht nur meine Jacken, Hosen, Nase und Augen, sondern auch die Gefühle der Eltern sehr unter dieser Besserung in Nachbar Hartlebens Sinne. Die „Frau Doktern" hatte dann nicht nur mit einem Waschnapf für die blutende Nase, einer Kompresse für das geschwollene Sehorgan, sondern auch noch mehr mit sanft überredender Bitte im Nachbarhause „einzuspringen", wie Velten sich ausdrückte.

„Meiner ist natürlich der Hauptsünder gewesen. Sagen Sie es ihm nur ja recht ordentlich, Herr Nachbar!" –

Mein wackerer, braver Vater! meine gute, sorgenvolle Mutter! sie hatten wahrlich ihre täglichen und nächtlichen Nöte im Vogelsang. Leider aber tröstet und erquickt den Menschen auf seinem Erdengange auch die sicherste Gewißheit, daß er recht habe oder es jedenfalls bekommen werde, wenig. Meine Eltern hatten vollkommen recht und wußten das auch, aber Genuß zogen sie kaum aus ihrem Wissen. Dieses konnte sie nur darin bestärken, ihr eigen Fleisch und Blut möglichst auf dem richtigen Wege zu erhalten, auf daß und damit die Welt bestehe und ordnungsgemäß an nachfolgende Geschlechter weitergegeben werde. Nach besten, treuesten, sorglichsten Kräften haben sie so an mir getan, und – gottlob, ich weiß, daß meine Frau und meine Kinder mit ihren Erziehungsresultaten zufrieden sind. Sie sehen alle mit Respekt zu dem alten Herrn Rat, dem „Großpapa", über meinem Schreibtische auf, und meine Frau sagt dann auch wohl lächelnd:

„Du, es ist möglich, daß du es nicht glaubst; aber ich glaube, die Mama, deine Mutter, setzte häufiger ihren Willen gegen ihn da auf dem Bilde durch, als ich den meinigen dir gegenüber. Vorzüglich was die Kinder anbetrifft."

„Sie teilten sich eben auch in die Verantwortlichkeit dafür gegenüber der Welt, mein Schatz." –

Jaja, so redet man, über den Schreibtisch weg, am trauten Winterofen, in der Gartenlaube über die, so ihrer Arbeit für diesmal entledigt sind, über die Gras wächst und zu denen noch einige Zeit ihre Nächsten im Leben kommen, bis Straßenzüge, Eisenbahngeleise oder, im besten Falle, der Ackerpflug über sie weggehen und ihre Stätte nicht mehr gefunden, doch auch nicht mehr gesucht wird.

Ja, über den Schreibtisch weg sehe ich heute (nicht mit leiblichen Augen) auf unsern alten Kirchhof im Vogelsang, wo sie den Rat und die Rätin Krumhardt, den Doktor und die Frau Doktern Andres und den Nachbar Hartleben so nachbarschaftlich nebeneinander gebettet haben und wo wir, meine Kinder, mein Weib und ich, wo Velten Andres und Helene Trotzendorff nicht ihre Ruhestätten bei ihren besten Erziehern finden werden. Jetzt liegt auch er schon zwischen Backsteinmauern und Zement-Kunsthandwerk, der Friedhof des Vogelsangs; *damals* lag er noch vollständig im Grün, und eine lebendige Hecke ging um ihn her. Hohe Bäume überschatteten ihn, und die Vögel sangen da noch – auch die Nachtigall zu ihrer Zeit, und hier war's, wo wir, wenn uns der Weg zum Walde hinauf zu sonnig war, nicht Schiller und Goethe (die hingen uns von der Schule her aus dem Halse, wie Velten sich ausdrückte), sondern Alexander Dumas den Vater lasen und mit seinen drei Musketieren, wie er, die Welt eroberten.

Und dann –

Und dann –

Dort vor dem Tor lag eine Sphinx,
Ein Zwitter von Schrecken und Lüsten,
Der Leib und die Tatzen wie ein Löw,
Ein Weib an Haupt und Brüsten.

Die Nachtigall sang: O schöne Sphinx!
O Liebe! Was soll es bedeuten,
Daß du vermischest mit Todesqual
All deine Seligkeiten?

Und wenn sich alle Schulmeister der Welt auf den Kopf stellen oder vielmehr fest hinsetzen aufs Katheder: sie erobern die Welt zwischen dem sechzehnten und zwanzigsten Lebensjahre doch nicht durch moralisch, ethisch und politisch gereinigte Anthologien. Der „Unsinn“, der Mondenschein, der „frivole

Ungeschmack“ und die Nachtigall, der „Blödsinn“, der Lindenduft, das ferne Wetterleuchten und die hübsche Jungfer Lorelei im lichten Sommerkleide im Mondlicht behalten doch ihr Recht: *der Spiegel behält sein Recht, aber nicht die Rute dahinter...*

„Das Gewitter scheint doch heraufzukommen, Velten!“ sage ich, während wir jetzt noch im Mondlicht neben einem Grabe stehen, auf dem eine einfache Steinplatte in Goldschrift den Namen Valentin Andres, Doktor der Arzneikunde, nebst Geburts- und Todes-Jahres- und Tagesdatum trägt; und Velten Andres lacht:

„Laß es kommen,

> Den Toten im Meere kümmert's nicht,
> Er ist ja naß genug“,

und das ist wieder aus einem Poeten, den man um diese Lebenszeit sehr gern zitiert, wenn auch die Zitate wie die Faust aufs Auge passen. Aus dem Ferdinand Freiligrath ist's, der auch nicht von den Herren Lehrern zu den Klassikern gezählt wird, sich selber nicht dazu zählte und doch auf ungezählte Hunderttausende von Schuljungen von größerm Einfluß ist als der Dichter des Egmont, der Iphigenie und des Torquato Tasso. –

Seinen Vater kennt Velten eigentlich nur aus den Erzählungen seiner Mutter.

„Nur der Mutter und meinetwegen hat er sich was aus dem Sterben gemacht, für sich selber nichts“, sagte der Sohn seines Vaters. „Kommt dieser Sofaheld uns hier auf dem Kirchhofe mit seinem dummen Gewitter! Geh du dreist nach Haus und hol dir einen Regenschirm, wenn deine Alten dich wieder loslassen; Miß und ich bleiben hier, bis wir naß sind bis auf die Knochen. Famos, da verkriecht sich die holde Luna, und da haben wir die Prostemahlzeit, wie sie in Schödlers Buch der Natur steht. Komm rasch nach Hause, Lenchen! Deine Alte kenn ich; die wird ja rein verrückt beim leisesten Donner, und auf meine Alte und mich wird's natürlich allein abgeladen, wenn du morgen mit einer Schnupfennase herumläufst.“

„Lächerlich machen lasse ich mich nicht“, sagt Helene und setzt sich auf einen halbversunkenen Grabstein neben dem des Doktors Andres. „Ich bleibe hier, wie du gesagt hast! Aber auch allein. Bilde dir ja nicht ein, du Schafskopf, daß du morgen mit mir renommieren willst! Karlchen, nimm ihn auf den Arm und trag ihn zu seiner Mama. Ja, ich bleibe hier und denke an meinen Vater – was kümmern mich eure Toten und dummen Gewitter? In Amerika kommt das ganz anders, und kommt mein Vater, um uns wieder zu sich zu holen, so – o Himmel, Velten!"

Sie hatte trotz ihrer großen Worte doch einen kleinen Schrei ausgestoßen ob des ersten grellen Leuchtens und rasch nachfolgenden Krachs aus der Höhe. Sie duckte sich auch vor dem Platzregen; aber sie biß die Zähne zusammen und blieb auf ihrem Sitze.

„Jetzt sei keine Närrin, Lenchen, komm mit nach Hause."

„Nein."

„Tu es Karls wegen. Der arme Teufel besieht Redensarten, an denen er wochenlang zu kauen hat, wenn er mit verdorbenem Sonntagsstaat heimkommt."

„Er kann ja laufen. Ihr könnt meinetwegen beide laufen; ich finde meinen Weg schon allein. Ich denke an meinen Vater in Amerika und brauche keinen andern hier. Meine Mutter sagt, wenn er kommt, ist er reicher und vornehmer und stärker als alle hier."

„Es ist wahrhaftig Hagel dabei, und die Sache wird ungemütlich, Karl", brummt Velten. „Na, bei schönem Wetter habe ich nichts dagegen, daß du die Märchenprinzeß herausbeißt, Miß Ellen; jetzt hör auf mit deinem Schnack – und gehst du nicht willig, so brauch ich Gewalt, sagt Goethe, und nun komm, Herzchen –

Eine Wassermaus und eine Kröte
Gingen eines Abends spöte
Einen steilen Berg hinan."

Der sechzehnjährige Signor Petruchio hat den Rock abgerissen und ihn dem sein wildes, phantastisches Köpfchen mit beiden Armen gegen den niederrasselnden Hagel- und Platzregensturm schützenden Kinde übergeworfen, das nur schwach widerstrebende aufgegriffen, und zwar mit dem fernern Zitat aus dem Sekundaner-Klassikertum:

„Da begann die Wassermaus zur Kröte:
Warum gehen wir des Abends spöte
Diesen steilen Berg hinan?“

fügt aber hinzu: „Eigentlich ist's umgekehrt: die Kröte hat das Wort. Ja, zapple nur, Kröte, kleine Riesenkröte! Diesen Abend sind wir noch in Deutschland, und deiner Mama Vereinigte Staaten von Nordamerika und sonstigen Herrlichkeiten können mir – kommen.“

Wie Helene und Velten von den Müttern empfangen werden, habe ich nicht in den Akten; was mich selber betrifft, so wird mein Vater wohl gesagt haben:

„Endlich könnten diese Dummheiten wohl aufhören. Allotria auf dem Kirchhofe! ... Und übrigens scheinst du mir auch seit längerer Zeit schon dich einer recht überflüssigen, wenn nicht schädlichen Leserei zu ergeben. Bleib bei deinen wirklichen Büchern und meinetwegen auch älteren Poeten; aber laß mir diese dummen Romane und sogenannten neueren Dichter aus dem Hause, mein Sohn. Nebenan da zur Vernunft zu reden, hilft ja nicht; da laß ich den Narreteien allmählich ihren Weg; aber hier in meinen vier Pfählen bleibt Verstand Verstand, Sinn Sinn, Unsinn Unsinn und Schund Schund. Was ist deine Meinung, Adolfine?“

„Bis auf die Knochen muß der Junge durchweicht sein. Eine wahre Überschwemmung hat er mir in die Stube gebracht. Gott sei Dank, Kind, daß du wenigstens mit heiler Haut wieder da bist! Mir beben noch die Glieder – das sieht schön aus im Garten nach dem Hagel und Gewitter. Geh jetzt hin und zieh dir was Trockenes an und vor allen Dingen Pantoffeln.“

Habe ich mir so sehr Pantoffeln und so sehr „was Trockenes“ nach dem Rat meiner armen, guten Mutter angezogen, daß man es mit Mißbehagen aus diesen Blättern mir anmerkt?

Ich glaube nicht.

Was erzieht alles an dem Menschen! Und wie werden mit allen anderen Hoffnungen und Befürchtungen Eltern-Sorgen und –Glücksträume zunichte und erweisen sich als überflüssig oder besser als mehr oder weniger angenehmer Zeitvertreib im Erdendasein!

Als ein wohlgeratener Sohn, als ein älterer, verständiger Mann, als wohlgestellter Familienvater, als „angesehener“, höherer Staatsbeamter erzähle ich heute weiter vom Vogelsang und teile zuerst mit, daß wir, wenn nicht die besten Lateiner und Griechen auf unserm illustren Gymnasium, so doch die besten Engländer waren. Der für diesen Unterrichtszweig vom Staate besoldete Oberlehrer und Doktor war, obgleich er ein ganzes halbes Jahr „in London gewesen war", durchaus nicht schuld daran. Wir hatten das einzig und allein dieser „kleinen amerikanischen Krabbe" zu verdanken, die zuerst uns in den Vogelsang die verblüffende Offenbarung brachte, daß allerhand nichtsnutzige Sprachen nicht nur *tot* zu unserm Elend in den Grammatiken und in Büchern ständen, sondern wirklich und wahrhaftig lebendig seien und bei allerhand Völkerschaften außerhalb des deutschen Vaterlands tagtäglich im Gebrauch und um uns im Vogelsang zu „imponieren".

„Imponieren lasse ich mir nicht. Schlage mal auf im Lexikon: nasty", sagte Velten, lange vor unseren Sekundaner-Mondschein- und -Gewitter-Abenden mit Heine, Geibel und Uhland in der Tasche und im Hirn und Herzen. „Boy heißt Junge, Bengel oder dergleichen, das weiß ich; aber nasty boy hat das Balg zu mir gesagt und die Zunge herausgestreckt. Gib mir das Buch, wenn du es nicht finden kannst."

Er riß mir das Lexikon aus den Händen, fand das Wort, und – von da an bis zu Shakespeare, Byron und dem übrigen Groß und Klein ist wieder einmal nur *ein* Schritt gewesen.

Als wir Primaner geworden waren, hatte Miß Ellen Trotzendorff sich zu einem allerliebsten, naseweisen, eigensinnigen deutschen Backfisch herausgewachsen, aber ihr Englisch oder Amerikanisch so ziemlich vergessen: wir aber konnten es. Velten ausgezeichnet, ich mittelmäßig, doch auch vollkommen genügend für ein rühmliches Schulabgangszeugnis in dieser Hinsicht. Mistreß Trotzendorff, die mit ein paar angelernten Phrasen von New York herübergekommen war, blieb bei denselben: übrigens wuchs sie sich, wie der Vogelsang sagte, im Laufe der Jahre allgemach aus einer armen Person, die für ihre Kümmernisse nichts konnte, zu einer kompletten Närrin heraus. Und obgleich sie auch dafür eigentlich nichts konnte, so ließ der Vogelsang hier doch keine Entschuldigung gelten, ausgenommen die Nachbarin Andres, die mitleidig und geduldig bei dem Wort blieb:

„Die arme Agathe!" –

Jawohl, wir hatten alle unsere Not mit der „armen Agathe"; jeder auf seine Weise. In der besten die Frau Doktor Andres, in der schlimmsten des wirklich armen Weibes eigenes Kind. Was für eine Närrin wäre das geworden, wenn nicht der Vogelsang in allen seinen Nuancen, Schattierungen und Abschattierungen um es herum gewesen wäre? Welche Bilder und Gedanken steigen mir da auf, wie ich wieder den Brief in die Hand nehme, den mir Helene Trotzendorff, verehelichte Mungo, aus Berlin geschrieben hat und der mich dazu gebracht hat, diese Blätter mit meinen Lebenserinnerungen zu füllen!

Während wir, Velten und ich, wie letzterer sich ausdrückte, unsern Stiefel fortgingen, wuchs unsere Kleine auf wie eine gebannte, verzauberte Prinzessin aus dem Märchenbuch der Brüder Grimm. Sie war klug und schön und wurde immer klüger und immer schöner; aber sie hatte in Lumpen zu gehen und im wilden Walde im bloßen Hemde zu irren, auf bloßen Füßen Wasser zu holen für die Küche und die goldenen Haare auf der Heide als Gänsemädchen zu strählen. Und leider war sie in ihrer Verzauberung im Vogelsang nicht so geduldig wie die ins Elend geratene Königstochter der lieben Sage. In den Bäumen am Osterberge saß sie wohl auch dann und wann auf einem bequemen Zweig als Allerleirauh; aber „die Haare sehr nach innen“, wie wiederum Velten sich zierlich und bezeichnend ausdrückte. Wer sie zu Tränen der Reue, Rührung und Ergebung bringen wollte, mußte das fein anfangen, und gelang es eigentlich nur der Nachbarin Andres; Tränen der Wut und Bosheit ihr zu entlocken, war recht leicht, und diesen „Spaß“ machte sich Velten Andres, der Sohn seiner Mutter, nur zu häufig. Was Helene Trotzendorff Gutes aus dem Vogelsang in ihres Vaters Königreich später mitgenommen hat, hat sie zum größten Teil doch nur den beiden zu danken gehabt. –

„Nun höre sie einer da drüben“, sagte um diese Lebenszeit mein Vater, in unserer Gartenlaube beim Sonntagsnachmittagskaffee von der Zeitung aufsehend. „Da liegen sie sich wieder bei der Doktorin in den Haaren – einerlei, ob es Spaß oder Ernst ist: die Passanten bleiben stehen, und die Nachbarschaft legt sich in die Fenster und hat ihren Grund dazu! Und die Amalie lacht dazu! Endlich könnte sie doch bedenken, daß sie keine Kinder mehr sind. Junge, Junge, wenn ich dich nur erst glücklich auf der Universität habe! Sieh doch mal über die Hecke, Frau, und frage deine Amalie, was sie nun wieder vorhaben. – Der Lärm ist ja unerträglich.“

Jawohl, der Lärm war unerträglich, vorzüglich für mich, der trotz seiner bessern Erziehung und Beaufsichtigung, oder gerade wegen derselben, so gern mit dabeigewesen wäre; aber –

„Was habt ihr denn, Kinder?“ fragte, ihr Strickzeug niederlegend, meine Mutter über den nachbarlichen Zaun, und – da sind sie schon mit hochroten Köpfen, Fräulein Ellen und Velten Andres, und hinter ihnen erscheinen die Mütter, Mistreß Trotzendorff in Tränen – und die Frau Doktern sagt über deren Schultern weg mit *ihrem* Lächeln:

„Ja, es war die höchste Zeit, daß von hier aus mal wieder eingeschritten wurde. Jetzt reden Sie Vernunft, Nachbar Krumhardt; ich bin mit der meinigen vollständig zu Ende.“

Es war am Tage vorher eine Hundertdollarnote aus Nordamerika im Vogelsang angelangt, und Mrs. A. Trotzendorff hatte, ohne alte Schulden in der Nachbarschaft abzutragen, sofort an diesem Sonntagnachmittag *ihre* Vernunft walten lassen, das Wort genommen und es behalten trotz Veltens „naseweisen, unverschämten Einredens“, trotz der Frau Amalie abwehrenden Kopfschüttelns und Lächelns, ja, auch trotz ihres Lachens.

Sie hatte ein gar liebes, doch auch vielbedeutendes Lachen an sich durch ihr ganzes Leben, die Frau Doktorin Amalie Andres; aber es wirkte auch am heutigen Tage so wenig auf Deutsch-Amerika wie meines braven Vaters nüchterne, ehrliche Ernsthaftigkeit.

Die neunte Woge ist ja wohl im Auf und Nieder des Meeres die Woge der Götter und des Glücks, und wenn das auf den Wassern mit Hülfe des Winters wirklich der Fall ist, weshalb sollte da nicht auch im Auf und Nieder des Menschenlebens solch eine neunte Woge den mutigen Schwimmer zur Höhe heben? Nach den dann und wann aus den Vereinigten Staaten im Vogelsang einlaufenden Briefen hob sich Mr. Charles Trotzendorff mindestens wieder auf der siebenten, wenn nicht gar achten Welle: „Daß er die armen Seelen, seine Närrin von Frau und das Kind, nicht ganz abgeschüttelt hat und für sie verschollen ist, ist mir freilich ein Wunder; aber ein Schwindler war er, und ein Schwindler bleibt er, und was an seinen Rimessen hängen mag, das möchte ich auch nicht alles auf meinem Gewissen haben“, sagte mein Vater.

Doch –

„O, lieber Krumhardt, bester Nachbar“, ruft jetzt die Frau Nachbarin Agathe; „o, mein Charles! Mein armer herrlicher Charles! Mein Einziger! Ich weiß das ja nur zu gut, wie ihr hier über ihn denkt. Glaubt ihr, ihr hättet es mich diese langen schrecklichen Jahre durch nicht merken lassen? Wenn auch nicht durch Worte, doch auf jede mögliche andere Weise! Und nun schreibt er: wir könnten anfangen, die Fühlhörner wieder aus dem Schneckenhause zu stecken, er tue es auch. Elly, die Schneiderin kommt doch übermorgen gewiß? O Gott, und wenn ich dann mit meinem vollen Herzen zu euch komme, so sitzt ihr da und zieht Gesichter in mein Glück; der eine auf die eine Weise, der andere auf die andere. Ich bin ja ganz gewiß dankbar und weiß, wie sehr ich euch für so manche Güte verpflichtet bin; aber ich weiß auch, daß Charles ganz gewiß seine und meine Schuld bei euch abtragen wird. Dem Himmel sei Dank, daß ich mir und meinem armen Kinde bald nicht mehr jeden armseligen Fetzen auf dem Leibe nachrechnen lassen muß! Und, Amalie, Hartleben will ich ja auch fürs erste noch nicht mein entsetzliches Unterkommen bei ihm kündigen und mich nach einer anständigeren Wohnung in der Stadt umsehen. Fragt doch nur Ellen, ob wir nicht ganz genau wissen, was wir an dem Vogelsang haben, wenigstens bis jetzt gehabt haben. Nur noch eine kurze Zeit abwarten, schreibt er ja, gottlob; also, bitte, habt auch ihr gütigst nur noch eine kleine Weile Geduld mit uns! Ihr sollt uns ja auch drüben später willkommen sein, und das sage ich besonders dir, lieber Velten. Jawohl, dir! Schneide du nur deine Gesichter und zupfe Ellen am Ärmel! Das Kind hat's ja leider Gottes hier in unserm Hunger und Kummer vergessen, in was für eine andere Welt es hineingehört von Vater und Mutter wegen. Bester Krumhardt, in dieser Hinsicht werden Sie ganz auf meiner Seite stehen, wenn ich unserer guten Amalie jetzt ganz offen sage, daß der junge Mann, ihr Sohn, unser guter Velten, nicht von dem besten Einfluß auf – ich will mal sagen, seine Umgebung ist. Mit bloßem Gesichterziehen und spitzigen, lächerlichen Anmerkungen und allem übrigen von der Art kommt man nicht durch die Welt, lieber Velten, und besuchst du uns später wirklich vielleicht einmal auf dem Broadway, so werden dir mein herrlicher Gatte, Ellens Pa – und die große Welt selber dir das noch etwas klarer machen, als ich es könnte und – hier Lust dazu hätte.“

Dieser Sommer-Sonntagnachmittag, der eigentlich ganz gemütlich und vogelsangmäßig angefangen hatte, ging wieder einmal recht unbehaglich zu Ende. Die Nachbarin Trotzendorff irrte sich doch sehr, wenn sie meinte, meinen Vater durch ihre unvermutete Hinweisung und den Angriff auf den armen guten Velten ganz für ihre sonstigen Anschauungen, sowie überhaupt ihre Lebensanschauung gewonnen zu haben. Es war dem ernsten, würdigen Herrn manches nicht recht an meinem besten Freunde, aber eigentlich gar nichts an Mistreß Agathe Trotzendorff und gar an Mr. Charles Trotzendorff.

Nun, was den letztern anbetraf, so genügte fast immer eine wegschleudernde Handbewegung und eine lang hingeblasene Tabakswolke, um den vollkommen und für immer aus Raum, Zeit und Kausalität für den Obergerichtssekretär Krumhardt hinauszuweisen.

Da er dazu aufgefordert worden ist, so nimmt er das Wort, mein seliger Vater, und sagt der Nachbarin Agathe seine Meinung, gibt sie vor der gesamten Freundschaft umher zu Protokoll. Ohne im geringsten wegen Injurien belangt werden zu können, erklärt er sie für die albernste, unzurechnungsfähigste Gans, die jemals dem Vogelsang durch ihr Gegacker und Geschnatter die Harmonie gestört habe. Wie er selbst meinetwegen wohl seine Hoffnungen hat, aber sich keine Illusionen macht, so sind ihm Illusionen der Nebenmenschen vollkommen unerfindlich und also auch unbegreiflich. Obgleich er selber die mehr oder weniger spärlich aus Amerika einlaufenden Banknoten und Wechsel zu deutschem Gelde zu machen hat, glaubt er doch im Grunde an sie nie recht und hat immer das Gefühl, der transatlantische Telegraph sei ihm bei dem Bankier mit dem einheimischen Staatsanwalt zuvorgekommen, und zwar in lakedämonischer Kürze durch das eine Wort: Schwindel! Er ist ein eifriger Zeitungsleser und weiß, daß merkwürdige Sachen in der Welt vorkommen und merkwürdige Leute ein kurioses Glück haben, nicht bloß in den Vereinigten Staaten von Nordamerika, sondern auch im deutschen Vaterlande; aber an seinen alten Schulbankgenossen Charley Trotzendorff glaubt er weder im deutschen Vaterlande noch in den Vereinigten Staaten von Nordamerika. Es gibt auch Illusionen der Verneinung. Sie nehmen überhaupt wunderliche Formen und Farben an, unsere – Täuschungen im Dasein auf dieser Erde. –

Wie deutlich die verstörte Gruppe in der Gartenlaube mir heute noch vor Augen steht! Mistreß Trotzendorff in kindischen Tränen, Helene in trotzigen; meine Mutter in verhaltenen, verlegenen, aber ganz und in allem der „Ansicht des Vaters“. Freund Velten mit einem zugekniffenen und einem nach Miß Ellen hinüberblinzelnden Auge und überhaupt einem Gesicht wie: „Herr Gott, wozu dein schönes Wetter und deine angenehme Welt, wenn keiner was damit anzufangen weiß?“ – und die einzige auch jetzt dem Vogelsang vollkommen Gewachsene, „unsere Amalie“, seine Mutter, Nachbar Hartlebens Frau Doktern – die Frau Doktorin Amalie Andres! –

Im Grunde ist sie doch die einzige von allen, vor der auch mein Vater Respekt hat und auf die er hört, wenn er das Wort genommen hat und sie es nach ihm nimmt, trotzdem er als „Familienfreund“ auch ihr gegenüber das Wort:

„Unzurechnungsfähiges Frauenzimmervolk" oft genug hinter den Zähnen brummt. Und sie sagt jetzt, „ihr" Kind – nicht ihren „dummen Jungen", sondern die „arme Kleine von drüben überm Weg und überm Weltmeer" zu sich heranziehend:

„Lieber Nachbar Krumhardt, ich bitte! – Aber ihr Leutchen, was seid ihr für ein Volk! Wie soll sich denn unsereins hier durchfinden, wenn jeder rundum recht hat von seinem Standpunkt aus? Beste Agathe, was hätte ich wohl, und der arme Velten, diese letzten langen, traurigen Jahre ohne den verständigen, treuen Freund unserer Familie, ohne unsern Familienfreund anfangen sollen? Und wie undankbar sind wir oft gewesen! Wie oft haben wir es besser verstehen wollen als er! Ja, Nachbar Krumhardt, das ist nun eben Ihr Schicksal, daß Sie in eine solche Gesellschaft von Phantasiemenschen gesetzt worden sind und Geduld haben müssen. Wie oft habe ich mir in schlaflosen Nächten vorgehalten: im Grunde bist du die Allerschlimmste, Amalie! Selbst Agathe Trotzendorff fährt nicht so närrisch wie du auf den Wolken und ihren Hirngespinsten über den Vogelsang im blauen Himmel umher. Da habe ich denn wohl nach Entschuldigungen gesucht und die beste nur auf unserm Kirchhofe gefunden: Hätte der Liebe da, der dort unter seinem grünen Hügel liegt, dich nicht so sehr verzogen und mit sich in die Höhe gezogen, so möchtest du ja auch wohl vernünftiger und verständiger in den tagtäglichen Dingen und Angelegenheiten sein und deinen Velten besser erziehen und dem Herrn Oberregierungssekretär weniger Verdruß machen können. Sehen Sie, bester Nachbar, und diese Entschuldigung hat dann grade das Gegenteil von meiner und Veltens Besserung bewirkt. Ich habe mir verhältnismäßig glückliche Tränen abgetrocknet und bin doch mit besserm Gewissen auf meinem Kopfkissen eingeschlafen, als ich mich drauf hingelegt hatte. Und weil wir denn hier plötzlich so in eine allgemeine Beichte hineingeraten sind, so kann ich nur sagen, daß ich am andern Tage nach jeder solchen Gewissensbißnacht stets die allermöglichsten und Ihnen verdrießlichsten Einwendungen gegen Sie hatte, bester, teurer Freund – und wie gesagt, so haben Sie eben mit uns Geduld haben müssen, diese letzten schweren Jahre durch, wo Sie unsere einzige treue, sorgliche männliche Stütze in der nahen Nachbarschaft und der weiten Welt waren, Herr Nachbar. Sie schütteln den Kopf, weil ich hier so in den schönen Sonntagsabend hineinschwatze, und ich bin noch nicht fertig, sondern komme jetzt auf Agathe. Ja, Nachbar, da sehen Sie mich nur an: gegen die habe ich die nämliche vergebliche treue Familienfreundsrolle gespielt wie Sie gegen mich. Wie habe ich der, in Ihrem

Sinne, Herr Nachbar, Vernunft gesprochen, ohne das geringste auszurichten. Eben noch, wie Sie selber von hier aus gehört haben. Und das Resultat? Wie immer! Wie ich gegen Sie, Herr Regierungssekretär: halb Tränenflut, halb zehn ausgespreizte arme, wehrlose, dumme Weiberkrallen! Gradeso wie ich! Nur ein kleiner, ganz kleiner Unterschied: *sie* sucht immer noch ein Glück, welches es doch nicht gibt; ich will nur aus angeborener Schwäche und Ängstlichkeit mir manchmal nicht gern eine erträgliche Stunde verderben lassen. O ja, auch deshalb wäre es für uns beide Frauen wohl besser, wenn ich meinen Velten von Hause wegschickte und ihr ihr liebes Kind auch genommen würde, um unter bessere Zucht und strengere Obhut zu kommen, als sie, und ein bißchen auch ich, leisten können. Aber sie will ihre Helene für den lebenden Vater bei sich aufbewahren, und ich frage mich bei allem: was würde Valentin dazu sagen? Was würde der tote Vater zu dir und deinem Velten sagen? Und das nimmt mir auch gegen Agathe alle Waffen aus der Hand. Ja, schütteln Sie nur den Kopf, Nachbar; Sie haben vollkommen recht: wir bedürfen eines Vormunds, auch wo, oder besonders wo, wie in unserm Fall, unsere Kinder und unsere Männer für uns armen Weibsleute mit im Spiel sind. Freilich ist's kein dankbares Geschäft, grade da den Vormund spielen zu müssen! Leider wissen Sie das auch mir gegenüber aus tausendfacher Erfahrung, Nachbar Krumhardt; also" – und so weiter, und so weiter noch eine geraume Weile.

Aber mein Vater hielt sich auch schon seit einer geraumen Weile den Kopf mit beiden Händen, um nicht zu sagen: mit beiden Händen die Ohren zu. Was sie sagen wollte, die Frau Doktorin Amalie Andres, wußte er wohl; jedoch wie sie es herausbrachte, das ging ihm doch über die Bäume, nicht nur seines Hausgartens, sondern auch des ganzen Vogelsangs. Und noch dazu in Gegenwart der Kinder – der Unmündigen – dieses jungen Volkes, dem da eine saubere Heckenpredigt gehalten wurde, auf die es sich freilich bei jeder nachfolgenden Lebenstorheit und Nichtsnutzigkeit berufen konnte.

Man brauchte da nur den Schlingel, den Velten, anzusehen, wie der, nach außen mit dem komödiantenhaftesten Armesündergesicht, nach innen hinein seine „gloriose Alte" herzte und küßte und den ernsten, treumeinenden Familienfreund zum Narren und für einen Narren hielt.

Und dann gar die verzogene Krabbe der entmündigungsreifen Amerikanerin aus dem Vogelsang! Dies junge Ding, das Hartleben heute mit der Peitsche aus seinem Lieblingsbirnenbaum herunterholen wollte, um ihm morgen den Korb mit der ganzen Ernte und einem Blumenstrauß drauf persönlich ins

Dachstübchen auf seinem Anwesen hinaufzutragen! Diese „kleine Affe", die einen selbst in diesen jungen Jahren zur Verzweiflung bringen konnte mit ihren angeborenen „Allüren" und den aus allem, was nichtsnutzig im Leben war, zugelernten; gleichviel ob es mütterliche Erziehung, Modenzeitung, Leihbibliothekslektüre oder Herumtreiberei mit allen jungen Taugenichtsen des Vogelsangs in Wald und Feld hieß! – –

Ich habe diesen einen Sonntagnachmittag von vielen hunderten seinesgleichen, und nicht bloß im Sommer, sondern auch in jeder andern Jahreszeit, wenn nicht aktenmäßig, so doch aus den Akten so deutlich und farbenfrisch als möglich zu Papier gebracht. Es erübrigte mir also nur noch, auch zu schildern, wie mein Vater all das Seinige: Pfeife, Tabakskasten, Zeitung, Amtsblatt an sich nahm und immer als ein durch Weiberlärm, Dummheit, Gezeter betäubter, durch feuchte Taschentücher und trockenste Albernheit aus jedwedem Konzept gebrachter Familienvater, Familienfreund und wohlmeinender Nachbar im Sommer die Gartenlaube, im Winter die Familienstube hinter sich ließ und sich in sein Reich, eine Treppe hoch, zurückzog und mich gewöhnlich mit sich nahm. Ich verzichte drauf; aber seinen Griff verspüre ich heute noch am Oberarm, wie ich mich in diesem düstern Wind- und Reifmond, mit Mistreß Mungos Brief vor mir, in jene doch so unschuldige, glückselige, sonnedurchleuchtete Zeit zurückdenke. Dann aber sehe ich auch zu dem Bilde des alten Herrn über meinem Schreibtisch unter einigen Gewissensbissen auf und – möchte das Nachgefühl seiner grimmigen, aber treuen Faust an meinem Arm wahrlich nicht missen, auch durch mein ganzes ferneres Leben.

Und doch! Mit welchem Verdruß, Trotz und mehr oder weniger deutlichen Widerstreben habe ich zu jenen Zeiten, da er noch mehr als eine Erinnerung war, jenen guten Griff erduldet! Und wie oft habe ich mich von ihm frei gemacht und bin mit den beiden anderen durchgegangen im Vogelsange in den Vogelsang und auf den Osterberg, aus der Niederung zu den Höhen, aus dem Alltag in den Sonntag, aus der griechischen und lateinischen Grammatik in die Tausendundeine Nacht, aus Vegas Logarithmen, aus der Mathematik und Arithmetik in die wirkliche Idealität von Zeit und Raum, in das raum- und zeitlose Jugendphantasiereich von Velten Andres und Helene Trotzendorff!

Auf dem Osterberge waren wir auch wieder alle drei zusammen an jenem Abend, der auf den eben beschriebenen stürmischen Familien- und Nachbarschaftssonntagnachmittag folgte. Die zwei anderen, wie gewohnt, ihre eigenen Wege gehend, ich verstohlen etwas später einem verstohlenen Wink und Zeichen Veltens folgend. Der Wald war selbst damals schon dort oben von ziemlich wohlgehaltenen Pfaden durchschnitten, wie man sie heute in den Bädern als „Promenadenwege" kennt. Hier und da hatte sogar schon irgendein Naturliebhaber und Wohltäter der Menschheit eine Bank aufgestellt, die meisten in das Gehölz und Gebüsch hinein, doch eine oder zwei auch an den Rand des Hügels mit dem Blick ins Tal und auf die liebe Heimatstadt und Hochfürstliche Residenz, halb in diesem Tale und halb im offenen Lande.

Auf dieser Bank am Waldrande im tiefsten Frieden der Natur fand ich auch diesmal die beiden ärgsten Störenfriede des Vogelsangs, den Sünder in die eine Ecke gedrückt, die Sünderin in die andere, so daß in der Mitte vollkommen Raum für mich, den guten Freund, übrigblieb. Da Neumond im Kalender stand, so war der Abend ziemlich dunkel. Die vereinzelten Sterne oben zählten nicht; nur die Lichter der Stadt in der Tiefe und die Gaslaternen ihrer Straßen und Plätze gaben einen bemerkenswerten Schein. Im fürstlichen Schloß schien „irgendwas los zu sein", denn das leuchtete sogar sehr hell in die warme Sommernacht hinein und zu dem Osterberge empor. Im Walde war es still; wildes Getier, das nächtlicherweile in ihm aufgewacht wäre und sich bemerkbar gemacht hätte, gab's nicht mehr drin; die Fledermäuse, die ihre Kreise um uns zogen, zählten nicht; ihre weichen Fittiche störten den Frieden der Natur nicht. Nur vom Bahnhof her dann und wann das Pfeifen und Zischen einer Lokomotive, und aus den drei Bier- und Konzertgärten der letzte Wiener Walzer, der Einzugsmarsch aus dem Tannhäuser und der Hohenfriedberger harmonisch ineinanderdudelnd und den Abendfrieden hier oben wenig störend.

„So! Da sitzt ihr wieder!"

„Jawohl; und Gott sei Dank, frommer Sohn Karl, daß auch du noch da bist, Tugendbold! Keine fünf Minuten hätte ich es mit dem Mädchen da länger allein hier ausgehalten. So 'ne ganz verrückte Prise! Ist der das Gezeter, Gezerr, Geplärr und Geplapper da unten zu Hause auf die Nerven gefallen! Jawohl, dich brauchen wir grade recht notwendig, Krumhardt. Da ich mit meiner Mutter nicht gegen sie ankomme, so rücke du ihr noch einmal mit deinem Herrn Vater auf den Leib und kratze deinen eigenen Verstandskasten aus, um ihr Vernunft zu sprechen. Da haben unsere Mütter – ich meine meine und ihre – eine saubere Pflanze großgezogen. Höre sie nur, höre sie nur, Krumhardt! Ja, leg nur los, Elly – Miß Ellen Trotzendorff: die Nachbarschaft im Vogelsang ist ganz Ohr!"

„Wäre deine Mutter nicht, Velten, so könnte ich dich – könnte ich dich –“

„Erdrosseln, erwürgen, vergiften, mir jedenfalls mit beiden Krallen in die Haare fallen und beide Fäuste voll Skalp bergunter nach Hause rennen. Da, greif zu und zieh mir die Kopfhaut ab, Mamsell Squaw, und das übrige Fell meinetwegen mit. Mir liegt nichts dran.“

Es war die höchste Zeit, daß ich mich zwischen sie setzte, denn Helenchen war vollkommen bereit, von der Erlaubnis, die ihr da eben gegeben wurde, Gebrauch zu machen. Ihr bester Kamerad im Vogelsang hatte ihr wirklich seinen Strubbelkopf zu beliebigem Verfahren hingehalten; nun aber sprang sie doch nur auf von der Bank und stand vor uns am Rande des Osterberges und streckte uns die Faust zu und schnuckte und schluchzte zwischen den zusammengeklemmten Zähnen durch:

„Und ich glaube doch an meinen Vater! Ihr mögt alle sagen, was ihr wollt. Ihr könnt die Nasen verziehen und rümpfen, ihr könnt den Kopf schütteln, und ihr könnt meiner Mama Sottisen sagen, wie ihr wollt: ich glaube ihr doch, meiner Mama! Ich glaube doch an meinen armen Vater, er mag sein, wie er will! Und was könnt ihr hier im Vogelsang von ihm wissen? Ich, die ich als bloßes Wickelkind hierhergebracht worden bin, weiß doch noch mehr von der wirklichen Welt als ihr alle – deine Mutter ausgenommen, Velten. Aber die ist auch eine Märchenkönigin – eine viel höhere als die da unten, die kleine Durchlaucht da in ihrem lächerlichen Residenzschloß da unten! Das sind ihre Fenster – seht ihr, und so sollen meine Spiegelscheiben auch noch einmal leuchten, und noch viel heller! Deine Mutter braucht keine Kronleuchter über sich und keine türkischen Teppiche, und wäre sie meine Mutter und ich ihr Kind, so wollte ich auch nichts davon. Aber jetzt bin ich meines Vaters und meiner Mutter Kind und eine freie Republikanerin und Amerikanerin, und ich glaube an meinen Vater und werde auch meine Salons haben und Bediente, schwarze und weiße, Kammerfrauen und hohe Fenster, Kronleuchter und Teppiche und Reitpferde und Wagen und meine Loge im Theater und alles andere! Ja, und nun geh nur hin, Velten, und sage es deiner Mutter, was ich gesagt habe, und daß alle ihre Güte und Lehre an mich weggeworfen gewesen ist; aber sage ihr auch, daß ich so schreien muß, ich weiß nicht was, nur weil ihr alle, alle mich dazu getrieben habt, jeder auf seine Art. Ach Gott, was bin ich für ein armes Mädchen und so unglücklich in der Welt!“ …

Vor einem Jahre noch würde Velten Andres, kreischend vor Vergnügen ob dieses „himmlischen Witzes“, dieser „ausgezeichneten Komödie“, sich auf den Kopf vor der Bank auf dem Osterberge gestellt haben. Jetzt war dem schon nicht mehr so. Er lachte nicht mehr, sprang nicht mehr auf, sondern blieb ruhig auf seinem Platz auf unserer Bank, aber faßte mich mit noch fast schärferm Griff als mein Vater am Arm und sagte, auch zwischen den zusammengebissenen Zähnen durch:

„Nun höre sie, Besterzogener, Treuestbehüteter, Verständigster und Vernünftigster unserer ganzen Blase – ich meine nicht die herzogliche Residenzstadt – da unten: was kann der Vogelsang, meine Mutter und dein Vater, was – kann ich noch dazu tun, um in diesem Mücken-, dem Nachtschmetterlingshirnkasten Ordnung zu stiften? Also – vivat natürlich der Papa Trotzendorff mit allen seinen schönen Aussichten für sich, für Lenchen und unsere Allerschlaueste und Beste, Lenchens Mama! Aber ungefangene Fische kann man nicht braten, sagte schon der weise Kikero im vollen Senat zu meinem lieben Freunde Katilina; also – verrücktes Herze, an deiner Stelle setzte ich mich doch fürs erste mal wieder ruhig da auf die Bank neben den braven Karl. Was? Du willst nicht? Habe ich mich etwa heute noch nicht genug geärgert? Guck einer, wie der Mieze die Augen im Dunkeln leuchten! Was? Nun wohl am liebsten in den hiesigen Urwald hinein oder kopfüber kopfunter bergab nach Hartlebens Anwesen und nach Hause? Na, denn meinetwegen noch mal die Hände aus den Hosentaschen! Da kann ich meine Pauke an dich und die Welt auch stehend halten. Na, Wurm?“

Nun war er doch, nicht aufgesprungen, sondern langsam aufgestanden, und sie duckte sich wirklich vor ihm, ohne daß er sie an den Schultern niederzudrücken brauchte und setzte sich mit dem Worte „Hansnarr!“ auf der Bank an meiner Seite wieder fest hin. Er aber stand und redete seinerseits seinen Unsinn in den Sommerabend hinein, wie mein Vater sich ganz gewiß ausgedrückt haben würde.

„Recht hat sie eigentlich, Krumhardt. Ein fideler Nachmittag war's, und zwar sehr auf ihre Kosten. Aber habe ich nicht mit ihr auf demselben Rost gelegen, während die liebe Verwandtschaft und gute Nachbarschaft die Kohlen unter uns schürte? Um den zehnten August herum sind wir auch. Da ist wieder eine! Ihr habt doch für nichts Augen! Die Tränen des heiligen Laurentius, Krumhardt; wie du aus der Schule besser wissen solltest als ich! Selbst der Himmel schnuppt sich uns zuliebe. Noch eine! Wer soll denn da keine Wünsche haben, wenn ihm das ganze Firmament Gewährung winkt? Bloß aufpassen, Miez, daß der Wunsch mit dem Fallen der Sternschnuppe stimmt: nachher ist alles in Richtigkeit, als ob die Weltregierung, der Vogelsang mit, Hand und Siegel dazu gegeben und dein Vater, Krumhardt, die Registratur in der himmlischen Kanzlei besorgt hätte."

„Laß endlich mal meinen Vater aus dem Spiel, Andres!"

„Warum denn? Sage ich denn etwa gegen den was? Gar nichts! Ist er nicht etwa auch heute nachmittag wieder der einzige gewesen, der ganz und gar recht hatte und wußte, was er wollte? Da nehme ich selbst meine Mutter nicht aus, denn ein Frauenzimmer bleibt doch auch die. Ja, Elly, das ist eben unser Jammer, daß wir zwei doch nur von unseren Müttern erzogen worden sind. Wie die Flügelengel haben sie uns unter beiden Armen und wollen uns mit in die Höhe nehmen, jede auf ihre Weise; und wenn dein Vater, Krumhardt, es auf seine Weise mit dir ebenso machen will und auch uns aus guter Nachbarschaft gern an den Beinen auf dem richtigen Erdboden festhalten möchte: wer hat was dagegen einzuwenden? Ich wahrhaftig nicht – noch dazu so nahe vor dem Abiturientenexamen ... da schnuppt sich wieder einer! Na, was hast du dir eben gedacht und gewünscht, Karlchen?"

Ich konnte es nicht leugnen, mit dem Wort waren in demselben Moment alle meine Gedanken und Wünsche bei diesem Examen gewesen –

„Du kommst durch!" lachte Velten. „Mit Eins A natürlich! Selbstverständlich erlebt nicht bloß dein Vater, sondern auch deine Mutter diese Ehre an dir. Aber nun du, Mädchen, woran hast du gedacht und was hast du dir gewünscht, als dieser Stern fiel?"

„Ich habe ihn gar nicht gesehen. Aber das ist auch einerlei. Für mich mögen so viele fallen, als sie wollen, ich wünsche wie immer nur eines: daß es für mich wieder so wird, wie ich es drüben gehabt habe in Amerika als kleines Kind, ehe ich hier im Vogelsang ins Elend gebracht wurde, ehe meine Mama mit mir auf dem Arme zu euch hier im Vogelsang ins Elend kam."

„Du kriegst deinen Wunsch – da fiel eine!" jauchzte Velten. „Na, was sagst du nun, Krumhardt? ... Also nur weiter, du verunglückter Paradiesvogel, verflogener Tropenengel", brummte er dann. „So? Das ist also das Resultat aus deinen Studien im Hey und Speckter und bei Mutter Andres und ihrem Sohn Velten:

> Dick fällt der Schnee, der Wind geht kalt,
> Habe kein Futter, erfriere bald.

Lieben Leute, o laßt mich ein.
Will auch immer recht artig sein!

Was? Schwarz sollten wir uns hier auch wohl noch färben, der brave Karl Krumhardt und der böse Velten Andres, um dir deine verflossenen Livreenigger ganz zu ersetzen? Und dabei soll dein Vater nicht wütend werden, Krumhardt, und meine Mutter noch immer ein und aus wissen in diesem ihrem sogenannten Kindergemüte? Na, da möchte ich wahrhaftig, der Papa Trotzendorff hätte denn bald wirklich mal wieder das Glück, was er verdient, und käme erster Kajüte und holte dich vierspännig, mit allem, was an dir hängt, wieder weg. Mir – wollte ich sagen Hartleben kann es ja einerlei sein. Meine Mutter – da schnuppt sich wieder einer!"

Von neuem ist Helene Trotzendorff aufgesprungen; jetzt aber bitterlich und zornig weinend. Sie schreit ihren besten Freund aus der Nachbarschaft fast an, mit dem Fuße aufstampfend:

„Ich sage dir wie Karl: laß unsere Väter zufrieden! Was ich an deiner Mutter gehabt habe in eurem Vogelsang und wie lieb und gut sie ist, das weiß ich wohl und brauchst du mir wirklich nicht vorzurechnen. Und mit deinen albernen Sternschnuppen – ja was hast du dir denn bei der letzten gedacht? Bist du besser und vernünftiger mit deinen Wünschen gewesen als ich? Dich kenne ich doch, du Phantast! Jawohl, da hat der Herr Oberregierungssekretär ganz recht, wenn er dich so nennt – wenn er dich einen Phantasten und Seiltänzer nennt und dir prophezeit, daß du noch mal den Hals brechen wirst, einerlei, ob du jetzt dein Schulexamen bestehst oder nicht, einerlei, ob du Schuster, Schneider, Ministerexzellenz oder Alexander der Große werden willst. Von dir lasse ich mir eure Wohltaten im Vogelsang am allerwenigsten vorrücken. Da, da fiel wieder eine, und jetzt habe ich mir gedacht: Oh, wenn du dem einmal zu Hause, das heißt drüben über dem Meer, bei uns zu Hause alles vergelten könntest, was er und der Vogelsang und seine liebe Mutter und alle hier an uns getan haben."

„Du, *die* fiel, ehe du den Wunsch hattest!" sagte Velten.

„So? Dann wünsche du dir meinetwegen bei der nächsten Schnuppe, was du willst; ich habe für heute mal wieder genug von euren hiesigen Dummheiten und gehe nach Hause."

„Dem seligen Diogenes seine Tonne wünsche ich mir", lachte Velten Andres. „Den Heckepfennig, den Däumling und das Tellertuch der Rolandsknappen, den

Knüppel-aus-dem-Sack, das Vergnügen, Persepolis in Brand zu stecken, und ein friedliches Ende auf Salas y Gomez. Fallet, ihr Sterne, und winket Gewährung! Übrigens habe auch ich für heute abend genug des Blödsinns. Also:

> Mein schönes Fräulein, darf ich wagen,
> Meinen Arm und Geleit Ihr anzutragen?"

Sie machte eine Faust und holte wie zum Schlage aus, drückte ihm aber doch nur diese geballte kleine Hand auf die Stirn:

„Du bist und bleibst ein ganz alberner Peter, Velten. Komm, Karl; meinetwegen mag er sich in seine Tonne stecken und sich den Osterberg allein herunterrollen – meinetwegen über eure ganze Stadt und den Vogelsang weg."

„Da fiel eine!" lachte Velten Andres. „Der Wunsch gilt!"

Sie schlug die Hand weg, die er ihr doch bot; er aber zog ihren Arm doch unter den seinigen:

„Nun aber im Ernst, mach ein Ende mit dem Unsinn. Heute ist der Wagen mit den silbernen Laternen für das gnädige Fräulein gottlob noch nicht vorgefahren; und das Gequiek und Gezeter von neulich unter der Armenmannsbuche, wo jemand erst mit der lächerlichen Schleppe am Busch hängen blieb, um sodann über dem Wurzelwerk sich auf die Nase zu legen und nach seinem besten Velten um Hülfe zu schreien, will ich nicht wieder haben. O Tränen des heiligen Laurentius, sie werden uns da unten vor Schlafengehen noch einmal schön die Leviten lesen! Da freue ich mich schon auf meine Mutter."

„Deine Mutter ist viel zu gut für dich!" rief Miß Ellen, noch einmal mit dem Ärmel über die Augen fahrend, der letzten Zornestränen wegen.

„Jawohl, da hast du zum erstenmal heute abend recht", sagte Velten. „Von der Scheußlichkeit der Menschheit hat sie nur sehr dunkele Begriffe, und ich tue deshalb auch mein möglichstes, ihr nach und nach klarere beizubringen."

So wußte er damals schon zu denken und zu reden; ein Herr in einem Reich, das leider auch nicht sehr von dieser Welt war. Ich habe es in den Akten, wenn auch nicht aktenmäßig. Ich hole dies alles aus Ungeschriebenem, Unprotokolliertem, Ungestempeltem und Ungesiegeltem heraus und stehe für es ein. Ich muß es aber heute sehr aus der Tiefe holen, daß damals auf dem Osterberge, um den zehnten August jenes Jahres herum, wir Nachbarkinder des

Vogelsangs die Tränen des heiligen Laurentius so fallen sahen und ihr leuchtendes Niedergleiten mit so wunderlichen Gedankenspielen begleiteten.

Aktenmäßig kann ich es leider bezeugen, daß er, Velten Andres, wirklich beim Maturitätsexamen durchfiel und dem Vogelsang wieder mal eine der Enttäuschungen und Genugtuungen bereitete, die er dem guten Ort, solange er sich dort aufhielt, immer von neuem schuldig zu sein glaubte.

„Man kann seiner armen Mutter nicht einmal raten, ihn gleich ganz hier zu behalten und einen Schuster aus ihm zu machen“, sagte mein Vater, mein „Zeugnis der Reife“ in der Hand. „Unter den Komödianten wäre er vielleicht noch am besten aufgehoben, der Windsack! Da hast du es, mein Sohn, wie es kommen mußte. Nun geh hin und höre dir an, wie nebenan die Klagelieder Jeremiä lauten. O ich hätte dort Vormund und nicht bloß Familienfreund sein müssen!“

„Dann hättest du doch wohl nur noch mehr Ärger davon gehabt, bester Krumhardt“, sagte meine Mutter, mit vollberechtigter Genugtuung über unsern eigenen Familienerfolg mich in den Armen haltend. Für mich selber lag an diesem Tage die Sache so, daß ich mich des glücklichen Anlangens an diesem Ziel natürlich sehr freute, jedoch des Behagens darob durchaus nicht vollkommen froh war. Dazu war Velten doch ein zu guter Freund von mir und wußte ich zu genau, wie vieles er besser wußte als ich und wie es im Grunde doch nur die Mathematik gewesen war, die ihm das Bein gestellt hatte. Konnte er, Velten, dafür, daß er nach seinem Ausdruck da ein leeres Loch im Gehirn hatte, wo das meinige nach innen vollgestopft war und nach außen hin den betreffenden Buckel getrieben hatte? Es ist zwar eine Torheit, aber wie oft griff ich später meinen Jungen nach den Köpfen und tastete sorgenvoll nach den Höckern und Gruben, die ihnen die Begabung zum ruhigen Wandel auf der breiten Straße der goldenen Mittelmäßigkeit verbürgen sollten! Und am bedenklichsten dann, wenn meine Gattin einen außergewöhnlich offenen Kopf an einem der armen Kerle bemerkt haben wollte. –

Ich ging also vor dem Freunde aus dem Vogelsang weg, um nach dem Wunsche oder Willen meines Vaters selbstverständlich Jurisprudenz zu studieren, und – da die Wacht am Rhein und die an der Memel ebenfalls ihren Anspruch an mich erhoben – nach einer mitteldeutschen Universität, die mir Gelegenheit bot, mit möglichst geringen Kosten mich mit dem römischen Recht und dem damals gültigen deutschen Schießgewehr bekannt zu machen, wenigstens in den Grundzügen.

Aus dieser Zeit habe ich folgenden Brief in den Akten:

„Lieber Freund!

Denn dafür halte ich Dich noch trotz Schiller und aller Würde, die jegliche schöne Vertraulichkeit zwischen Dir und mir zu einem Dinge der Unmöglichkeit machen sollte. Du kannst es mir ja übrigens sagen oder schreiben, wenn es Dir gar nicht mehr paßt, das bisherige angenehme Verhältnis zwischen uns.

Einfach großartig war es von Dir! Mathematik sehr gut – Latein gut – Griechisch fast gut – Geschichte und so weiter gut – deutsche Sprache und Literatur genügend: Mensch, Göttergünstling, da Du ihn doch fürs erste weniger brauchst, so pumpe mir ihn, Deinen wohlorganisierten Hirnkasten, für nächste Ostern bloß auf acht Tage. Auf Ehre, Du kriegst ihn bestens geschont umgehend zurück; aber die Idee, ihn aufzustülpen und vor dem Rate der Zehn mit ihm aufs Seil gehen zu können, steigt mir derartig in den meinigen, daß meine Alte eben schon gefragt hat: „Junge, was hast du jetzt wieder im Kopfe?“ Die Benachrichtigung aber: „Ich schreibe an Karlchen Krumhardt, daß ich mir ein Muster an ihm nehme“, hat sie sofort gottlob beruhigt ob meines Stierens ins Blaue, und ich soll Dich von ihr grüßen. – Mir selber liegt ja leider weniger dran, mich nicht noch mal zu blamieren; aber der alten Frau möchte ich doch den Verdruß und Deinem würdigen Erzeuger sein melancholisches Behagen an meiner Schande nicht zum zweitenmal zum vollen Auskosten anbieten. Ich büffle. Und Du Ochse treibst Dich fessellos in der süßen Freiheit herum; und teure Angehörige, sowie Staat und Kirche halten Dir schon die volle Krippe und den warmen Stall bereit, wenn Du heimkehrst von der blumigen Wiese Deiner jungen Ungebundenheit. Mir blühte bis jetzt hier im Vogelsang bloß die Eselswiese, und wäre ich nicht *ich* und meine Alte *sie*, so wäre die Geschichte einfach nicht zum Aushalten gewesen, der faulen Redensarten wegen ob meiner bodenlosen Faulheit. Na ja! Hätte mich nicht auch unser allerhöchst Regierender, das heißt eigentlich mehr unsere allergnädigste Landesmutter kommen lassen, um mich persönlich kennenzulernen und mir ins Gewissen zu reden, so hätte allgemach meine Mutter jedem, der sich sonst nach mir erkundigte, nur sagen können: „Unterm Sofa steckt er.

Locken Sie ihn mal! Ich kriege ihn weder durch Güte noch durch Gewalt mehr drunter weg." – Cäsar und sein Glück! Die Geschichte ist so ulkig, daß sie sogar meiner Alten die Kummertränen getrocknet hat. Dir, mein Junge, schreibe ich sie nur, um sie, wenn sie sonst brieflich an Dich gelangen sollte, auf das richtige Maß herunterzudrücken. Eigentlich war es Unsinn; aber da kein anderer augenblicklich vorhanden war, so mußte ich wohl dran: ich habe *Schlappen* für die menschliche Gesellschaft gerettet! ... Du kennst die öde Jammerseele in Baumwolle, Watte und mit Glacé. Mußte es dem Optimatensimpel – äh, hä, jä, nä – einfallen, auf die brüchige Stelle im Eise zu geraten und durchzubrechen! Good gracious! würde Mistreß Trotzendorff gekreischt haben; aber Elly, die das hochnäsige Vieh beinahe mit heruntergerissen hätte ins Verderben, setzte sich gottlob nur zeternd neben das Loch, in welchem der Tropf verschwunden war; das übrige kannst Du Dir denken. Ein Riesenulk, aber etwas kühler Natur! Und mit dem Kopfe, wie eine Fliege an der Fensterscheibe, in der feuchten Tiefe herumzusurren und vergeblich nach dem Auswege zu suchen, auch grade kein Vergnügen; noch dazu mit der Verpflichtung, einen andern Blechschädel am Schopfe zu halten und mit nach oben zu nehmen. Na, er – atmete lang und atmete tief und begrüßte das himmlische Licht – Schiller ist nicht unten gewesen, sonst würde sein Tauchergedicht um ein merkliches kürzer sein und sich wahrscheinlich auf ein „Brr! Pfui Deubel!" beschränken, höchstens mit dem Zusatz: „Lieber nicht zum zweitenmal!" – Daß wir – Schlappe und ich, nicht länger unten blieben, als nötig war, kann uns kein Mensch verdenken. Kurz also, ich brachte die Honoratiorenpuppe glücklich wieder zutage, fand das halbe Residenznest in vorsichtiger Entfernung um die Bruchstelle versammelt: von dem Rest schweigt des Sängers Bescheidenheit. So dumme, verbrüllte Frauenzimmergesichter, wie die des Vogelsangs, möchte ich aber doch nicht gern wieder um mich sehen – um den gloriosesten Schnupfen in der Welt nicht! Sie sämtlich mit strömenden Augen, ich mit fließender Nase und etwas verkrackeltem linken Handgelenk.

Volle vierzehn Tage hat es gedauert, bis die Arche wieder auf dem Trocknen saß. Meine Alte war selbstverständlich die erste, die den Fuß wieder auf festen Boden setzte und meinte: „Junge, wenn es nun nicht so gut für uns abgelaufen wäre?"

„Cäsar und sein Glück, und Unkraut vergeht nicht, Mama!"

Unser Backfisch betrug sich wie gewöhnlich wie verrückt bei der Geschichte, war zum Anbeißen und verdiente selbstverständlich mal wieder Prügel; er war zu nett in seinem Kummer. Aber was hatte das Balg mir einen Korb zu geben und mit dem Maulaffen Schlappe auf das Windeis zu laufen? Ich wollte gar nichts sagen, Karlos, wenn Du es gewesen wärest, den sie gegen mich ausspielte.

Si vales, bene est, ego valeo, bis auf die dumme linke Vorderpfote, die ich fürs erste noch in Windeln und Schindeln zu tragen habe.

V. Andres.“

„Schlappe“ hieß der gerettete Zeit- und Schulgenosse eigentlich nicht; das war nur sein Schulname. Sein wirklicher Name liegt sehr bei meinen Akten; übrigens gehörte sein Träger zur maßgebendsten Gesellschaftsschicht unserer Landeshauptstadt, und – ich habe seine Schwester geheiratet und eine gute Frau an ihr bekommen. –

Ach, was helfen die besten Karten dem in der Hand, der keinen Gebrauch von ihnen machen – kann?

Was half es Velten Andres, daß Schlappes Papa seiner Mutter und ihm mehr als einen Besuch machte und ihn aufrichtigst seiner hohen Protektion versicherte? Was half es ihm, daß Serenissimus und Serenissima ihn sich vorstellen ließen und ihm gleichfalls ihre freundlichste Gunst versprachen?

Nichts; da er blieb, was und wie er war!

Ob ihm das Leben zu einem hölzernen Löffel einen goldenen Napf unter die Nase schob, ob es ihm einen goldenen Löffel in die Hand gab und einen irdenen Napf auf den Tisch schob (was ihm auch passiert ist), es blieb ein und dasselbe, da er auch ein und derselbe blieb, nämlich derselbe ewig unberechenbare odd fellow des Vogelsangs – who had no harm in him and who had parts if he would use them, wie man in Cambridge von einem ähnlichen Menschen sagte, der es nach der Meinung der Vernünftigen in der Welt gleichfalls zu wenig mehr als zu einem schlimmen Ende brachte. Da er nur sich selber schadete, ging es ja aber auch eigentlich keinen was an, in welcher Weise er sich seiner Fähigkeiten bediente. –

„Es ist und bleibt eben der dumme Tropf aus Eurem Märchenbuche, der Hans im Glück. Vom Pferd auf den Elefanten, vom Elefanten auf den Esel und so abwechselnd, bis er endlich einmal auf platter Erde auf dem Rücken liegenbleiben wird", schrieb mir mein Vater um diese Zeit. „Die Avancen, die ihm sein Zufallrettungswerk in der hiesigen besten Gesellschaft in die Hand gab, hat er richtig wieder verspielt. Wie auf unserm Büro erzählt wurde, haben Durchlaucht zu dem Herrn Vater Eures unter das Eis geratenen Schulfreundes längst bemerken müssen: „Schade um den jungen Mann; ich würde ihn gern im Auge behalten haben." – Mein einziger Trost ist, daß Du, mein Sohn, wenigstens fürs erste seinem verderblichen Einfluß aus dem Wege gerückt bist. Ob er demnächst sein Examen bestehen wird, weiß der liebe Himmel. Wenn nicht, was dann mit ihm? frage ich Dich!" ...

Ich habe mich nun wirklich erst für eine Periode von anderthalb Jahren des näheren zu besinnen. Man hatte damals so viel mit sich selber zu tun, und die Tage gingen so leicht hin, daß es in der Tat seine Schwierigkeiten haben würde, ganz Genaues darüber zu Papiere zu bringen. Wir sind noch in den Ferien zu Hause beisammen: ich als Student und er noch als Schüler, und es ist für mich ein gewissermaßen peinliches Verhältnis. Für ihn nicht.

Auch Helene Trotzendorff ist noch im Vogelsang. Aber sie steigt nicht mehr über die grüne Hecke oder den Gartenzaun, kriecht auch nicht mehr unter der ersteren durch, sondern lehnt nur an ihnen: das schönste Mädchen, nicht bloß der Vorstadt, sondern der ganzen Stadt – hochgewachsen, goldblonden Haars, doch dunkel von Augen und Augenbrauen. Die Nachbarn sagen, sie sei vorzeitig in die Höhe geschloddert, aber das ist eine dumme und mehrfach auch vom Neid der Konkurrentinnen eingegebene Redensart. Im Waldgebirge Leukos, im arkadischen Gebiete des Pan und auf dem thrakischen Hämus würde man anders von ihr gesprochen und sie jedenfalls unter die zwanzig amnisiadischen Nymphen gezählt haben, die sich Artemis, wie Kallimachus singt, von ihrem Vater Zeus als Begleiterinnen ausgebeten hatte.

Mein Freund Velten ging freilich noch weiter und setzte mich durch philologisch-mythologische Kenntnisse über Verhältnisse in Erstaunen, von denen ich keine Ahnung aus der Schule mitgebracht hatte.

„Dieses Frauenzimmer", sagte er. „Guck sie dir nur an, Mensch! Trägt sie nicht den von den Kyklopen geschmiedeten kydonischen Bogen der Diana selber? Und umklammert das prachtvolle Wurm nicht Tag und Nacht in ihrer Einbildung die Knie ihres Erzeugers mit der Bitte, ihr dreißig Städte und sämtliche Gebirge der Erde zu schenken? Kallimachus in seinem Hymnus hat's. Lies es selber nach, wenn es dir Spaß macht; mir macht es schon längst kein Vergnügen mehr, sie von ihren Phantasien abzubringen, und ich habe es auch aufgegeben."

„Du scheinst dich aber jetzt sehr mit solchen Sachen abzugeben. Woher hast du denn dieses alles?"

„Sehr aus mir selber", sagte Velten Andres, den sie erst ein Jahr nach mir für die Universitas literarum reif erklärten. –

Es schien damals, drüben in Amerika, einen kleinen Niedergang in den Angelegenheiten Mr. Charles Trotzendorffs gegeben zu haben. Mutter und Tochter wohnten noch bei Hartleben und warteten nicht im Optimatenviertel der Stadt auf den völligen Aufgang der Glückssonne von „Papa". Mutter Andres hatte noch mehrfach zwischen den Bäcker, den Fleischer sowie die Milchfrau und den Kaufmann Tienemann und – Mistreß Agathe Trotzendorff treten müssen. Aber das ist so: ein heißer, glänzender Tag bricht öfter, als die Leute an Regentagen glauben wollen, aus wechselndem Gewölk hervor. Und manchmal bleibt es denn auch für die, welche „diese Witterung brauchen" können, „schön" bis zum Abend. –

Wie gesagt, ich habe wenig über diese Zeit in den Akten, was Velten und Helene anbetrifft. Mein kluger und wackerer Vater trug den Verhältnissen in einer Weise Rechnung, die ihm Velten Andres am allerwenigsten zugetraut haben würde. Wenn er mich im Vogelsang fest im Griff gehalten hatte, so ließ er mir jetzt merkwürdig freie Bahn.

Ich darf wahrlich nicht darüber lächeln; aber es ist so! Sein Ideal war, das, was er zu protokollieren und in die Registratur zu nehmen hatte, durch mich zu Protokoll und in die Registratur geben zu sehen: „Es ist mein Wunsch, daß du dich zu der besten Gesellschaft hältst. Wir, deine Mutter und ich, haben unser Leben darauf eingerichtet von deiner Geburt an. Laß mich an dir erleben, was ich selber nicht habe abreichen können."

Selbstverständlich war ich daraufhin einer vornehmen Verbindung beigetreten, der schon die höchsten Spitzen der maßgebenden Kreise unserer heimatlichen Residenz angehört hatten als jugendfrohe Jünglinge; und ich kann es nicht leugnen: einige Male kam mir in dieser Lebensepoche ob meiner damaligen Verpflichtungen und Ehren der Vogelsang dann und wann so sehr aus dem Gesicht, daß Velten Andres vollkommen recht hatte, wenn er mich an den Beinen aus den Lüften wieder herunterzog durch das Wort:

„Bengel, von hier unten aus gesehen – aus der Froschperspektive betrachtet, bist du wirklich großartig, perpendikularmalerisch! Schade, daß du dich nicht selber so sehen kannst! Wie siehst du den fliegenden Göttergünstling, Mama?"

„Werde nicht unanständig, Junge", sagte die Frau Doktorin. „Fliege du nur selber erst mal so."

„Könnte mir nur im Traume einfallen!"

„Was haben wir vom wachen Leben mehr als unsere Träume?" fragte unsere Frau Nachbarin, und damit war ich denn damals schon *wieder unten* im wirklichen und wahrhaftigen Vogelsang – in der besten Nachbarschaft, die auf dieser verworrenen, feindseligen Erde möglich ist. –

Noch einmal ging ich aus den Ferien nach Göttingen, ehe wir beiden Nachbarsöhne wieder zusammentrafen, und zwar in Berlin. Am Tage meiner Abreise aber kam drüben bei Hartleben ein Brief an, der alles „zu Hause" veränderte: die neunte Woge, die Woge des Glückes, des Erfolgs rollte heran, goldglänzend, leuchtend, funkelnd von aller Herrlichkeit und Pracht der Welt, spülte hinein in den Vogelsang und trug zurückrauschend Helene Trotzendorff und ihre Mutter weg daraus. Mr. Charles Trotzendorff schrieb einen kurzen Brief, in welchem er dürr, nüchtern und wie als ob es sich so von selber verstehe, mitteilte, daß er demnächst als zehnfacher Dollarmillionär sich die Ehre geben werde, alte Freunde zu begrüßen und zugleich Weib und Kind zu sich zu holen.

Wie mir mein von Vorgesetzten und Untergebenen anerkannter guter Geschäftsstil abhanden kommt, je länger ich diese Blätter beschreibe, je klarer und deutlicher ich mir das zu Sinnen und Gedanken bringe, was ich hier dem Papier übergebe! Was bis jetzt das Nüchternste war, wird jetzt zum Gespenstischsten. Sie wackeln, die Aktenhaufen, sie werden unruhig und unruhiger um mich her in ihren Fächern an den Wänden und machen mehr und mehr Miene, auf mich einzustürzen. Ich kann nichts dagegen: zum erstenmal will an diesem Schreibtisch, jawohl an *diesem* Schreibtisch, die Feder in meiner Hand nicht so wie ich; und Velten Andres ist wieder schuld daran. Was meinem armen Vater seinerzeit so oft Verdruß und Sorgen machte, das Übergewicht dieses „Menschen" über mich, das ist heute noch ebenso sehr da wie in jenen Tagen, wo er mich durch die Hecke und über die Zäune des Vogelsangs zu jedem Flug ins Blaue aus dem Schul-, Haus- und Familienwerkeltag wegholte und wir Helene Trotzendorff mit uns nahmen, wenn sie uns nicht gar voranflog. –

In Berlin verfiel ich ihm sofort wieder.

Wie der Tag vor mir steht, an welchem ich diesem „krassen Fuchs“ in der vollen Hahnenhaftigkeit meines vornehmen Verbindungsbewußtseins meinen ersten Besuch machte, nachdem ich mir herablassenderweise seine Adresse auf der Universitätsquästur hatte geben lassen!

„Studiosus Philosophiae Valentin Andres, Dorotheenstraße Numero oo, Hintergebäude, 3 Treppen, Frau Fechtmeisterin Feucht“, lautete sie, und es war ein Apriltag nach den Osterferien, als ich mit meiner Berliner Matrikel in der Tasche meinen Weg dorthin nahm. Wenn das Hinterhaus hielt, was das Vorderhaus versprach, so hatte der Neuling im Weltleben es gut getroffen; gewöhnlich ist das aber freilich nicht der Fall. Nicht ohne Grund bin ich hier etwas ausführlich.

An einem außergewöhnlich eleganten Schneiderladen (Herrenmoden) vorbei schritt man durch den gewölbten Hausflur, vorüber an der mit Teppichen belegten, in den ersten Stock führenden Treppe auf einen umfangreichen Hof, über den etwas nervenschwache Gemüter sich nur mit einiger Bedenklichkeit dem Hintergebäude zu wagen konnten. Der Eigentümer des Hauses, einer der ersten Hufschmiede der Stadt, bediente daselbst seine Kunden, und nicht jeder geht gern zwischen zwei Reihen Gäulen durch, die ihm alle die Hinterteile zuwenden und nicht alle ganz gutwillig ihr Schuhwerk in Behandlung geben. Schmiedegesellen, Reitknechte, Stallknechte, Kutscher in Livree und ohne solche walteten ihres Amtes zwischen ihren Schutzbefohlenen, je nach dem Temperament derselben und dem eigenen mehr oder weniger lärmhaft. Aus der Halle des Seitengebäudes leuchteten die Schmiedefeuer und klangen die Hämmer in das Gewieher, die Flüche, Begütigungen und die sonst übliche Unterhaltung zwischen Mensch und Mensch, Mensch und Vieh, Tier und Mensch hinein. Man hatte wirklich zu schreien, wenn man sich hier nach der Frau Fechtmeisterin Feucht erkundigte.

Aber da war das Hintergebäude, und wer mit uneingeschlagenem Schädel oder Brustkasten zu ihm gelangte, der fand auch wohl, ohne zu fragen, die Pforte, von der aus die Treppe in den dritten Stock emporging.

Ich hatte damals das Glück, gelangte in das dritte Stockwerk und zog auf dem dämmrigen Vorplatze die Glocke.

„Frau Fechtmeisterin Feucht?“

„Bin ich“, sagte eine kleine, zierliche alte Dame zwischen fünfzig und sechzig Jahren.

„Studiosus Andres?“

„Dort jene Tür, mein Herr.“

Ich grüßte, und die kleine Frau setzte mir einen vollkommenen Hofdamenknicks hin; meinen Freund fand ich in einer der bekannten Berliner Studentenbuden zu Hause und Besuch bei ihm: einen feinen, eleganten, schmächtigen jungen Herrn mit schwarzen Haaren, von etwas kränklicher Gesichtsfarbe und von ungemein höflich-schüchternem Wesen. Gottlob auch bereits mit dem Hut in der Hand.

„Guten Tag, Krumhardt“, sagte Velten, als ob er mich noch über die Hecken des Vogelsangs grüßte. „Bist du da? ... Auf Wiedersehen, des Beaux! Übrigens könnte ich euch Leute doch auch der Bequemlichkeit wegen gleich miteinander bekannt machen. Mein Provinzialfreund, Herr Karl Krumhardt, der Rechtswissenschaft möglichst Beflissener – Herr Leon des Beaux aus dem Vorderhause, seines Zeichens –“

„Oh, ich bitte Sie, Herr Andres! Ich möchte jetzt nicht stören; – wenn Sie mir erlauben –“

„Menschenkind, nehmen Sie sich alle Freiheiten bei mir, die Ihnen angenehm sind. Ich werde mir bei Ihnen zu Hause selbstverständlich das gleiche erlauben.“

„Ich bitte darum!“ rief der interessante, bleiche, schwarzhaarige Jüngling und entschlüpfte mit scheuen Verbeugungen, sowohl gegen Velten wie gegen mich.

„Es ist der Sohn des Schneiders aus *meinem* Vorderhause“, sagte Velten. „Seine Ahnen haben unter Ludwig dem Neunten gegen die Ungläubigen gestritten, haben Toulouse gegen Simon von Montfort verteidigt, im Löwengolf Galeeren gegen die Beis von Tunis, Tripolis und Algier kommandiert und unter Ludwig dem Vierzehnten, dem Edikt von Nantes und der Frau von Maintenon zuliebe, selber auf solchen gemütlichen Fahrzeugen gerudert. Der Zweig des Geschlechts, der sich unterm Großen Kurfürsten hierher nach Berlin ins Trockene gerettet hat, scheint mir jetzt auch sein Schäflein ins Trockene zu bringen. Ich glaube, ich kann dir die Firma des Beaux empfehlen für deinen Bedarf an Hosen, Jacken und Westen. Die Schwester des guten Jungen heißt Leonie, du findest sie im Vorderhause im ersten Stock – Blüthnerscher Flügel, deutsche, französische, englische Literatur und was sonst zu einer höhern Tochter gehört. Ich kann dich vorstellen, aber nehme die Verantwortung nicht auf mich, denn das Fräulein ist auch hübsch – immer noch südfranzösisches

Genre. Leonie des Beaux! Wie klingt dir das von einer Schneidertochter hier im Lande der Fritzen und Karlinen? Wie mir scheint, hat die ganze Familie ein gut Stück Romantik aus der Langue d'Oc in den märkischen Sand durch die Jahrhunderte hineingerettet. Na kurz, die Gesellschaft gehört zu der noch immer so genannten französischen Kolonie, und ich benutze die Gelegenheit, mein Französisch zwischen Leon und Leonie aufzupolieren."

Ich hatte ihn reden lassen müssen. War das der Mensch, dem ich im Innersten doch mit meiner deutschen Burschenherrlichkeit zu imponieren gewünscht hatte? Es ging ein Zug von so frühreifer Welterfahrung und Weltgewandtheit durch dies alles, daß ich nur verblüfft brummen konnte:

„Na, du scheinst dich ja auch ohne Beihülfe recht gut außerhalb des Vogelsangs und der Schulstube orientiert zu haben!"

Da flog es dunkel über sein eben noch so lachendes Gesicht:

„Doch wohl nicht ganz ohne das, was du Beihülfe nennst. Halb schob es, halb zog es, wenn du die Weiber zu den Menschen rechnest."

„Du bist seit vierzehn Tagen in Berlin und in der weitern Welt, du krasser Fuchs?"

„Und ich habe daheim Miß Ellen Trotzendorff aus dem Vogelsang in den Eisenbahnwagen erster Klasse geholfen und meiner Alten über den Zaun des Vogelsangs versprochen, es ferner gut zu machen. Lieber Junge, in dieser Beziehung hat deines Vaters Gebrumm ebenfalls gar nichts genutzt: es bleibt eben für mich bei der Weibererziehung. Soll etwa Großvater Goethe den zweiten Teil seines Fausts bloß für sich und eure frechdummen Literaturgeschichtsschreiber zusammengestolpert und -geholpert haben? Nee, nee, mein Junge! Ich habe mich von den Weibern erziehen lassen und lasse mich von den Weibern weiter erziehen. Geh du nur hin; ich bleibe bei den Müttern, bei den Frauen und bei den Mädchen. Übrigens, Mensch, wäre es doch recht freundlich und herablassend von dir, wenn es dein erster Weg gewesen wäre, mich bei der Frau Fechtmeister Feucht aufzusuchen."

„Gehört die etwa auch schon zu den Schürzen, hinter denen du dich im Dasein außerhalb der philosophischen Fakultät verkriechen willst?"

„Sehr!" lachte Velten Andres.

Wir waren also wieder zusammen. Was ich aus eigener Erfahrung und aus den Briefen meiner Eltern von den letzten Vorgängen im Vogelsang wußte, konnte er mir und sich nun noch einmal, wie unsere damalige Redensart lautete, zu Gemüte führen. Er tat es; und da er von allen Menschen, die ich im Privat- wie im Geschäftsleben kennengelernt habe, der einzige gewesen ist, dem nie etwas darauf ankam, wann, wo, wie und vor wem er sich lächerlich machte, so hätte er wohl einen bessern Schreiber seiner Geschichte, als ich bin, verdient. Wenn ich in dem einen Augenblick den vernünftigen Leuten zu Hause recht geben und sagen mußte: er ist wirklich ein unzurechnungsfähiger Narr und Phantast, so wurde mir doch schon im nächsten Moment so heiß bei seinen Worten, Blicken und Gesten, daß ich ihm um den Hals hätte fallen mögen: „Du bist und bleibst doch der famoseste, beste Kerl in der Welt, Velten! Geben dir die Götter nur ein bißchen Glück auf deinem Wege, so stirbst du nicht auf Salas y Gomez, wohl aber, nachdem du vielleicht leider auch dein Persepolis in Brand gesteckt hast, zu Babylon. Alter Junge, was ist das aber für ein Glück, daß wir uns von Kindesbeinen an kennen: daß viele andere dich ernst nehmen, verlangst du wohl selber nicht!"

Er lag auf dem Sofa, mit den Beinen über der Lehne, er saß auf dem Stuhl, er saß auf dem Tische, er lief auf und ab, während er jetzt mir erzählte von dem Vogelsang und Helenen Trotzendorff. Von Zeit zu Zeit griff er nicht sich, sondern mir in die Haare und schüttelte mir den Kopf mit einem:

„Lache nicht, Mensch! Oder ja, lache nur, denn das tue ich ja selber über mich, wenn ich mich aus der Haut eines von euch Pachydermen bei sogenannter ruhiger Überlegung beurgrunze. Weißt du, und das Frauenzimmer kann wirklich nichts dafür! Es hat das Seinige in wahrhaft großartiger Weise getan, sich mir zu verekeln. Wenn es sich da drüben in Amerika so weiterspielt, wie hier bei uns im Vogelsang, so kann es sich, sich, sich zu was bringen in der Welt – sagt auch meine Mutter, und bei deren lieben, alten Falten um den Mund weiß man denn auch nie, ob sie sich ins Rosige hinaufziehen oder ins graueste Elend herunter. Na kurz und gut, das Mädchen und seine Mutter sind weg, und der Vogelsang hat Gott sei Dank! gesagt. Ich auch. Denn dies hielt kein Mensch mehr aus – selbst meine Mutter nicht. Ein paar Löffel von dem letzten Rest unserer Kindersuppe hast du ja auch noch abgekriegt; aber den Napf gründlich auszuscharren, das hatten die Götter allein mir vorbehalten und mich auch wahrscheinlich schon darum noch ein Jahr länger als dich auf der Schulbank sitzenlassen. Freilich, den Mister Trotzendorff im Vogelsang einrücken sehen, war allein schon das Vergnügen wert. Die Kröte! Ich meine meiner Mutter Helenchen.

Ich habe mich aus ihrem Arm gerissen,
Doch nur mit ihr werd ich beschäftigt sein. –

Den „Bazar“, von dem nachher auch bei Schiller die Rede ist, hielten sie ja schon längst bei Hartlebens. Lies den Quatsch Don Manuels selber nach und denke dir mich, das Mädel, meine Alte, ihre alte verbohrte Schachtel von Mama, deine Eltern, den alten Hartleben, kurz, den ganzen Vogelsang in all den Glanz, der da in der Braut von Messina zutage kommt, hinein. Die Sorte Schlappe und Familie, das heißt das übrige Nest in seinen Spitzen der Gesellschaft, laß ja nicht aus der Komödie heraus und male dir die vier Wochen, die *ihrer* Abfahrt, nicht aus dem Vogelsang, sondern aus dem Hôtel de l'Europe vorangingen, selber. Weißt du, was dein Vater sagte, als wir vom Bahnhofe nach Hause zogen, Krumhardt?“

„Nun?“ fragte ich, nicht ohne einige Sorge, meinem besten Freund sofort die Nase einschlagen zu müssen.

„'Es steckt doch leider viel Gemeinheit in der Menschheit!' sagte er und hatte wieder mal, wie meistens, recht.“

„Die alte Nachbarschaft und Freundschaft ist also doch wenigstens bis zu der Abreise zusammengeblieben, Velten?“

„Jawohl. Aber da frage nur den alten Hartleben nach dem Dank, den er für seine langjährige Gastfreundschaft gehabt hat von Papa und Mama Trotzendorff!“

„Und Helene?“

Da faßte der Freund meine Schulter:

„Wäre dieser ganze Quark des Erzählens wert, wenn die nicht auch bei uns zu meiner Mutter Kinde geworden wäre? Wie hätte man vor Lust kreischen können, wenn man nicht selber mit an dem Wurm erzogen hätte! Jetzt offen gesagt, ich ganz besonders sehr, Krumhardt! Karlos, sie gehörte doch zu uns, und so lasse ich sie auch noch nicht fahren. Sie weiß es auch selber, was für ein gut Stück von uns sie mit in die neue Herrlichkeit, drüben jenseits des Ozeans, nimmt. Krumhardt, ich nehme gar nichts dafür, mich auch vor dir bodenlos lächerlich zu machen: es steht geschrieben, daß ich dem Geschöpfchen bis an der Welt Ende nachlaufen soll.“

„Über Berlin?“ fragte ich, um doch etwas zu sagen.

„Jawohl über Berlin! Habe ich mein Leben und damit auch alle meine Wege nicht noch vor mir?“

Er hob den linken Arm, dessen gelähmtes Handgelenk ihn nur für den vaterländischen Kriegsdienst untauglich gemacht hatte.

Es leuchtete eine solche siegessichere, lachende, unverschämte Zuversicht aus seinen Augen, klang so sehr aus seiner Stimme, daß er wirklich nicht nötig hatte, mich auch noch derartig mit der gesunden, eisernen Rechten auf die Schulter zu klopfen, daß ich nicht nur körperlich in die Kniee knickte, sondern mir auch seelisch niedergedrückt, zusammengeschnurrt – kurz, klein vorkam. –

Er erzählte nun des genauern, wie sich die letzten Tage des Aufenthalts der Familie Trotzendorff im Vogelsang abgesponnen hatten. Wie der Glanz, den der Vater der Familie mit sich brachte, seine Wirkung nicht bloß auf den Vogelsang, sondern auch auf die ganze Stadt ausübte. Es mochte wiederum nur ein trügerisches „bengalisches“ Licht sein; aber das Meteor stand doch lang genug am Himmel über dem Osterberge, um das Volk, das seiner Meinung nach wahrlich nicht in Finsternis saß und sich durchschnittlich für sehr helle hielt, zum staunenden Aufsehen zu bringen. Merkwürdigerweise hatten sämtliche offizielle öffentliche Wohltätigkeitsanstalten der Residenz, vor allem die unter hochfürstlichem Schutz stehenden Stiftungen und Stifter, sodann aber auch die Kleinkinderbewahranstalten, die Krippen und so weiter, ja, auch der Verein zur Besserung entlassener Strafgefangener sich des kurzen Aufenthalts Mr. Charles Trotzendorffs im ersten Gasthof der Stadt (mit Familie) auf eine Weise zu erfreuen, die nur für ausnehmend nüchterne, schlechte Charaktere nichts Erstaunliches an sich hatte. Kein anderer Ortseingeborener hatte in so kurzer Zeit so oft in den öffentlichen Blättern der Stadt gestanden als Mr. Charles Trotzendorff. Seit Menschengedenken hatte kein anderer wie er es so verstanden, sich binnen kürzester Frist so sehr loben zu lassen. Daß es vom fürstlichen Residenzschloß an bis in den Vogelsang hinein zu feine Nasen gab, denen er zu gut roch, ließ sich freilich nicht leugnen und also auch nicht ändern. Seine Durchlaucht verweigerte eine nachgesuchte Audienz. Mein Vater brummte: „Schwindel!“ Veltens Mutter seufzte: „Mein armes, liebes Kindchen!“, und der alte Hartleben meinte: „Wissen Sie, Frau Doktern, ich kann lange zurückdenken, aber solch eine Komödie, mit solch einem Hanswurst als Hauptperson drin, hab ich doch noch nicht erlebt hier in der Nachbarschaft! Herrje, was hat das Karlchen, der Kerl, zugelernt, seit er vor Jahren seinen Abschied von hier nehmen mußte!“ –

„Weißt du, Karlos“, sagte Velten Andres zu mir, „die Alte ließ sich grade in jenen reizenden Wochen mal wieder das Neue Testament von mir vorlesen, und da kamen wir denn naturgemäß auf die Situation im Evangelium Johannis. Es war auch Nacht, das heißt spät am Abend, und wir saßen bei der Lampe und waren beim dritten Kapitel: Es war aber ein Mensch unter den Pharisäern, mit Namen Nikodemus, ein Oberster unter den Juden; der kam zu Jesu bei der Nacht und sprach zu ihm – „Du, da hat ja wer geklopft“, sagte Mutter, und da war sie, unsere Kleine, und stand scheu in der Stubentür und wagte sich nicht herein – sie wagte sich nicht herein, grade wie der alte spitzbärtige Jüd und Schriftgelehrte. Ob der aber bei seinem Besuch so geschluchzt hat wie das Kind, kann ich nicht wissen, glaube es auch nicht. Sie hatten sie schon im Hôtel de l'Europe in Purpur und köstliche Leinwand nach der neuesten Modenzeitung ausstaffiert, aber die Hauptsache war doch das naßgeweinte Taschentuch. Mit dem in den Händen tat sie nun einen Sprung zu meiner Alten Sessel und lag vor ihr auf den Knieen und zog mit beiden Armen und Händen ihren Hals zu sich herunter und winselte: „Tante Andres, ich kann nicht so von euch – von dir, dir, dir fortgehen! O bitte, bitte, verzeihe mir's, daß ich's nicht ändern kann und daß es mir auch Vergnügen macht! Ich habe mich auch jetzt ja nur weggestohlen, um es dir noch einmal zu sagen, daß ich euch – dich, dich und den Vogelsang so lieb habe und daß es mir so sehr leid tut, daß ich draus fort muß! O könnte ich euch doch mitnehmen! Wir haben ja nun das viele Geld und das Glück, von dem Mama immer geredet und sich damit in unserm Elend getröstet hat; aber mein Vater lacht und sagt: Nonsense, und es ist wieder mal alles, was ich denke und fühle, nichts als Unsinn! Jawohl, Velten, du hast mir dasselbe oft genug gesagt, und ich bin oft genug wütend drüber geworden; aber nun sage es mir dreist noch einmal. Jetzt biete ich dir keine Ohrfeige mehr dafür an. Die ganze Welt kommt mir mit einemmal so dumm und unsinnig vor, daß auf das bißchen, was ich von der Sorte dazu gebe, wirklich nichts ankommt. Tante, Tante, liebste, beste Tante Andres, laß es mich nicht entgelten, daß ich so gern weggehe von hier und mich so sehr auf das neue Leben freue. Wenn du mich nicht liebbehältst, ist ja alles nichts; und dem alten lieben Hartleben sag auch, daß ich nichts dafür kann, daß meine Eltern so grob gegen ihn gewesen sind. Zu dir wage ich mich ja noch bei Abend aus dem Hotel heraus; aber zu Hartleben wage ich mich nicht mehr bei Tage und bei Nacht; o bitte, bitte, sagt es ihm – du auch, Velten! –, daß er immer der beste alte Mensch gewesen ist und ich von uns allen drein – dir, Velten, Karlchen Krumhardt und mir – die einzige gewesen bin, die es ganz genau wußte, daß es unrecht war, wenn wir ihn alle Tage halb zu Tode ärgerten! Ach

Gott, was hätte ich noch alles zu sagen! – O küsse mich nur nicht, Tantchen Andres! Oder doch, doch, küsse mich nur – es war ja zu schön, zu gut hier bei euch, und wenn du es nicht weißt, was ich auf dem Herzen habe, so kann ich uns nicht helfen."

„Deine Mutter kann ich mir hierbei vorstellen, Velten", sagte ich.

„So? Ja, du hast freilich immer mehr gekonnt als ich; aber in dieser Hinsicht meine ich doch, daß du dich irrst. Du meinst, sie brüllte sich das Herz aus dem Leibe? Sie hätte die Kleine in Krämpfen hin- und hergerissen? Nicht die Idee! Famos hielt sie sich, die alte Riesin, für meinen Geschmack in der tragischen Stunde beinahe zu ruhig. Aber am andern Morgen schon wußte ich natürlich, daß sie wieder mal das einzig Richtige getroffen hatte. Das weißt du, wie oft sie auf uns hineingepredigt hat; aber so wie diesmal hat sie noch nie zu einem von uns dreien gesprochen: „Gehe in Frieden!" – Das Kind ist an dem Abend in Frieden aus dem Vogelsang gegangen und hat an der Gartentür leise hingeweint: „Ja, du hast recht; Vater und Mutter gehen freilich vor, und ich gehe ja auch gern mit ihnen; aber du bleibst dicht hinter mir, Tante Male, und ich will deine Hand immer an meinen Rockfalten haben. Und wenn – wenn mal – so viel – Dummes über mich hier nach dem Vogelsang geschrieben wird, wie über Papa, so glaubst du es nicht eher, bis du Velten geschickt hast, um nachzusehen. Aber ich will auch jede Woche selber schreiben."

Ich war natürlich auch nach Berlin bloß des Studierens wegen gekommen. Damit wurde es diesmal gar nichts. Die schlimmsten Befürchtungen meines armen Vaters trafen ein; ich verfiel für die nächste Zeit wieder vollständig dem Verderben, das nach der Meinung aller Verständigen in der Heimat von dem Freunde ausging. Ich hatte ihn wieder, und er hatte mich wieder am Kragen, und wie sich die Vögel mit demselben Gefieder sofort wieder um ihn zusammengefunden hatten, das mußte ein Wunder sein auch für den, der an keine Wunder in dieser nüchternen Welt glaubte.

Da war zuerst seine Stubenwirtin, die Frau Fechtmeisterin Feucht. Ein anderer hätte die Millionenstadt jahrelang nach der aussuchen können, ohne sie zu finden: auf ihren jetzigen jungen Herrn, auf „ihren Velten", schien sie schon jahrelang gewartet zu haben, um, „was sehr nötig war", Mutterstelle an ihm zu vertreten.

Wir klopften schon am zweiten Abend unseres Zusammenseins an ihre Tür, und er stellte mich der kleinen Dame vor mit den Worten:

„Hier ist noch einer aus dem Vogelsang, gnädige Frau. Ein bißchen langweilig, aber sonst auch ein guter Kerl und erziehungsfähig, sogar ein wenig über das Maß seiner Bildungsbedürftigkeit hinaus."

Dem naseweisen, scharfmäuligen Pennal einen „dummen Jungen" aufzubrummen wäre wohl das Sachgemäße gewesen, aber wie immer kam ich auch jetzt nicht dazu, meine Stellung dem Knaben gegenüber zu wahren.

„Von Jena?" fragte die elfenhafte kleine Greisin, noch immer die Klinke ihrer Tür in der Hand haltend.

„Von Göttingen."

„War zur Zeit meines Seligen auch noch ein anständiger Aufenthalt. Bitte näher zu treten, Herr, wenn ich recht gehört habe: Studiosus juris Krumhardt?"

Ich konnte das nur bestätigen, aber mußte mich doch ein wenig zusammennehmen, um es mit der notwendigsten Höflichkeit und Freundlichkeit zu tun; doch –

„Weshalb kommen Sie nicht von Jena?" fragte die Frau Fechtmeisterin jetzt schon von ihrem Sofa aus. „Setzen Sie sich doch, Velten; und Sie auch, Herr Krumhardt, und nehmen Sie mir meine Frage nicht übel: ich komme nämlich von Jena, mein Mann ist da begraben, und ich bin dort jung gewesen, da erkundige ich mich denn bei den jetzigen jungen Herren gern so nach dort und der alten Zeit, eben hier von Berlin aus, wo keiner von uns eigentlich so recht weiß, ob er dahin gehört."

Da saß sie, ein weißhaarig Mütterchen, mit scharfem, hübschem Altfrauengesichtchen und Augen, die auf jeder Mensur dem Gegner imponieren mußten, und das „keiner von uns" kam so selbstverständlich, natürlich, sachgemäß heraus, mit einem Anklang von Fechtboden und Kneipe, daß – es gar nicht anders möglich gewesen war: sie und Velten Andres *mußten* sich im Leben treffen. Der Wohnungsnachweis: Frau Fechtmeisterin Feucht, war vom Schicksal nur für meinen Freund Velten berechnet gewesen, im Treppenhause der Friedrich-Wilhelms-Universität zu Berlin. –

„So setze dich doch, Mensch", sagte der junge Weise aus dem Vogelsang, der bereits die andere Sofaecke neben seiner Frau Wirtin einnahm; ich aber stand freilich noch und sah mich immer noch um. Die ganze Welt kam hier gar nicht in Betracht; aber in ganz Deutschland gab es kein Witwenstübchen, das diesem glich. Mitten in diesem Berlin diese ganze deutsche Jugend, soweit sie sich in

Jena und auf ihren Verbindungsbildern zusammengefunden hatte! Alle Wände damit bedeckt; – dazwischen, wo nur ein Räumchen, alles voll von Schattenrissen mit allen Couleuren an Mütze und Band. Waffentrophäen statt des Spiegels, Schläger und Stulpen und was sonst dazu gehört, wo nur noch was aufzuhängen war. Keine Ritterdame des romantischsten Mittelalters hatte je zu der Ausstattung ihres Ahnensaales und ihrer Kemenate so gepaßt wie die Frau Fechtmeisterin Feucht zu dem Schmuck und der Zierde ihres Altweiberstübchens, wie gesagt: *mitten in diesem Berlin!*

„Sie sehen sich wie jeder zuerst bei mir um und wundern sich, Herr Krumhardt“, lächelte die feine Greisin. „Ja, wundern Sie sich nur. Seine Messer schärft sich unser Herrgott selber, aber den Schleifstein drehen ihm die Menschen. Da die alten Bilder – die Fliegen sind tüchtig drüber gewesen –, sie haben auch ihr Teil an den deutschen Geschichten der letzten Jahre. Es sind ein paar gute Klingen drauf, die unser Herrgott nötig gehabt hat; und da haben wir den Schleifstein ihm mit gedreht; das heißt nämlich mein Seliger! Ich habe nur an ihm und euch jungen Leuten meinen Spaß – Gott verzeihe es mir! –, meine Freude gehabt; denn ich bin auch mal jung gewesen, meine Herren.“

„Das ist recht, Frau Fechtmeisterin“, brummte Velten, „renommieren Sie nur dem alten Mann da mit Ihrer Jugend. Er kann's gebrauchen.“

In diesem Augenblick klopfte es an der Tür und –

„Das ist mein Schneider!“ lachte Velten Andres. „Nun hab ich ja meine ganze gegenwärtige Bekanntschaft in eurer Weltstadt vollständig beieinander.“

Der junge Herr aus dem Vorderhause, den ich gestern schon in der Stube des Freundes getroffen hatte, schob sich schüchtern herein in das Gemach der Frau Fechtmeisterin:

„Ich darf doch?“

„Ja, kommen Sie nur, Leon“, sagte die Frau Fechtmeisterin. „Weshalb haben Sie Ihre Schwester nicht mitgebracht? Aber freilich, die hat schon am Morgen bei mir gesessen, das liebe Kind, um mir Gesellschaft zu leisten.“

„Und um mal von was anderem zu hören als von des Lebens bezahlten und unbezahlten Schneiderrechnungen“, lachte Velten.

„Redet man davon soviel bei uns, Herr Andres?“ fragte der junge Herr und reiche Haussohn aus dem Vorderhause ein wenig vorwurfsvoll.

„Nein! Wahrhaftig nicht. Soweit ich bis jetzt darüber urteilen kann, des Beaux. Ich habe im Gegenteil bereits meinem Freunde Krumhardt davon erzählt, wie kurios anders das da drüben bei euch rauscht, klingt und tönt. Wie das da bunt durcheinandergeht. Troubadourgeklimper, Albigenser-Schwert- und – Speergerassel, hugenottischer Orgelklang und Chorgesang. Der Knabe aus der germanischen Provinz ist schon fest überzeugt, daß er in diesem seinem Berlin keine zweite gleich großartige Schneiderbude finden wird. Da habe ich Ihnen natürlich schon vorgearbeitet, Leon; übrigens bürge ich auch für jeden Pump, den er bei euch anlegt."

„Aber Herr Andres?"

„Jawohl, mein Herr Andres", sagte die Frau Fechtmeisterin Feucht, „seien Sie nicht zu naseweis und ausfallend. Dafür kennen auch wir beide uns doch erst zu kurze Zeit, als daß ich für alle schlechten Witze hier bei mir den Fechtboden hergeben möchte."

„Karl, ich werde wieder verkannt!" seufzte kläglich mein Schulfreund aus dem Vogelsang. „Was habe ich denn anders sagen wollen, als daß Sie ein famoser Kerl sind, des Beaux, – ein Prachtmensch, der allen seinen großen Ahnen vor und nach dem Edikt von Nantes die Stange hält. Hat denn der Große Kurfürst nicht seine Leute zu euch geschickt, um sich den Rock bei euch wenden zu lassen? He, und da soll ich nicht einmal meinen Freund Krumhardt in das Vorderhaus empfehlen dürfen, um ihn hier am Ort in die beste Gesellschaft zu bringen?"

„Das läßt sich wieder hören, Leon", meinte die Frau Fechtmeisterin.

Leon des Beaux aber drückte Velten Andres mit Tränen in den Augen die Hand und sagte schämig zu mir: „Mein Herr, es wird mir eine große Ehre sein, auch Ihre Bekanntschaft zu machen. Herrn Studiosus Andres kenne ich schon, habe ich die Ehre zu kennen."

„Lassen Sie das Vergnügen nicht aus", brummte der „Junge aus dem Vogelsang".

„Nun sage mir vor allen Dingen, wie bist du eigentlich zu der Bekanntschaft mit dem, wie es scheint, wirklich nicht übeln, scheuen Jüngling, diesem Schneider mit dem Namen Leon des Beaux gekommen?" fragte ich später am Abend auf dem Wege zur Kneipe den Freund.

„Wie man öfters zu allem Schönen, Nützlichen, Guten und Angenehmen sowie dem Gegenteil kommt – durch Zufall. Ich zog ihn wie damals Schlappen heraus;

aber diesmal nicht unterm Eise weg, sondern aus dem Feuer – nämlich unserer schlechten Redensarten.“

„Unserer schlechten Redensarten?“

„Wenn dir dumme Witze, anzügliche Bemerkungen, rüde Anrempeleien lieber sind und besser klingen, mir auch recht. Die Fabel oder Wahrheit von der Krähe, die sich zum erstenmal zu Äsops Lebzeiten mit Pfauenfedern besteckte, kennst du wohl noch. Sie kam in diesem Abkömmling des Landes des Weins und Ölbaums, der Sonne und der Gesänge von neuem auf die Bühne der Welt, und ich natürlich ganz zur rechten Zeit, um meinen Spaß und nachher auch ein bißchen meinen Ernst dran zu haben. Das romantische Rindvieh hatte sich an einem der ersten Tage meines hiesigen Aufenthalts aus seiner Akademie für körperliche Bekleidungskunst im Roten Schloß in unsere Bude für geistige Maskierung dem Alten Fritz gegenüber verirrt, das heißt, sich als Hospitant in ein Kolleg über Ästhetik, in das ich auch die Nase steckte, eingeschlichen. Dummeres gab es gar nicht, ich meine nicht den lesenden Herrn Professor, sondern meinen Freund Leon des Beaux; doch das letztere wurde mir erst klar, als ich ihn zu Hause besucht hatte. Fürs erste war er für mich nur das in dem Dornbusch hängengebliebene scherzhafte Schafvieh. Philister über ihn! Der Hauptflegel, ein langer Bierlümmel mit der erbrechtlichen Anwartschaft auf den Landrat, Regierungspräsidenten oder sonst so was Schönes, der, wie sich nachher mir erklärte, mit dem Papa des Beaux hing, das heißt nach endlich bereinigtem Pump seine Rechnung noch mit ihm abzumachen hatte! Wie ich provinziales Unschuldswurm sofort in die Narrenteiding hineingeriet und mich sonderbarerweise auch der Situation gewachsen fühlen konnte, ist mir bis jetzt noch ein Rätsel. Es muß wohl so in mich gelegt sein, und im Grunde war's doch auch wieder nur der reine Vogelsang, wenn es da hieß: der Bengel muß doch bei jedem Unsinn und Skandal das Maul und die Faust im Spiel haben. Na kurz, du kannst dir das Ding jetzt schon ausmalen. Erst Hinhorchen, sodann ulkhaftes Vergnügen an dem Hauptwitz, Nähergehen, Umschlagen des Spaßes in sein Gegenteil, darauf die gewöhnlichen Redensarten bis zu dem: Herr, der dumme Junge sind doch nur Sie! ... Die Hauptsache war, daß ich meinen idealischen Schneider herausriß. Was sich nachher sachgemäß mit den Herren Kommilitonen an den Vorgang knüpfte, ist erledigt und Rechenschaft nach Goethes sämtlichen Werken Band eins gegeben worden. Selbstverständlich fühlte auch ich mich ein Mannsen und

... gedachte meiner Pflicht,
Und ich hieb dem langen Hansen
Gleich die Schmarre durchs Gesicht.

Wie sagt doch der andere Kerl aus Weimar? ... Die Blinden in Genua horchen auf meinen Schritt, oder so ungefähr. Fürs erste glaube ich mich in dieser Hinsicht hier bei euch im großen Weltleben gut genug gerauft zu haben. – Meinen zitternden Schneidersohn nahm ich unterm Arm: „Nu, nur nicht ohnmächtig werden, Sie armes nasses Huhn! Sagen Sie mir um Gottes willen, was wollten Sie hier in dieser gemischten Gesellschaft? Und dann, wo wohnen Sie? Mein Name ist übrigens Andres." – „Meiner des Beaux – Leon des Beaux", stammelte das Geschöpf. – „Aus Paris?" – „Aus der Dorotheenstraße." Da wir denn so ziemlich unter einem Dache wohnten, wie sich auswies, benutzten wir ein und dieselbe Droschke nach Hause, denn der Knabe war zum Gehen nicht mehr ganz in der nötigen Beinverfassung. Daß er mir am folgenden Tage bei meiner Frau Fechtmeisterin einen Besuch machte, war schicklich, würde meine Mutter sagen. Daß er mich einlud, nun auch zu ihm zu kommen und die Seinigen kennenzulernen, unnötig ... Krumhardt, ich kann jetzt auch dich dort einführen in der Familie! Würde es dir Vergnügen machen, das Haus des Beaux und Fräulein Leonie des Beaux kennenzulernen?" ...

Wenn ich heute an jene Redensart des Freundes denke und das Haus des Beaux, so wird es sehr licht um mich, und der Schein geht von den Leuten aus, zu denen ich damals geführt wurde. Der Junge aus dem Vogelsang, von der Schulbank, aus dem Pandektenkolleg und der Korpskneipe lernte wieder ein Stück Erde oder Welt kennen, von dem er nichts gewußt hatte, von dem er ohne Velten Andres auch wohl nie etwas erfahren haben würde. Seine übrigen gleichalterigen Lebensgenossen würden ihm wohl nicht dazu verholfen haben; schon in der Befürchtung, sich vor ihrer Welt durch zu genaue Bekanntschaft mit ihrem Schneider lächerlich zu machen. –

Sie kam uns von ihrem Flügel entgegen, Fräulein Leonie des Beaux. Ein hochgewachsenes, ruhiges Mädchen, ein schönes Mädchen, dessen freundlichem Gesicht es nichts tat, wenn sich über den großen, aber etwas kurzsichtigen schwarzen Augen die schwarzen Brauen dann und wann in eins zusammenzogen. Böse wollte sie dann nur selten hinsehen, nur etwas schärfer.

„Hinweise auf das Mittelmeer, Donjons, Falkenjagd, Zelter, Windspiele und König Renés Minnehöfe kannst du dir sparen, Krumhardt", sagte Velten. „Ich habe sie alle schon selber gemacht. Auch den auf den Kastellan von Coucy und die Dame von Fayel. Übrigens, Karl, standest du gestern vor der lieben Kleinen grade so dumm, wie wenn du in Obertertia die Uhlandsche Simpelei dem Oberlehrer Knutmann zu deklamieren hattest."

Er sagte dieses natürlich nicht in ihrer Gegenwart, sondern als wir wieder vor der Tür waren, und fügte hinzu: „Nun, was meinst du zu den Leuten?"

Man kann bei dem, was man „von den Leuten meint", auch ein Gefühl haben von ihrer Umgebung, welches vollständig dazu gehört und nicht davon zu trennen ist. Dieses traf hier ganz und gar ein, und ich wußte nichts zu erwidern als: „Ausnehmend anständig."

Heute würde ich sagen: es war ein vornehmes Haus, in welches wir gekommen waren; aber man hat ja so seine besondere Redensart für jede Lebensepoche. – Es war auch ein sehr wohlhabendes Haus, das auf dem besten Wege war, zu einem reichen zu werden. Mir imponierte es sehr, meinem Freunde Velten nicht im mindesten; der war da sofort so bei sich wie früher bei Hartleben im Vogelsang und jetzt bei der Frau Fechtmeisterin Feucht. Und es war dasselbe wie zwischen den grünen Hecken des Vogelsangs: es kam wieder ein schönes Mädchen für ihn an den Zaun, nur diesmal nicht, um sich mit ihm zu zanken, zu vertragen und wieder zu zanken. Leonie des Beaux zankte sich mit niemand in der Welt und vor allem nicht mit einem, dem sie sich zu Dank verpflichtet glaubte, weil er gegen „unser Kind", ihren Bruder, gut gewesen war.

„Aber es sind ja auch beide ein paar Kinder", sagte sie später, als wir zwei vertrauter und ganz bekannt miteinander geworden waren. „Ihr Herr Freund und mein armer Leon passen zueinander wie Hand und Handschuh. Herr Andres ist freilich die Hand. Ich freue mich recht, daß sie zusammengekommen sind, wenn auch durch eine so lächerlich-tragische Torheit meines närrischen Bruders. O Herr Krumhardt, bitte, nehmen Sie meinen Bruder nicht lächerlich! Man kann auch in einer Stadt wie Berlin noch immer in einem stillen Märchenwinkel aufwachsen, und das sind wir beide, Leon und ich; und mein Papa hat dazu geholfen (meine Mama ist lange tot), daß wir so geworden sind – Leon besonders, denn er hat von uns zweien immer die unruhigste Phantasie und Seele. Übrigens ist er doch auch ein rechter, guter Kaufmann. Er führt die Bücher da unten in unserm Geschäft, und Papa ist recht mit ihm zufrieden. Aber Papa ist eigentlich auch sehr mit daran schuld, daß wir so aufgewachsen sind in Einbildung und Träumen. Das hat sich so von einer Generation zur andern weitergegeben, seit wir unter Ludwig dem Vierzehnten nach Brandenburg zu dem Großen Kurfürsten gekommen sind. Ach, Herr Krumhardt, die Kinder des Schneiders des Beaux haben ihr Hausheiligtum und ihre Ritterbuchbibliothek wie der edle Junker Don Quijote von la Mancha. Hat Leon Sie noch nicht hineingeführt? Das wundert mich! Herr Vel- Herr Andres sitzt sehr häufig dort und hat auch schon manches Merkwürdige da gefunden, wie er sagt. Soll ich für Sie da auch sagen: Sesam öffne dich?"

„Das würde sehr liebenswürdig von Ihnen sein, gnädiges Fräulein."

„Oh, spotten Sie nur über die Firma des Beaux, Vater und Sohn!" –

Es war hier wirklich kein Grund zum Spotten. Das Haus des Beaux hatte nicht nur seinen Salon, seinen Konzertflügel samt reichen Teppichen, Kronleuchtern, schönen Ölgemälden, Kupferstichen und dergleichen, was sonst zum laufenden Tag gehört; es hatte auch seine Bücherei, und in diesem nüchternen Berlin des achtzehnten und neunzehnten Jahrhunderts, heraus wie aus dem siebenzehnten Säkulum und in den Einzelheiten noch viel weiter zurück in den Zeiten und Historien, sein Museum. Wie die Leutchen es zusammengebracht hatten, war schon an und für sich ein historisches Wunder. –

„Von unseren angestammten Familienheiligtümern haben wir wenig mitbringen können in die Mark", erklärte Fräulein Leonie. „Vieles ist geerbt oder angeheiratet; aber echt ist alles. Papa kommt durch seinen Beruf nicht selten nach Paris, und dann reist er gewöhnlich auch nach Südfrankreich, und sein Vater und Großvater haben das auch so gemacht. Papa kommt nie nach Hause, ohne sich und uns Kindern etwas von dorther mitzubringen. Bitte, nehmen Sie Platz!"

Das sah man, als sie sich an dem schwerfälligen, kugelfüßigen, grünbehangenen Studiertische in der Mitte des Gemachs niederließ, daß nicht nur alles umher echt war, sondern daß auch sie zu diesem Raume gehörte, und – ihr Bruder auch.

„Hier sitzen wir denn und denken uns zurück", sagte Leonie. „Dann liegt auch für unsern Vater, oder grade für den erst recht, der Tag und unser Geschäft wie auf einem andern Weltball. Und hier ist an Leon und mich alles gekommen, was wir für unser Bestes halten und was den Leuten mit vollem Recht sehr komisch erscheinen muß, wenn wir damit unter sie geraten. Ich komme wohl nicht in die Verlegenheit; aber mein armer Bruder von seinem Schreibpult im Kontor drunten leider doch dann und wann, und so neulich wieder in Ihrer Universität, wo Herr Andres so gütig war, sich seiner anzunehmen. Er, Leon, hat es noch nicht so recht gelernt, den Traum und das Leben auseinanderzuhalten, und kommt also nur zu oft wie ein geschlagenes Kind nach Hause, und es kostet Wochen in diesem unserm Phantasiestübchen, ehe er sich wieder zurechtgefunden hat in der Welt. Wir haben eigentlich da draußen in der Zeitlichkeit einen großen Umgang, und darunter sucht er denn wie der alte Grieche nach Menschen, die zu ihm passen. Ach, wenn er dann nur ausgenutzt und gehänselt würde, so wollte ich gar nichts sagen; aber er wird auch gekränkt und bis ins Tiefste verwundet, und wenn ich auch die Älteste und die Vernünftigste bin – ein noch älterer Bruder von uns ist bei Mars la Tour gefallen –, so kann ich doch nur allzuoft ihm gar nicht helfen. Mich hat dieser grade für uns so schreckliche Krieg mit Frankreich nun wohl schon lebensverständig und tagesnüchtern genug gemacht in unserm hiesigen französischen Altväter- und Kinderzauberreich; aber ach, wenn ein Mensch es noch nötig hat, einen echten Freund zur Seite zu haben, so ist das mein armer Bruder! Und jetzt, Herr Krumhardt, nehmen Sie es mir nicht übel, jetzt hält er wieder einmal Ihren Herrn Freund, Herrn Andres, für einen solchen, und ich, ich – ich weiß nicht, wie ich Ihnen das sagen kann und ob ich es Ihnen sagen darf: ich weiß nicht, ob ich Freude oder Angst haben soll. Mein Bruder hat so viele Bekanntschaften gehabt, aber dies ist die erste, in der ich mich ganz und gar nicht zurechtfinden kann. O bitte, sagen Sie es sich selber besser, als ich es kann! Aber es wäre nicht edel und gut von Ihrem Freund, wenn er meinen lieben närrischen Leon noch mehr als ein anderer und bloß etwas feiner, also schlimmer, als ein armes Spielzeug behandeln würde."

Es hat mein Freund Velten, von unserm ersten Zusammenaufwachsen im Leben und Vogelsang an, mir nie so ganz und gar mit allem, was in und an ihm war, vor der Seele gestanden wie in diesem Augenblick. Ich hätte eine Monographie über ihn schreiben und Doktor darauf werden können; aber zu erwidern wußte ich hier und jetzt nichts als:

„Gnädiges Fräulein, da können Sie ganz ruhig sein. Lustig macht sich der nur über sich selber. Da fragen Sie nur im Vogelsang nach. Ich will grade nicht sagen, daß er einen guten Ruf dort hatte in dieser Hinsicht; aber das war doch einfach bloß darum, weil ihn eigentlich nur drei Leute da ganz genau kannten. Seine Mutter, ich und – Ell- Fräulein Helene Trotzendorff."

„Wohl eine liebe Tante von Ihrem Herrn Freunde?" fragte Leonie, und ich hatte mich wirklich erst einen Augenblick drauf zu besinnen, auf wen die Frage sich bezog. Aber es war ja auch richtig, damals ist Mistreß Mungos Mädchenname zum ersten Male in dem historischen Traumstübchen der Geschwister des Beaux genannt worden.

Er ist noch oft dort erklungen. Er wurde ein sehr vertrauter Klang da.

„Siehst du, Karl, man findet überall die Leute, zu denen man paßt. Wie wir hier zusammenhocken, wir vier jetzt, ist das nicht grade dasselbe, wie damals, als wir drei aus dem Vogelsang auf dem Osterberge im Wald lagen und das niedliche Residenznest unter uns hatten? Haben wir heute abend nicht ebenso dies Berlin unter uns? Nur immer über den Dingen bleiben und möglichst wenig von ihnen haben wollen! Fragen Sie nur den Kandidaten beider Rechte hier, Fräulein Leonie. Der steht vor dem Referendarexamen und beantwortet Ihnen jegliche Frage aus und über Banausien mit Eins A. Leon, Sie sind und bleiben ein Riese, und wenn Sie mich noch so schafsmäßig anstarren. Was sagen Sie übrigens zu dem letzten New Yorker Briefe meiner Kleinen, Fräulein Leonie? Das arme Wurm scheinen sie drüben schon sauber eingeseift zu haben; ich wollte, ich hätte sie heute abend auch hier bei uns, um ihr den Kopf zurechtzusetzen. Und Sie würden mir dabei helfen, nicht wahr, Fräulein Leonie?“

„Sie hat Ihnen einen sehr hübschen Brief geschrieben, Herr Andres“, sagte Leonie des Beaux leise. „Sie scheint in einem großen Leben zu leben und gibt sich doch alle Mühe, treue – Freundschaft zu halten mit – mit –“

„Dem Vogelsang, dem Osterberge, kurz, der deutschen Kinderstube“, lachte Velten. „Das wollte ich ihr aber auch geraten haben“, setzte er ein wenig mit den Zähnen auf der Unterlippe hinzu, und dann kaum hörbar für sich: „Sie weiß es ja aber auch, daß ich sie ihr ganzes Leben lang nicht loslasse.“

Leonie hatte das letzte Wort aber doch gehört: „Gibt es solch einen festen Griff auf dieser Erde?“

„'Was man will, kann man durchsetzen', meinte unser alter Oberlehrer Doktor Langemann auf unserm Gymnasium zu Hause. Fragen Sie nur Krumhardt, Fräulein, der hat sich in seiner Lebensauffassung auch nach dem Wort gerichtet und geht als Sieger zu den Toten.“

„Rede kein Blech, Velten!“

„Ich bin niemals mehr gediegenes Erz gewesen als an diesem Abend und unterm Auge des alten Hugenottenpastors und des jungen Albigenserritters da an der Wand. Die haben sie vielleicht ihrerzeit lebendig gebraten, aber haben die zwei nicht noch heute ihre Faust am Kragen hier meines intimen Freundes, Monsieur Leon des Beaux aus Albi? Übrigens haben wir, Lenchen und ich, schon lange vor Ihrer Frage, Fräulein Leonie, eine Wette auf dem Osterberge draufhin gemacht, wer von uns beiden den festesten Griff habe und den andern zu sich holen werde. Selbstverständlich und naturgemäß hat sie gegenwärtig die obere Hand, und ich werde es meiner Alten zu Hause nicht ersparen können: ich muß hinüber zu ihr nach Amerika." – –

Es ist unaktenmäßig in den Akten: wir haben damals solche Unterhaltungen geführt in Leons und Leonies romantischem Zauberstübchen in der Stadt Berlin. Und es sind auch solche Briefe, von denen Velten Andres redete, – Briefe, die Helene Trotzendorff hinter dem Rücken von Vater und Mutter geschrieben hatte, dort von Hand zu Hand gegangen. Wie sehr erwachsene, verständige, vernünftige Leute wir draußen in den Gassen der Reichshauptstadt sein mochten, in Leonie des Beaux' Reiche waren wir noch dergestalt unmündig Volk, daß wir die höchsten Ehrenstellen und Sitze im Kinderhimmel des Evangeliums hätten in Anspruch nehmen dürfen. Und wir wußten es natürlich nicht und hielten uns im Gegenteil für außerordentlich weltklug, Fräulein Leonie vielleicht ausgenommen.

Die achtete mit immer größeren, schärferen und – ängstlicheren Augen auf den neuen Freund ihres Bruders, auf den närrischen Velten Andres. Daß es mir freilich damals aufgefallen wäre, kann ich nicht sagen: ich kann es eben nicht genug wiederholen, daß das meiste aus dieser Vergangenheit mir selber erst klar und deutlich wird und einen logischen Zusammenhang gewinnt, wie ich diese Blätter beschreibe und – paginiere.

Ob er, der Junge aus dem Vogelsang, je in seinem Leben einen Begriff davon bekommen hat, was diese großen, anfangs so freudigen, dann mehr und mehr ernsten, traurigen Augen für ihn bedeuteten, weiß ich nicht. Wie viele treu besorgte Blicke aus lieben Augen gehen einem verloren, während man auf das Zwinkern, das Schielen und Blinzeln der Welt rundum nur zu genau achtet und sich sein Teil Ärger, Kummer, Sorgen, Verdruß und Verzweiflung draus holt!

Seltsamerweise hatte Leonie des Beaux das größeste Vertrauen zu mir, und durch mich wußte sie allgemach ebensogut als ich, wie es im Vogelsang aussah, oder vielmehr (schon damals) ausgesehen hatte. Sie kannte nicht bloß die Familie Krumhardt, Vater, Mutter und Sohn, sondern sie kannte auch den alten Hartleben und Mistreß Trotzendorff – letztere in ihrer Verdunkelung wie im blendendsten Glanze. Sie hatte an jeder grünen Hecke mitgelehnt, in jeder Gartenlaube mitgesessen; sie kannte den Osterberg und die zierlichen Promenadenwege und Bänke am Rande des Waldes und die Aussicht auf die kleine, zierliche Residenz drunten im Tal. Wovon sie aber am genauesten Bescheid wußte, das war - *seine* Mutter, die Frau Doktorin Andres und ihr Häuschen – neben uns an, hinter dem nächsten nachbarschaftlichen, lebendigen Liguster-, Stachel- und Johannisbeerzaun zwischen Mein und Dein im Hypothekenbuch. Ja, wie ich das jetzt schreibe, erfahre ich es erst, wie gut sie bei *seiner Mutter* Bescheid wußte – damals – und wie sie vom Keller bis zum Dache sich in dem kleinen Hause unter dem Osterberge zurechtgefunden haben würde, wenn man ihr den Türgriff in die Hand gegeben hätte. Ach, wie häufig geschieht das, daß wir seufzen: „Ja, wenn das und das gewesen wäre, so hätte sich alles so leicht zum Bessern – zum Besten wenden können! Es war ja so einfach, es lag ja so vor der Hand! Man brauchte in der und der Stunde, in dem und dem Augenblick nur zuzugreifen, um das Richtige für einen ganzen langen guten, glückseligen Lebensweg zu treffen. Eine Wendung von der Rechten nach der Linken, oder umgekehrt, genügte vollständig, wenn wir nicht so blind, so dumm gewesen wären!“ – Was wissen wir aber eigentlich hierüber? – – – – – – – –

Das Verhältnis zwischen Velten und Leon, dem besten, klarsten Kopfe des Vogelsangs und dem besten, harmlosesten und verworrensten der Stadt Berlin, vertiefte sich ebenfalls immer mehr. Für dieses weiß ich kein edleres und schöneres Gleichnis als das sehr edle und sehr schöne: die Freundschaft zwischen einem lieben, klugen, bis in den Tod und das Lächerlichwerden getreuen Hunde und seinem Herrn, Eigentümer und – besten Freunde. Damals!

In Velten Andres hatte der arme, glückliche, reiche Haussohn aus dem Schneiderladen alles gefunden, was er bis dahin in Berlin und der weiten Welt außerhalb des Familienzauberturms vergeblich gesucht hatte – einen von der allgemeinen Heerstraße gleich ihm verlaufenen Genossen, der in der rechten Weise über ihn lachte und ihm mit jedem Lachen und Lächeln und durch jeden kameradschaftlichen Schlag auf die Schulter, jedes Zupfen am Ohr das Herz mit in seine Höhe hinaufnahm. Nein, das Herz nicht; nur den Kopf. –

Kein Hund und keine Liebende konnten um diese Lebensstunde auf den Geliebten, den Herrn und den Freund genauer achtgeben, besorgt-freudiger auf jedes Wort, jeden Wink, jede Bewegung beim stillen Nebeneinander und im menschenvollen Gesellschaftszimmer, kurz, bei jeder Lebenskomödienszene passen als Leon und Leonie des Beaux auf alles, was Velten Andres sagte und tat oder – nicht sagte und nicht tat. Daß er das so deutlich wußte wie ich, glaube ich nicht: sein späterer Lebensweg spricht dagegen. Er war es eben zu sehr gewohnt, daß die Leute ihm nachsahen und er nicht über sie hinweg, sondern durch sie durch in seine Welt hinein auf seine Weise, die nur sehr selten mit der – unsrigen übereinstimmte. Mit der unsrigen! Denn wie oft habe ich schon zu Hause, im Vogelsang, den Vernünftigen dort recht geben müssen, wenn sie meinten: „Der Junge ist rein verrückt!" –

Es war ein wunderlich behagliches Leben dort bei der Frau Fechtmeisterin Feucht in Veltens erstem Studentenstübchen und in des alten deutsch-französischen Schneidermeisters und seiner Kinder Zaubererinnerungsraum. Von außen sah man es dem Hause in der Dorotheenstraße wahrhaftig nicht an, was es in seinem innersten Innern barg. Daß ich, ein deutscher Studiosus der Jurisprudenz, nach Berlin gekommen sei, um mich in meiner Wissenschaft daselbst noch mehr zu vervollkommnen, ging mir von Tag zu Tage mehr aus dem Begriff verloren. In dieser Beziehung war es ein Glück zu nennen, daß mein Aufenthalt mir nur kurz von meinem Vater bemessen worden war. Die einzige, der ich zu Hause dieses Semester hätte begreiflich machen können, war die Frau Doktorin Andres. Die aber wußte natürlich schon sehr Bescheid, wies auf einen Haufen Briefe aus der Reichshauptstadt und lächelte trübe:

„Ja, ich weiß schon. Daß sich das Kind drüben in Amerika wieder zu den Seinen finden würde, wußte ich."

Mit einem leisen Seufzer und *seinem* Blick über die nächste Nähe fügte sie hinzu und glaubte fest an ihr eigen Wort:

„Du kennst ihn ja, lieber Karl, und weißt, wie wenig Einfluß ich von jeher auf ihn gehabt habe."

So reden die Weiber, wie sie das Glück und das Elend, das Beste und das Schlimmste auf diesem Erdball weitergeben! –

Er ist doch mein Freund gewesen, und ich der seinige. Ich habe sein Leben miterlebt, und doch, grade hier, vor diesen Blättern, überkommt es mich von Seite zu Seite mehr, wie ich der Aufgabe, davon zu reden, so wenig gewachsen bin. Ich habe alles erreicht, was ich erreichen konnte; er nichts – wie die Welt sagt – und – wie ich mich zusammennehmen muß, um den Neid gegen ihn nicht in mir aufkommen zu lassen! Was kann ich heute an seinem Grabhügel andres sein als ein nüchterner Protokollführer in seinem siegreich gewonnenen Prozeß gegen meine, gegen *unsere* Welt? Was aber würde erst sein, wenn ich auch nicht mein liebes Weib, meine lieben Kinder gegen diesen „verlorengegangenen“, diesen – besitzlosen Menschen mir zu Hülfe rufen könnte? – – –

Wie gesagt, ich mußte nach Haus ins erste juristische Examen und ließ ihn in Berlin, in einer Gesellschaft, oder besser Genossenschaft, die damals schon nicht mehr bloß aus der Familie des Beaux bestand.

Das Beste aus dem Vogelsang, der Form wie dem Gehalt nach, in der Dorotheenstraße zu Berlin! Wie in dem Stübchen der Frau Fechtmeisterin die Trophäen des alten seligen Jenenser Lanistra oder, wie Leon ihn in seinen Chroniken fand, Maistre escrimeur ihr innerlichstes Behagen durch ein leises Schütteln und Klirren ausdrückten! Wie die Frau Fechtmeisterin manchmal ihren „närrischsten und liebsten dummen Jungen“ am Ohr nahm und rief: „Jetzt hören Sie aber auf, Sie junger Schulfuchs! Sind wir die sieben Schwaben an *einem* Spieß, oder sind wir die vier Haimonskinder auf *einem* Gaul? Ich weiß es wirklich nicht. Und Sie, Fräulein Leonie? Geht es Ihnen auch so wie mir, daß Sie nie recht wissen, was das Menschenkind eigentlich für Ernst nimmt? Ja, ob er jemals in seinem Leben schon irgendwas für Ernst genommen hat? Ich für mein Teil habe mir seit lange nicht so oft wie jetzt meinen Seligen hergewünscht, um diesem jungen Leichtsinn und Phantastikus den richtigen Waffensegen zu geben, daß die Philister ihn uns nicht auf seinem Lebenswege zum Krüppel geschlagen im Chausseegraben liegenlassen. Velten, Velten, nehmen Sie das Wort der Fechtmeisterin Feucht drauf an, daß sie ihrerzeit manche gute Klinge aus mancher festen Faust hat schlagen sehen. Nicht alles, was auf der Mensur in den Lüften blitzt und leuchtet, sitzt nachher auf die richtige Weise und bringt eine saubere Abfuhr zuwege. Da mag man doch aufs Tapet bringen, was man will, Herr Andres: solch ein armer, unschuldiger, pudelnärrischer Draufgänger, mit der Gabe, den Spieß zu ärgern, wie Sie ist mir weder in Jena noch hier in Berlin noch sonst in meinem lieben, langen Leben vorgekommen. Den Herrn Leon frage ich nicht um seine Meinung; aber was ist Ihre Ansicht, Fräulein des Beaux?“

„Man kann auch unter den Fußtritten der Leute auf der Landstraße und in der Gasse auf Salas y Gomez sterben“, sagte Leonie des Beaux leise. Damals ging das Wort an mir vorüber in der lachenden, lustigen Unterhaltung, wie das so gewöhnlich ist, und ich habe mich vielleicht höchstens einen kurzen Augenblick darüber verwundert, wie das Mädchen dazu kam. Heute haftet mein Blick, von meinem Schreibtisch aus, über das benachbarte Hausdach hinweg auf einer bewaldeten Hügelkuppe. Das ist der Osterberg, auf dem wir, da wir noch Kinder waren, die Sternschnuppen, die Tränen des heiligen Laurentius, fallen sahen und es versuchten, bei jedem fallenden Funken einen Wunsch zu haben, um ihn in Erfüllung gehen sehen zu können.

Einen Tod auf Salas y Gomez, das heißt einen einsamen Tod, aber – nach dem Wege und Siege des Welteroberers wünschte sich Velten Andres damals.

Sein Wunsch ist ihm erfüllt worden! Er hat die Welt überwunden und ist mit sich allein gestorben. – – –

Also, wie gesagt, ich ließ ihn in Berlin, bestand zu Hause ehrenvoll, und wie es mein Vater auch gar nicht anders erwartet hatte, mein erstes juristisches Examen, wurde der nächsten Behörde, die eine Lücke für mich aufzuweisen hatte, als rechtskundiger Katechumene zugeteilt, entsprach den Anforderungen meiner Vorgesetzten und sah, wie mein Papa, dem zweiten „stärkern Licht“, das heißt der nächsten Prüfung, mit nicht ungerechtfertigtem Vertrauen entgegen. *Er* kam einige Male in den Ferien zu seiner Mutter heim und – stellte dem Vogelsang sowie der Residenz seinen Freund, Herrn Leon des Beaux, vor, indem er ihm sein Bett in seinem Schülerstübchen unterm schrägen Dache der Frau Doktorin abtrat, selber auf dem Sofa kampierte und (auch durch mich) in der Hauptstadt verbreitete: den Titel „Vicomte“ habe die Familie im Laufe der Jahrhunderte einschlafen lassen, aber die französische Republik erkenne ihn heute noch an, und der schüchterne junge Mensch habe für jeden, der ihn zu nehmen wisse, einen unbegrenzten Kredit bei seinem Herrn Vater in der Tasche.

„Das geht ja noch über Schlappe!“ seufzten unsere Zeitgenossen in der Heimat, fügten jedoch beruhigt hinzu: „Na, er wird wohl wieder nichts damit anzufangen wissen und seine guten Karten nicht aus Dummheit, sondern purer Suffisance abermals aus der Hand geben.“

„Was haben Sie den Herrschaften hier eigentlich über mich aufgebunden?“ fragte wohl (und hatte das Recht dazu) der Sohn und Erbe des jetzt wohlhabendsten und berühmtesten Schneidermeisters von Berlin an der Spree, in gewohnter schüchterner Verlegenheit die Hände aneinander reibend. „Die Leute sind doch ganz gewiß nicht meinetwegen so liebenswürdig gegen mich an diesem entzückenden Orte.“

„Bloß Ihretwegen, Leon! Ich habe nur beiläufig fallen lassen, daß Sie mein guter Freund sind und daß mir Ihr Herr Vater sein Haus und einen Crédit illimité, das heißt Riesenpump, bei sich eröffnet habe. Krumhardt kann das bezeugen und unsere Alte da auch, Monsieur le vicomte."

„Jaja!" lachte die Frau Doktorin Andres. „Beruhigen Sie sich aber nur, mein *lieber* Freund; solchen schlimmen Ruf unter den Leuten können Sie sich schon gefallen lassen. Es ist noch nicht die schlimmste Art, um verlegen zu werden, wenn einem die Leute in den Gassen nachgucken."

„Monstrari digito", entfuhr mir selbstverständlich, und ebenso selbstverständlich fuhr Velten Andres fort im Zitat:

„Et dicier Hic est!", fügte aber natürlich hinzu, und zwar grinsend: „Herrje, er weiß auch hierfür ein Zitat! Leon, wünschen Sie heute nachmittag im Kasinokonzert den vornehmen Fremden zur Darstellung zu bringen, oder legen Sie sich lieber mit mir in den Wald am Schluderkopfe und wehren mir die Fliegen ab?"

„Aber Velten?!" murmelte selbst die Nachbarin Andres; doch ihr Sprößling meinte:

„Ich arbeite ja dabei an seiner Bildung, Mama. Na, wie ist's, Leon? Und wie ist's mit dir, Auskultatore oder zu deutsch: Aufmerker, auch, nach Heyses Fremdwörterbuch, Sitzungszuhörer?"

Auch ich verzichtete auf das Gartenkonzert der bessern oder besten Gesellschaft des Städtleins, und so durchstreiften wir die Wälder auf den Hügeln auch diesmal wieder wie in unserer Knabenzeit, und unsere Kameradin, Helene Trotzendorff, ging wieder mit uns. Velten hatte wieder einen Brief von ihr in der Tasche, über den er mit seiner Mutter schon manches gesprochen hatte und von dem er nunmehr auf dem Schluderkopfe auch uns genauere Mitteilung machte. –

Wir hatten heute alle unsere Kindermärchenwinkel in unserm frühern Zauberreich wieder aufgesucht, der Freund und ich, und uns vor dem „hohen Gast aus der Reichshauptstadt" nicht im mindesten geniert. Vor wem hatte sich übrigens Velten Andres auch je in irgendeiner Weise „geniert"?

Er hatte uns geführt. Von Busch zu Baum, vom Fels zum Weiher, durch den ganzen Zauberwald mit einem fortwährenden „Weißt du noch, Karlchen, hier? Erinnerst du dich noch, Krumhardt, da?" bis auf den Schluderkopf zu einem kurios verästelten, hohen Eichenbaum, an dem freilich für die drei Nachbarkinder aus dem Vogelsang ein wirkliches Abenteuer hing –

Hier hatte *sie* sich einmal verklettert, und *ihm* war es nicht möglich gewesen, sie aus den Lüften und schwankenden Zweigen wieder herunterzuholen und ihr zu festem Boden unter den Füßen zu verhelfen: ich hatte in die Stadt hinunter nach Beistand laufen und den Nachbar Hartleben mit seinen Leuten und mit Stricken und Leitern zu Hülfe rufen müssen.

Die Sonne war schon im Untergehen; sie leuchtete aber auf dieser Höhe noch durch den Buschwald, und die Wipfel glühten in ihrem Schein. Wir zwei aus dem Vogelsang lagen in dem hohen Grase, Leon des Beaux saß auf einem Baumstumpf, hatte auf den Knieen die feinen Aristokratenhände zusammengelegt, blickte zum Zenit und träumerisch in die Runde, sah auf den Freund und seufzte:

„Oh, Herr, – wenn ich es doch nur sagen könnte, wie mir zumute ist. Welch ein wundervoller Tag das wieder war –"

„Für einen Menschen, der mit Stangen im Land der Goldorangen und Zitronen, im Orient und am Nordkap war, aus Albi stammt, den Großen Kurfürsten in Germanien zum Paten hat, den geschmackvollsten und nahrhaftesten Schneider von Berlin zum Papa, sich Leon des Beaux nennt und als Königlich Preußischer Kommerzienrat dermaleinst einen wirklichen Künstler mit der Schöpfung seines Grabdenkmals beauftragen wird! Leon, das Wundervollste ist doch noch für Sie zurück und kommt jetzt erst. Der Abend ist freilich schön genug dazu."

Er, Velten Andres, sprach das so mürrisch, so verbissen-giftig, daß ich mich auf dem Ellbogen emporstemmte, um ihn besser betrachten zu können, und Leon ihn fast ängstlich anstarrte.

Er, im Grase liegend, die Hände unterm Kopf, zog die bei der Rettung meines Schwagers „Schlappe" halbgelähmte drunter hervor, wies in die Höhe:

„Der Ast da oben war es, Karlos! Da hatte sie sich verklettert, hing, klammerte sich an und kreischte. Ich schlafe ziemlich traumlos, aber meine Blamage von dem Tage kommt mir doch dann und wann immer noch nachts im Schlafe. Das war der meinige – mein Ast meine ich! Was durch Nachklettern und naturhistorisch als Wickelaffe zu leisten war, glaube ich möglich gemacht zu haben. Meine erste wirklich verlorene Lebensschlacht, des Beaux! Den Krumhardt da höre ich noch zetern, ehe ihm der einzig richtige Philistergedanke kam und er zu Tal stürzte, den Nachbar Hartleben herauf- und uns herunterzuholen. Wißt ihr, Kinder, so ist der Mensch: diesen Baum und was dran hing und hängt, werde ich bei keiner Lebens-Haupt- und Staatsaktion mehr los: es ist das erstemal gewesen, daß ich des Menschen Unzulänglichkeit auf dieser Erde auch an mir in die Erfahrung gebracht habe. Kein geschlagener Held, kein verblüffter Philosoph hat mich auf seinem Schlachtfelde oder in seinem System seit *dem* Nachmittag was Neues zu lehren. Es ist nichts mit dem Heroentum in dieser Werkeltagswelt, Leon, und deshalb bin ich seit heute morgen fest entschlossen, Helm und Harnisch an den Nagel zu hängen, jeglichen Federbusch als Staubwedel zu vergeben und vor allem das gelahrte Dintenfaß in den Gossenstein zu gießen, den Plato und den Aristoteles zuzuklappen und Schneider zu werden! Meine Alte billigt meinen Entschluß; an Ihren Papa habe ich bereits geschrieben, des Beaux. Was fällt euch an? Entzückung oder Schmerzen?"

Wir standen aufrecht auf den Beinen, Leon und ich, und stierten auf ihn herunter.

„Bist du nicht bei Troste, Velten?"

„Wie gewöhnlich! Sonst aber nur ein neuer Unsinn von dem Schlingel! würde der Vogelsang sagen", lachte der wirkliche Heros des Vogelsangs, sich nur noch etwas behaglicher unter der Eiche, in der sich einst Fräulein Helene Trotzendorff verklettert hatte, zurechtlegend. „Ja, so ist es, meine Herren! So halten wir uns für frei und werden an Ketten geführt. Und die eisernen sind nicht die unzerreißbarsten; jeder im Spinnweb zappelnde Brummer kann darüber nachsagen. Sie und Ihre liebe Schwester, Leon, ebenfalls, aber gottlob mit frommseligen, närrischen Traumaugen – ich bitte Sie, des Beaux, sehen Sie nicht so dumm aus: es verhält sich so! Es ist wahrlich keine kleine Vergünstigung der Götter, wie ihr guten Kinder im blauen Himmel der Provence an euren Goldfäden über der Mark Brandenburg und der Stadt Berlin schwingen zu dürfen! ... Krumhardt, dein Protokollführergesicht ist mir niemals so sympathisch gewesen wie in diesem Augenblick! Wenn du dereinst deinen Kindern von deinem Jugendfreunde erzählst, so vergiß nicht, mit melancholischem Kopfschütteln zu seiner Entschuldigung anzuführen: Der arme Tropf konnte nichts dafür; das Mädel hatte ihm eben eines ihrer Goldhaare durch die Nase gezogen und zog ihn daran sich nach; – so wurde er zum Schneider und ging für die Wissenschaft verloren drüben in der Atlantis. Der Baum steht nicht umsonst da, und ich liege nicht ohne Grund hier unter ihm. Drunten im Vogelsang sitzt meine Alte vor ihrer Korrespondenz mit Amerika, und hier in der Tasche trage ich den letzten Brief Miß Ellens aus Saratoga: das

Mädchen verklettert sich noch einmal, und ich muß ihr wiederum nach; es ist keine Hülfe und Abwehr dagegen!“

Auch er stand jetzt auf den Füßen. Ich hatte ihn nie so schön, stolz und grimmig gesehen. Er hob wie drohend die gesunde rechte Faust zu dem schicksalvollen Geäst über uns auf, zu der luftigen Höhe, in der sie voreinst gehangen hatten, die zwei Kinder aus dem Vogelsang, sie in zitternder, wimmernder Todesangst und er im ohnmächtigen, vergeblichen Ringen mit der Unmöglichkeit, Hülfe zu schaffen.

„Willst du uns den Brief nicht lesen lassen oder vorlesen, Velten?“

Er holte ihn zögernd aus der Tasche, hielt ihn mir hin und zog ihn rasch zurück.

„Nein! Man muß zuviel zwischen den Zeilen lesen. Was könnt ihr davon wissen? Du gar nichts, Karl; – vielleicht noch eher etwas der Träumer Leon da. Es ist eben Unsinn; – schade, daß wir nicht Ihr Fräulein Schwester hier mit uns haben, des Beaux. Die würde freilich mit ihren lieben, treuen, klugen Augen am klarsten sehen. Meine Mutter meint, das Kind sei für uns verloren, der Aff' habe sich schon zu hoch für den Vogelsang verstiegen und Mr. Charles Trotzendorff sein Recht an ihm mit Zinsen genommen. Möglich! Aber was hilft ihre Überzeugung *mir*? Ich höre das arme Ding zwischen seinen lachenden Zeilen kreischen und meinen Namen rufen wie damals dort oben auf dem Ast. Wie damals muß ich ihr nach! Aber diesmal wirst du nicht zum Nachbar Hartleben um Stricke und Leitern herunterlaufen dürfen, alter Junge. Ich hole sie mir aus ihrer Verkletterung diesmal ohne fremde Hülfe. Niemals habe ich in meinem Leben etwas so sicher gewußt wie das! Jawohl, wenn Ihre Schwester, wenn Leonie hier wäre, die würde mit den rechten, mit meinen Augen zwischen den Zeilen des albernen Geschmiers lesen und mir den rechten Waffensegen geben. A la rescousse, mon preux chevalier! Und somit bleibt es dabei: ich werde dem fernen Westen nicht bloß als deutscher Doktor der Weltweisheit, sondern auch als internationaler Reisender in Herrenkonfektion imponieren. Für ein halbes Jahr müssen Sie mir schon Ihren Kontorstuhl im Geschäft Ihres Herrn Vaters überlassen, Messire Leon des Beaux. Bei der Frau Fechtmeisterin Feucht reden wir demnächst noch des weiteren hierüber. Jetzt aber sage ich dir, Krumhardt, sieh du nicht so dumm aus!“

Drunten im Tal sagte seine Mutter zu mir:

„Der arme Junge! Er hat dir erzählt, was er jetzt vorhat, Karl, und es nutzt nichts, ihm dagegen mit tausend Gründen zu kommen. Und ich lasse mich leider Gottes nur zu gern mit meinem Besserwissen beiseite schieben. Da liegt der Briefwechsel, den ich mit meinem armen Kinde geführt habe, die Jahre durch: es ist die gewöhnliche tragische Posse. Die Welt der Gewöhnlichkeit, der Gemeinheit gewinnt es uns wieder ab, die Firma Trotzendorff behält ihr Recht; aber der Geist Gottes schwebt zu allen Zeiten über den Wassern und bezeugt sein Recht auf jede Weise, auch die wunderlichste. Auch die Illusion gehört eben zu seinen Mitteln, die Erde grün zu machen und schön zu erhalten, und dein närrischer Schulgenoß läßt nicht von seinen Illusionen, lieber Karl. Er kann das Mädchen noch nicht aufgeben, und er sagt die Wahrheit, wenn er meint, daß auch sie noch immer nur auf ihn wartet und nach ihm um Hülfe aussieht. Möchte ich das ändern, wenn ich's könnte? Nein, nein! Ganz gewiß nicht! Auch ich halte ja, Gott sei Dank, meine Illusionen noch immer fest, wenn auch nicht mit seinem lachenden Herzen. Sie ist ja auch in eurer Kinderzeit zu meinem Kinde geworden, und ich weiß, was sie wert ist und unter allen Umständen – ja allen – wert bleiben wird. Auch wenn sie ihm verlorengeht. Wenn er fern sein wird, habe ich Zeit, mir das, nicht bloß in schlaflosen, sorgenvollen Nächten, sondern auch da, an meinem Fensterchen im Sonnenschein, zurechtzulegen. Dein guter, treuer Vater, lieber Krumhardt, sitzt hier jetzt häufiger als sonst bei mir und erzieht noch wie sonst an mir und meinen Kindern; jetzt meint er, mein Junge habe nun den ersten praktischen Einfall in seinem Leben gehabt. Soll da unsereine trotz ihrer Sorgen und Ängste nicht lachen? Euer netter, reicher junger Freund aus Berlin, mein lieber Freund, euer Herr Leon, hat uns auch in dieser Hinsicht einen großen Dienst erwiesen. Er hat ihn, ich meine deinen guten Papa, wenigstens zu einem kleinen Teil mit der Unzurechnungsfähigkeit meines Velten ausgesöhnt. Ach Gott, von welchen Mächten werden wir doch beherrscht und hin- und hergezogen? – „Ich hätte den Burschen nie für so praktisch gehalten, und es soll mich schon freuen, Frau Nachbarin, wenn ich mich wenigstens zur Hälfte geirrt habe“, sagt er, dein Herr Vater, seit er in Erfahrung gebracht hat, daß auch große, wirkliche Geschäftsmänner etwas von ihm halten und ihn gern auf seinen närrischen Wegen fördern. Sieh, Kind, ich rede ja nur so offen und frei mit dir, weil du von uns allen hier im Vogelsang der einzige wirklich Verständige bist und mit deinem Herzen und Gemüte doch auch zu mir und Helene und deinem Freunde gehörst – weil du zu meinen Vogelsangkindern gehörst! Also nimm dir aus dem Unsinn, den ich schwatze, heraus, was du dermaleinst vielleicht brauchen kannst, um uns unser hiesiges

Recht, wenn nicht vor der weiten Welt, so doch vor dir selber angedeihen zu lassen. Denn sieh, eben weil ich nicht an das Glück meines Velten im Sinne der Welt glaube, so möchte ich grade deshalb, als seine arme, angstvolle Mutter, einen haben, der in der richtigen Weise, wenn keinem anderen, so doch sich selber von uns mit vollem Verständnis erzählte und sich all unser Schicksal zurechtlegte."

Es ist kein größeres Wunder, als wenn der Mensch sich über sich selbst verwundert.

Wie habe ich dieses Manuskript begonnen, in der festen Meinung, von einer Erinnerung zur andern, wie aus dem Terminkalender heraus, nüchtern, wahr und ehrlich farblos es fortzusetzen und es zu einem mehr oder weniger verständig-logischen Abschluß zu bringen! Und was ist nun daraus geworden, was wird durch Tag und Nacht, wie ich die Feder von neuem wieder aufnehme, weiterhin daraus werden? Wie hat dies alles mich aus mir selber herausgehoben, mich mit sich fortgenommen und mich aus meinem Lebenskreise in die Welt des toten Freundes hineingestellt, nein, -geworfen! Ich fühle seine feste Hand auf meiner Schulter, und sein weltüberwindend Lachen klingt mir fortwährend im Ohr. Ach, könnte ich das nur auch zu Papiere bringen, wie es sich gehörte; aber das vermag ich eben nicht, und so wird mir die selbstauferlegte Last oft zu einer sehr peinlichen, und alles, was ich über den Fall Velten Andres tatsächlich in den Akten habe und durch Dokumente oder Zeugen beweisen kann, reicht nicht über die Unzulänglichkeit weg, sowohl der Form wie auch der Farbe nach.

Als ich als Assessor an unserem heimatlichen Stadtgericht ihn wieder in Berlin aufsuchte, hatte er sein Lebensmärchen ferner wieder richtig wahr gemacht und saß über den Geschäftsbüchern des Vaters des Beaux als der „merkwürdigste Volontär, der mir jemals vor Augen und ins Kontor gekommen ist", wie der alte liebenswürdige Herr meinte.

„Sie glauben es aber nicht, Herr Assessor", fügte er hinzu, „wie mein Sohn an ihm hängt, aber noch weniger, daß meine Tochter, meine Leonie, es gewesen ist, die für alle meine Bedenklichkeiten das Gegenwort hatte und stets behauptete: was der junge Herr vorhabe, sei keine Torheit, Schnurre und Grille, sondern er wisse wohl, was er wolle, und sie würde an seiner Stelle ganz gewiß ganz dasselbige wollen. Er will es nämlich versuchen, in den Vereinigten Staaten sein Glück zu machen, und da hat er ja auch wohl recht. Mit unserm deutschen Doktor der Philosophie würde es da drüben in dieser Hinsicht wohl etwas langsam gehen. Dergleichen geistigen Überfluß schickt ihnen das alte Vaterland schon etwas sehr reichlich hinüber, und so ein alter deutscher Schneidermeister hat vielleicht auch seine Verbindungen in der neuen Welt und kann einem armen, strebsamen Teufel möglicherweise eher zu einem auskömmlichen Unterkommen verhelfen. Als von einem armen Teufel darf ich freilich meinen Kindern nicht von Ihrem Herrn Freunde sprechen, Herr Assessor; also, bitte, erwähnen Sie von diesem meinem Ausdruck nichts gegen sie. Wir sind eben eine wunderliche Gesellschaft in diesem Hause, das Hinterhaus eingeschlossen. Manchmal denke ich, die einzige Vernünftige von uns allen sitzt da hinten hinaus, nämlich diese Frau Fechtmeisterin. Na, schlägt die aber auch die Hände über unsern Doktor zusammen! Sie habe doch in Jena und sonst auf ihren Universitäten manchen kuriosen Gesellen kennengelernt, aber so einen verrückten wie Ihren Freund Andres noch nicht, meint sie. Das einzige Glück ist, daß sie sich doch nicht ausnimmt, wenn sie von der Kolonie – der Narrenkolonie redet, die sich hier in der Dorotheenstraße zusammengefunden habe. Die einzige übrigens, die mir bei der Geschichte wirkliche Sorge macht, Herr Assessor, das ist meine Leonie. Mein Junge findet sich schon noch zurecht im praktischen Leben, denn auch dazu haben wir von der Kolonie, diesmal meine ich unsere französische, die Anlage unserm Kurfürsten seinerzeit mitgebracht und zur Verfügung gestellt. Wird er nicht Kommerzienrat, so wird er doch Kommissionsrat, oder das Geschäft macht ihn dazu, ob er will oder nicht. Aber das Mädchen – was von eu- unserm deutschen Blut in das im Laufe der letzten zwei Jahrhunderte hereingekommen ist, das entzieht sich vollständig meiner Berechnung. Meinen armen Leon verstehe ich zur Not noch ziemlich genau aus mir selber; aber meine Leonie – lieber Herr Assessor, ich wollte viel drum geben, wenn ich sagen dürfte, daß ich auch ihren Sprüngen folgen könnte. Hieße sie nicht noch wie wir anderen des Beaux, so merkte es der doch keiner von uns königlich preußischen Staatsbürgern mehr an, daß sie auch eurer sogenannten Tanzmeisternation entsprungen sei. Ich habe ja gegen den Verkehr mit dem Hinterhause nicht das geringste einzuwenden; aber etwas zu viel ist's mir doch, daß sie nur bei der Frau Fechtmeisterin zu finden ist, wenn man nach ihr fragt und sucht. Ich nenne sie oft nur la Belle au bois dormant, wenn ich wieder einen von meinen Jungen oder Leuten habe hinschicken müssen, um sie in das gewöhnliche Leben heimzuholen.“ – –

Da war wieder der lärmvolle Hof, auf dem die vornehmsten Rosse der großen Hauptstadt dem berühmtesten Hufarzt und seinen Gehülfen in die Kur gegeben wurden. Da war wieder der dunkle Eingang und die steile, enge Treppe, die zu der Frau Fechtmeisterin Feucht und ihrer wechselnden studentischen Mieterschar hinaufführte. Die Türglocke hatte noch denselben schrillen Klang wie früher, und was die Tür öffnete, war noch dasselbige ritterliche Zwergenweiblein wie früher, und wer sich am wenigsten verändert hatte, das war die Frau Fechtmeisterin Feucht, und wie immer mit dem Strickzeug in den Händen und dem dazugehörigen Garnknäul unterm linken Arm: wohin kommen alle die Strümpfe, die solche liebe, auf dem Altenteil und ihren Erinnerungen sitzende alte Damen stricken? Von denen, die aus den Händen der Frau Fechtmeisterin hervorgingen, hätte es manch ein akademischer Bürger der Friedrich-Wilhelms-Universität zu Berlin durch manch ein Semester statistisch ganz genau nachweisen können. –

Sie erkannte mich nicht gleich. Es lagen ja zwei Staatsexamina zwischen unserm letzten Zusammensein und dem heutigen Besuch.

„Sie?“ rief sie dann. „Also endlich? Wenn ich nach einem Menschen auf Erden ausgesehen habe, so sind Sie das.“

Und mir die Tür ihres Stübchens öffnend, schob sie mich hinein:

„Da haben wir den zweiten aus dem Vogelsang, Leonie. Jetzt aber auf die Mensur mit mir, Assessor Krumhardt. Sehen Sie wohl, daß Ihnen die Schmarre über der Nase daheim bei Ihren Leuten am grünen Tisch nichts geschadet hat! Und der andere Tresenhüpfer und Ellenreiter drunten bei des Beaux Sohn und Nachfolger! Sie kennen doch Fräulein Leonie des Beaux noch, Herr Kommilitone?“

Oh, wohl kannte ich sie noch! Das liebe Mädchen erhob sich wie sonst aus ihrem Sessel, der absonderlichen, greisen Freundin gegenüber, sie schien mir noch ruhig-schöner, stattlich-vornehmer geworden zu sein und lächelte:

„So leicht vergißt man doch wohl seine guten Freunde nicht, Mama Feucht! Vorzüglich wenn man aus dem Vogelsang –“

„Nach Berlin kommt und endlich einmal wieder die weißeste Hand aus dem Roman von der Rose küssen möchte.“

Sie reichte sie mir lächelnd, aber nicht zum Kuß, und sagte: „Hier, Herr Assessor, wie sonst aus der Schneiderwerkstatt und dem Herzen der Romantik heraus; seien Sie uns willkommen, da mit der alten Treue unser altes, närrisches

Spielzeug doch auch sein Recht bei Ihnen behalten hat, Messire Charles du Pré-aux-Clercs."

„Von der Schreiberwiese!" rief ich, die feine Ironie wohl verstehend. „Jawohl, jawohl, gnädiges Fräulein! Und der Chevalier sans peur et sans reproche da unten im Vorderhause hinter den Geschäftsbüchern des Herrn Kastellans sitzt heute besser zu Roß auf seinem Dreibein, mit der Feder hinterm Ohr, als je ein Rittersmann, der in Stahl und Eisen auszog für das Trecrestien, franc royaume de France; und die Frau Fechtmeisterin Feucht ist schon abgef- geschlagen, noch ehe sie sich recht ausgelegt hat für ihr Rittertum von der Saale."

„Wenn ein junger Mensch zuerst doch nach Jena gehörte und vom Hausberge und dem Fuchsturm in die Welt hätte hineinsehen müssen, so war das doch mein Herr Velten", seufzte, zugleich verdrossen und betrübt, die Frau Fechtmeisterin. „Oh, dies Berlin! Wie kann ein deutscher Student mit Berlin sein Dasein anfangen und in Berlin hängenbleiben? Und noch dazu ein Kind mit solchen Naturgaben wie dieses, das meinen Seligen zu Rührungstränen gebracht haben würde, – trotz seiner lahmen Linken der beste Schläger, den sie jetzt hier haben, und – verkriecht sich nun hinter einem Kontortisch! Der Kalk fällt mir darüber von den Wänden."

„Da hat die Frau Fechtmeisterin recht", lächelte Leonie. „Die Wände drüben in Ihres Herrn Freundes Stube erzählten freilich mit Jammer von den Triumphen, die dort die hohe Kunst gefeiert hat! Und versuchen Sie sich nur mit meinem Bruder, Herr Assessor. Die Welt kehrt sich freilich gänzlich um: der Schneider geht auf die Mensur, und Germaniens Heldenjugend, wenn nicht auf den Schneidertisch, so doch in die doppelte Buchführung und –"

Eben hatte sich draußen in der Vorsaaltür ein Schlüssel gedreht, und ein Schritt erklang im Gange. Die junge Dame, errötend und wie erschreckt, brach ab in ihrer Rede.

> „Baissez-vous, montagnes,
> Haussez-vous, vallons!
> M'empêchez de voir
> Ma mi' Madelon",

klang es draußen aus einem französischen Volksliede, das uns vordem Leonie des Beaux in ihrem Salon im Vorderhause dann und wann zum Flügel gesungen hatte.

„Da haben wir ja die Tafelrunde aus den Contes de ma Mère l'Oie wieder einmal beinahe vollständig beisammen“, rief Velten Andres; und ich sehe ihn wieder vor mir in seiner Pracht, wie man sich in der Jugend den Lord Byron und im Alter den jungen Goethe vorstellt. Mit dem treuen, lachenden, siegessichern Auge und dazu dem Schelmenzug um den Mund – den Liebling der Götter und des Vogelsangs, den Weltüberwinder von Leichtsinns Gnaden. Ich habe ihn nie so wieder gesehen wie jetzt unter den Trophäen der Frau Fechtmeisterin Feucht, wo er uns nunmehr wie ein Kind von seinen Plänen für die nächste Zukunft sprach, als von dem Selbstverständlichsten, was auf dieser Erde von jedermann vorgenommen werden könne.

Er schob es alles aus dem Wege, was ich einzuwenden hatte; – die alte ritterliche Frau und Leonie hatten keine Waffen gegen ihn: das schöne Mädchen übrigens auch keine anderen als ihre melancholisch-scheuen, ihre großen, sehnsüchtigen Augen, die ihre liebe Gewalt nur hinter seinem Rücken kundgeben konnten und von deren ihm gehörenden Wunderreichtum er nichts wußte.

Wir waren sehr „heiter“ an dem Morgen, vorzüglich als auch Leon, der um diese Lebensstunde zu der elegantesten Tiergartenritterschaft der jungen Weltstadt gehörte, in Stiefeln und Sporen dazukam.

„Als ich vorhin von Ihrem dreibeinigen Roß hinter Ihrem Pult mich herabschwang, lieber Freund, habe ich doch auch eine Genugtuung gehabt“, sagte Velten. „Ihr Papa hat mich auf die Schulter geklopft und gemeint: „Sehen Sie, cher ami, nicht bloß Ihre Herren Professoren können Vorlesungen halten und Examina anstellen und Diplome verleihen, auf welche hin selbst so'n Belletriste wie Sie sich durch die Welt schlagen und es in ihr zu etwas bringen kann. Meinem eigenen Jungen sind Sie wahrhaftig schon um mehrere Nasenlängen vor im Weltverständnis. In einem halben Jahr schicke ich Sie dahin, wohin ich ihn befördern wollte, offen gestanden, Herr Andres, um ihn Ihren übeln Einwirkungen zu entziehen. In tailor made suits drüben überm Ozean Ihr deutsches Gemüt zur Sache hinzugetan, und Sie können dreist dort den Laden aufmachen, wie hier am Ort mein Großpapa, Monsieur Raymond Guy des Beaux, dessen Papa, wie wir in unserm Familienarchiv haben, dem Alten Fritz nach Kunersdorf auf den Ruinen von Küstrin in Chorrock und Beffchen französisch predigen und ihn trösten durfte.“

Wie schade, wie schade war es, daß *er* auch jetzt von den Augen, die ihn aus dem Verborgenen auf allen Wegen und bei allen Worten begleiteten, nichts wissen sollte, nach dem Willen des Geschicks! ...

Wir haben, seit ich angefangen habe, diese Akten des Vogelsangs zu kollationieren, das bekommen, was man einen schönen Winter nennt, – erfrischenden, jahreszeitgemäßen Frost, wenig Heulstürme, aber viel Schnee.

Auch in der Nacht, in der ich jetzt weiterschreibe, schneit es wieder. Unaufhörlich rieselt seit dem Nachmittag das weiße Gewirbel nieder und macht die Erde still, glatt und rein. Wenn ich ans Fenster trete und nach der nächsten Gaslaterne hinübersehe, kann ich mich nur schwer von dem schönen Schauspiel losreißen: von allen Naturerscheinungen bringt der Schneefall (vom warmen Zimmer aus gesehen) die behaglichsten Bilder und Traumminuten mit sich. Der Schnee wärmt. Ich kenne Leute, egoistische Zärtlinge, die es sich behaglich vorstellen, von ihm zugedeckt als haus- und heimatloser, hungriger Wanderer auf der Landstraße müde einzuschlafen und sich aus der ungemütlichen, bitteren Wirklichkeit sanft hinauszuträumen:

> Erhebt euch, ihr Täler,
> Sinkt nieder, ihr Höhn;
> Ihr hindert mich ja,
> Meine Liebste zu sehn; –

wie kommt es nur, daß mir das alte welsche Lied, schön wie irgendein deutsches – den ganzen Abend durch nicht aus dem Sinn will? Daß ich es immer von neuem summen muß, während der Schnee fällt, die Täler ausfüllt und die Berge niederdrückt, indem er sich weiß, farblos auf sie legt?!

Es ist nun schon lange Jahre her, seit uns Leonie des Beaux das Lied in der Dorotheenstraße zu Berlin zum erstenmal sang. Die hohen Berge, die tiefen Täler, die weiten Meere der Erde haben es nicht verhindert, daß Velten Andres und Helene Trotzendorff wieder zusammenkamen; sie sind auch nicht schuld daran gewesen, daß sie sich nicht wiederfanden für das Erdenleben.

Der Jugendfreund aus dem Vogelsang hat sein Wort gehalten, daß er von dem Mädchen nicht lassen werde, daß er ihr nachsteigen werde, wohin sie sich auch verklettert haben möge, daß er aber freilich jetzt nicht mehr den Freund aus dem Nachbarhause zu Tal laufen lassen werde, um den Vogelsang zu Hülfe heraufzurufen auf den Schluderkopf.

Er war vor dem Beginn seiner Weltfahrten nur noch einmal zu Hause, um Abschied von seiner Mutter und uns zu nehmen. Ich ging damals auch schon auf Freiersfüßen, und da weiß man ja, wie das dann geht mit dem verliebten jungen Menschen und seinen Gefühlen für seine liebsten und treuesten Schulbankgenossen. Ihre Sorgen und Hoffnungen, Leiden und Freuden sind wahrlich um solche Lebensstunde nicht mehr die unserigen. Mit einem „Na, denn mach's gut, Alter!“ ist der Abschied, auch unter den besten Freunden, an einer Straßenecke, am Bahnhof oder auf einem Hafenkai rasch abgetan. Es ist eine Seltenheit – (immer unter besagten Umständen!) –, daß einem von beiden, dem Orest oder dem Pylades, dem Kastor oder dem Pollux, dem David oder dem Jonathan, die Zigarre der Rührung wegen ausgeht, und ist es ausnahmsweise mal der Fall, so ist der Bewegteste, und das ist fast immer der Zurückbleibende, imstande, den Scheidenden noch um Feuer zu bitten. –

Es war diesmal nicht mehr die ganze Nachbarschaft, welche diesem Scheidenden nach dem Bahnhof das Geleit gegeben hatte. Meine greisen Eltern fühlten, kopfschüttelnd, nicht mehr die Verpflichtung dazu. „Es ist doch zu sehr eine Narrenfahrt, und ich bezweifle, daß ich sowohl dem Jungen wie der Alten das für die Gelegenheit gewünschte Gesicht ziehen kann“, hatte mein Vater gesagt; und meine Mutter hatte gemeint: „Ich glaube auch nicht, daß Amalie dieser Aufmerksamkeit und Anteilnahme von unserer Seite bedarf. Hat sie sich jemals im Guten und im Bösen das geringste von uns sagen lassen? Sie haben eben beide immer ihren eigenen Kopf.“ –

Was bedeuteten diese Blätter, wenn ich nicht wahr auf ihnen wäre? Im tiefsten Grunde war ich vollständig der Meinung meiner Eltern – solange sie das Wort hatten und Vernunft sprachen, und verfiel ebenso gründlich immer von neuem schon der wortlosen Überredungskraft der zwei anderen aus der nächsten Nachbarschaft. Es genügte schon vollständig, daß Velten mich lachend auf die Schulter schlug und seine Mutter dabei mir zunickte. Eindringlicher war's natürlich, wenn die weise alte Frau noch hinzufügte:

„Höre ja nicht auf den Narren, Freund Karl. Bleibe du ruhig auf deinem Wege und halte die Welt aufrecht; nicht bloß hier im Vogelsang, sondern auch für den Vogelsang!“

So war es auch bei dem diesmaligen Abschiednehmen auf dem Bahnhofe. Der Lebensmut und die Siegesgewißheit des scheidenden Freundes überwältigten das nüchterne Besserwissen, das ich noch mit dorthin genommen hatte, völlig. Und als mir Velten noch sagte:

„Ich verlasse mich fest darauf, daß du wie gewöhnlich meine Stelle bei der Alten vertrittst und dich ihrer gegebenenfalls nach Kräften annimmst", – konnte ich mich nur fragen:

„Ja, wird das möglich sein und je nötig werden können?"

Ich versprach es aber, wahrhaftig mit feuchten Augen und stockendem Herzen – mit dem besten Willen, seinen Platz am Herde meines Nachbarhauses festzuhalten und die „alte Frau" nicht einsam dort sitzenzulassen, während er seine Siege in der Welt erfocht. –

Wir sahen ihn abfahren, wie damals Helene Trotzendorff. Es war eben ein anderer Zug, ein Vergnügungszug, angelangt, und ein Gewühl aufgeregten und dem Anschein nach sehr vergnügten Volkes, das unserer Stadt und ihrer hübschen landschaftlichen Umgebung seinen Besuch zugedacht hatte, quoll uns daraus entgegen. Der Morgen war schön, die Sonne schien, ein fröhlicher Schenktisch war von einem sorglichen Komitee errichtet worden; die fremden Liedergenossen oder Sangesbrüder kamen nicht nur mit ihrem musikalischen Hoch, sondern auch mit viel Durst bei uns an, und eine einheimische Blechmusikbande brach mit schmetterndem Hall zum Willkomm los: die Stadt und Residenz hatte sich sehr vergrößert und verschönert seit dem Tage, an welchem Mr. Charles Trotzendorff sein Weib und sein Kind aus ihr weg und zu sich holte, und der jetzige Bahnhof, von welchem ich nun die Frau Nachbarin, die Mutter des Freundes, nach Hause führte, stand damals auch erst auf dem Papier und lag noch auf den Tischen der Fürstlichen Landesbaudirektion. –

Die „Frau Doktorin" hatte ihren Arm in den meinigen gelegt, und sie, die bis in ihr höchstes Alter hinein einen leichten, schwebenden Schritt gehabt hat, bedurfte auf diesem Heimwege doch einer Stütze; ich wiederholte mir im Innersten das Versprechen, welches ich dem Freunde gegeben hatte.

Als wir das Getümmel hinter uns hatten, sah sie sich wie erschreckt um, wie man sich umsieht, wenn man etwas sehr Wichtiges hinter sich vergessen oder etwas sehr Wertvolles verloren zu haben glaubt. Dann aber faßte sie meinen Arm mit beiden Händen, indem sie stehenblieb, zu mir glanzvoll aufsah und rief:

„Und das mußt du doch selber sagen, bester Karl, daß ihr alle bis jetzt ihm gegenüber doch immer unrecht behalten habt! O bitte, sprich mir nicht dagegen!

Ich habe meine Lust an ihm, meinen Glauben an ihn, meine Hoffnung auf ihn von jetzt an freilich nötiger denn je. O ihr alle, alle! Wir sind so gute Nachbarn gewesen unser ganzes Leben lang – laßt es uns bleiben – wir sind ja nur noch so wenige beisammen! Sieh, da ist nun mein dummer phantastischer Kopf: jetzt ist es doch wieder ganz anders mit der Welt in Licht und Farbe, als wie es noch vor fünf Minuten war! Da sah ich ihm noch in die Augen und mit seinem Sieg über die Welt auch den meinigen drin. Diese entsetzliche Blechmusik da hinter uns! ... Wie die Leute doch so vergnügt sein können und so geschäftig-eilig! Bitte, laß uns etwas rascher gehen! – Wozu denn dieser Lärm, diese fürchterliche Eile in der Welt? Wie wird er darin zurechtkommen? Er hat das ja leider von mir, daß er es mit nichts, wie andere Leute, eilig hat und sich Zeit zu allem nimmt und gern allein für sich sitzt, wie seine törichte alte Mutter. O bitte, sage es auch deinen Eltern, bitte sie, daß sie mich fürs erste wenigstens allein für mich lassen, bis ich mich wenigstens etwas wieder in mir zur Ruhe gefunden habe. Mein Gott, sind wir Mütter schuld daran, wenn wir unsern Kindern unser Bestes mit auf den Weg geben und sie elend dadurch machen? Wenn wir uns getäuscht hätten! Es wäre zu trostlos, wenn er seinen Willen durchsetzte und den meinigen mit und es doch nichts weiter als ein Märchengespinst, ein höhnisch-hübsches Schattenspiel an der Wand wäre! Wenn er mir das Kind heimbrächte und es doch seine Lebensbedingungen drüben hätte! Komm rasch – rasch nach Hause, bester Junge: der Strauß pflegt seinen Kopf in den Sand zu stecken, und die alte Doktern Andres steckt ihren in den Vogelsang. Aber bitte, halte mir für die nächste Zeit deinen lieben, guten Vater vom Leibe! Ist das nicht der Nachbar Hartleben, der sich dort in seinem Rollstuhl in die warme Sommerluft fahren läßt? ... Jawohl, Nachbar, er läßt Sie vor allen anderen noch einmal herzlich grüßen, und Sie tun mir einen Gefallen, wenn Sie sich heute abend noch auf ein Stündchen zu mir herüberschieben lassen, daß wir noch ein wenig über ihn zusammen schwatzen können. Wir zwei müssen jetzt mehr denn je treulich und fest zusammenhalten, Herr Nachbar."

„Jawohl, Frau Nachbarin! Zumal da ich heute mein Grundstück meiner kümmerlichen Gesundheitsumstände wegen abgegeben habe, bis auf das Haus und den Morgen Gartenland dabei, um doch wenigstens noch ein bißchen was Grünes vom Fenster aus im Auge zu haben. Das wird eine großartige Konservenfabrik grade Ihnen gegenüber, Frau Doktern. Jaja, die Welt verändert sich um einen her, ohne daß man es eigentlich merkt, wie das ja auch in der Bibel steht. Hat mir recht leid getan, Frau Nachbarin, daß ich unsern Herrn Velten nicht mit nach dem Bahnhofe bringen konnte, zumal wie diesmal vielleicht auf Nimmerwiedersehn, denn davon hilft uns niemand, Frau Doktern, die Jüngsten sind wir Alten hier im Vogelsang nicht mehr, und was einem drüben über dem großen Wasser alles passieren kann, davon liest man ja tagtäglich das Menschenmöglichste von Glück und Unglück in der Zeitung. Na, ist der Lump – nichts für ungut, liebe Frau – dorten ein allmächtiges Tier und unzähliger Millionär geworden, so wird's unser junger Herr ja auch wohl machen; und wenn der mal, und vielleicht gar noch dazu mit einer jungen Frau, heimkommt, denn stellt sich das, was vom Vogelsang noch vorhanden ist, sicherlich auf die Zehen und bringt ihm ein musikalisches Hoch, dreimal doller als wie das, womit sie da eben wieder mal vom Bahnhofe in die Berge ziehen. Aber wie es ausfallen mag, dabei bleibt's Frau Nachbarin, wie sie uns auch den Vogelsang verbauen mögen: die Aussicht zwischen uns aufeinander sollen sie uns nicht verbauen. Er hat auch mir versprochen, mal an mich zu schreiben, mein ewiger Sappermenter, unser Tausendsassa! Ich habe ihn so manches Mal auf den Trab bringen müssen und sein Mädchen, ich meine die kleine Himmelskröte aus meiner Erkerwohnung, mit, und zwar nicht immer mit den lieblichsten und höflichsten Worten. Aber winken Sie mir nur mit einem Briefe von ihm, Frau Doktern, ich lasse mich ranrollen mit meinen jetzigen verdammten gichtbrüchigen Knochen und heule mit Ihnen oder reibe mir die Hände mit Ihnen, wie's ihm beliebt und er sich sein Leben bei den Antipoden einrichtet. Daß da wieder eine Kuriosität herauskommt, das steht mir baumfest. Diese Gewißheit ist mir doch natürlich aus meiner Bekanntschaft und Freundschaft mit ihm herausgewachsen wie je ein Stamm da oben in meinem Waldeigentum, und da kann ich mich wirklich schon jetzt vor dieser neuen Fahrt im Geäst mit meinen Gedanken verklettern und mir die Frage stellen: was wird das unsinnige Menschenkind nun jetzt wieder anstellen? Na, na, liebste, beste Frau Nachbarin, jetzt machen Sie mir kein böses Gesichte! Den Trost haben wir doch jedenfalls aus tausendfältiger Erfahrung: neun Leben hat ihm ja auch die Mutter Natur mitgegeben. Sie mögen ihn alle besser kennen als ich; aber wenn ihn einer ganz genau kennt, so ist das der alte Hartleben, denn wie oft bin ich hinter dem Burschen her gewesen, mit der hellen Wut über ihn, dem ersten besten Knüppel und Holzscheit oder mit beiden Händen vor dem Bauche, um mir mein Pläsiervergnügen an ihm zusammenzuhalten und es den Spitzbuben nicht zu sehr merken zu lassen. Jawohl ist dem keine Mauer, hinter der es für ihn in allen fünf Weltteilen was zu holen gibt, zu hoch. Und was die Mauern anbetrifft, durch die man auf Erden vor Verdruß mit dem Kopfe rennen möchte, na, die rennt er eben ein oder weiß auch 'nen Weg um sie herum zu finden, wovon ich ebenfalls hier im Vogelsang und auf meinem seligen Grundstücke die allermöglichsten Erfahrungen habe. Also machen Sie sich nur nicht zu viele Sorgen um ihn, Frau Nachbarin. Mit dem hat's keine Not, ob er als ein reicher Mann wie der Halunke Karlchen Trotzendorff uns nach Hause kommt oder ob er eines Abends anklopft und sagt: „Da bin ich wieder, Herr Hartleben; es ist mir diesmal nicht geglückt, und es wäre mir ein Gefallen, wenn Sie diese Nacht einen Platz auf dem Stroh und morgen früh einen Tausendmarkschein zum neuen Anfangen für mich hätten." Aber zu dem letztern noch eines zu Ihrem Trost, Frau Doktern! Wenn einer hier im Vogelsang im stillen auf Ihren Herrn Sohn gepaßt hat, so bin ich das und weiß: er klopft niemalen so an. Ein Kopfkissen auf dem letzten Stroh müßte man dem schon mit vielen Finessen und Höflichkeiten ankomplimentieren. Der junge Satan hatte das weichste Herz hier im ganzen Vogelsang – nehmen Sie es mir nicht übel, daß ich auch vor Ihnen so rede, Herr Karl, Herr Assessor! –, aber wenn es dem einmal gefriert, so wird ein Eisklumpen draus, mit dem man der ganzen Menschheit den Hirnkasten einschmeißen könnte! Und nun nehmen Sie es nicht übel, Frau Nachbarin und Herr Krumhardt, daß ich Sie so lange aufgehalten habe, aber ich habe ja heute auch von einem Eigentum Abschied genommen, das mir mein ganzes Leben durch ans Herz gewachsen gewesen ist, und so bin ich denn bei Ihnen mit auf dem Bahnhof in Gedanken gewesen mehr als ein anderer hier im Vogelsang, und weiß Sie zu erkennen, liebste Frau Nachbarin. In früheren Jahren hätten Sie mir ein Wort wie mein jetziges nicht angesehen und geglaubt, Herr Assessor. Da hätten Sie wohl nur gelacht über den Nachbar Hartleben, den alten Grobian. Aber so in einem solchen Jammerrollstuhl, da hat es sich was mit der Menschen Arm- und Beinkräften und gesunder Lunge; da scheniert sich auch unsereiner nicht, mit seinen intimeren Meinungen herauszugehen; und nun, Herr Assessor, sehe ich, daß die Frau Doktern am liebsten mit ihren Gedanken allein sein möchte, also bringen Sie sie still nach Hause und grüßen Sie auch Ihre Eltern. Ich als neugebackener Rentner lasse mich noch ein Stück um die Promenade kutschieren – Herrgott, wer mir dies Vergnügen noch vor fünf Jahren prophezeiet hätte! Recht guten Morgen, liebe Herrschaften ..."

So bringe ich es zu den Akten, wie der Vogelsang sprach, indem ich hundert Worte in eines ziehe, während der Schnee der heutigen Winternacht unablässig weiter herabrieselt. Und ich muß dabei die linke Hand übers Auge legen, während ich schreibe; als ob mir die Sonne zu hell und blendend drauf läge. Es ist nicht das und ist es doch. Was trübt das Auge mehr als der Blick in verblichenen Sonnen- und Jugendglanz?

Ich habe sie häufig in meinem Berufe zu suchen, die Verschollenen in der Welt; sie zu einem bestimmten Termin zu zitieren und sie, wenn sie nicht erscheinen, für tot zu erklären und ihren Nachlaß den Erben oder dem Fiskus zu überantworten. Meistens ist es armes, kümmerliches Volk, das so verlorengeht und gesucht werden muß, doch von Zeit zu Zeit ist da auch einer oder eine verschollen, auf deren Wege auch den abgehärtetsten Beamten die Phantasie und das Bedürfnis des Menschen, Wunder, wenn nicht an sich, so doch an anderen zu erleben, unwiderstehlich nachlockt.

Das ist nun bei meinem Freund Velten Andres nicht im mindesten der Fall gewesen. Von Mysterien und Romantik habe ich nicht das geringste zu notieren. Er ist stets mit uns in Korrespondenz geblieben; hat alle Verkehrswege via Southampton, Bremen und Hamburg, ja auch den unterseeischen Telegraphen benutzt, um in möglichster Verbindung mit dem Vogelsang zu bleiben. Ich bin eben in seinem Leben über nichts im Dunkel geblieben als – über ihn selber. Das war aber ja nicht seine Schuld! Diese lag hier nur an mir, und solches ist öfters der Fall, als die Leute glauben.

Schreibe ich übrigens denn nicht auch jetzt nur deshalb diese Blätter voll, weil ich doch mein möglichstes tun möchte, um *mir* über diesen Menschen, einen der mir bekanntesten meiner Daseinsgenossen, klarzuwerden? Aber es ist immer, als ob man Fäden aus einem Gobelinteppich zupfe und sie unter das Vergrößerungsglas bringe, um die hohe Kunst, die der Meister an das ganze Gewebe gewendet hat, daraus kennenzulernen.

Wenn je ein Mensch für das Leben unter allen Formen und Bedingungen ausgerüstet war, wenn je einer das Seinige dazu getan hatte, sich seine Schutz- und Angriffswaffen zu schmieden, so war das Velten Andres. Mit allen den Vorzügen und Tugenden begabt, die Ophelia aufzählt und von denen der dänische Prinz so schlechten Gebrauch machte, ging er wahrlich nicht von „Wittenberg" nach den Vereinigten Staaten von Nordamerika und später seines Weges weiter.

Man hat einen guten Ausdruck dafür, wenn einem das mühelos, oder anscheinend mühelos, zufällt, um was andere sich sehr quälen müssen. „Es fliegt ihm an", sagt man und beneidet den Glücklichen, zuckt auch wohl bedenklich die Achseln dabei und zieht „im ganzen ein solides Sitzfleisch doch vor".

Letzteres hat auch seine Vorzüge und nimmt seinen gebührenden Platz später im Lehnstuhl am warmen Ofen oder in der Julisonne fröstelnd, aber behaglich mit vollstem Recht ein. Er, mein Freund, ist in seinem kurzen Leben alles gewesen: Gelehrter, Kaufmann, Luftschiffer, Soldat, Schiffsmann, Zeitungsschreiber – aber gebracht hat er es nach bürgerlichen Begriffen zu nichts, und ich kann es auch nicht zu diesen Akten beibringen, daß er sich je um etwas anderes richtige Mühe gegeben habe als um das kleine Mädchen aus dem Vogelsang, die heutige Witwe Mungo aus Chikago. –

> Baissez-vous, montagnes,
> Haussez-vous, vallons!
> M'empêchez de voir
> Ma mi' Madelon –

Es läuft immer auf wenn auch melancholische, so doch nüchterne Nachüberlegungen hinaus; aber auch an diesem Abend muß ich wieder seufzen: Wie anders hätte doch sein Leben werden können, wenn er ein Ohr gehabt hätte für die süße Stimme aus der Heimat und Augen für die tiefen, treuen, traurigen Blicke, die scheu, angstvoll verstohlen ihm hier folgten und so gern bis zum Ende, mochte das auch werden, wie es wollte, über ihn gewacht hätten.

Mit dem Hause des Beaux, das heißt dem alten Herrn und Freund Leon, ist er übrigens im regen Verkehr geblieben; und wenn er einmal, wie des Spaßes wegen, als ein recht wohlhabender Mann, für Deutschland wenigstens, aufgetreten ist, so ist ihm wirklich das zum größten Teil angeflogen aus dem großen Geschäft in der Dorotheenstraße zu Berlin. Daß Religiosität und Geschäftssinn nicht feindliche Geschwister sind, hat nicht allein das Haus Israel bewiesen; auch die frommen Vertriebenen, die auf der Mayflower „drüben" landeten, haben das ebensowohl bewiesen wie diese alten Hugenotten des Edikts von Nantes in der Mark Brandenburg. Und sie reichen sich auch heute noch die Hand durch die ganze Welt: Synagoge, Kirche und Börse! Das Haus des Beaux konnte einem Freunde schon Empfehlungsbriefe nach New York oder New Orleans mitgeben, die ihm die Wege ebneten und seinen Aufstieg erleichterten, selbst wenn er nur kam, um zum zweitenmal den Versuch zu machen, ein armes Mitgeschöpf aus der Verkletterung herabzuholen, sonst aber sich wenig aus den Herrlichkeiten der Zeitlichkeit machte.

Es ist ihm zum zweitenmal nicht gelungen, und mit der Hülfe aus dem Vogelsang war diesmal gar nichts getan. Was half es, daß ihm, wie ihm damals der alte Hartleben mit Leitern und Stricken beisprang, jetzt seine Mutter ihre auch in Sorgen, Angst und Kummer immer sonnigen Briefe schrieb und die seinigen, nach seiner Weise, immer scherzhafter, immer lustiger, immer siegesgewisser wurden, je tiefer er „in den Quark hineinwatete“ und in der Puppenkomödie die Fäden mit ziehen half? Sie spielten sich da nur selber eine liebe, rührende Komödie vor, die, was die Nachbarschaft anging, niemand zum Lachen oder Lächeln brachte.

„Ich hätte es nie geglaubt“, sagte mein Vater sehr ernsthaft, „der Mensch scheint sein bisheriges Narrenwesen doch nicht ganz unnützlich getrieben zu haben. Da hält mich eben, auf dem Wege vom Gericht her, der Prokurist von Seligmacher und Söhne mit einem Privatbriefe von drüben, aus der Firma Charles Trotzendorff und Kompanie, weißt du, Mutter, unserm Karl Trotzendorff, an, und darin ist von ihm, ich meine dem Jungen drüben, in einer Weise die Rede, die ich niemals für möglich gehalten haben würde. Der poetische Hanswurst scheint völlig ins Gegenteil umgeschlagen zu sein. Ja, er scheint sich eine Stellung in der dortigen Literatur gemacht zu haben und an einem Handelsblatt in einer Art sein Maulwerk schriftlich betätigt zu haben, daß es ihm, wenn auch wohl nur zufällig, die Bekanntschaft und, wie es scheint, Achtung eines ihrer Allergrößten dorten, nämlich was das Geld anbetrifft, zugezogen hat. Das wäre denn ja recht gut und erfreulich, und so wird er sich darein ergeben, daß es mit dem Mädchen, der jungen Dame, nichts geworden ist. Bei Seligmacher und Söhne haben sie heute morgen von der Familie drüben, ich meine den Trotzendorffs, die Verlobungsanzeige der Tochter zugeschickt gekriegt. Du mußt doch mal zu der Nachbarin hinübersehen, ob die schon was Genaueres weiß und wie sich der Junge jetzt zu der Sache verhalten wird. Doch dieses nur beiläufig. Ich war auch bei Arnemann; – er ist nicht mehr abgeneigt, auf meine Bedingungen einzugehen. Man trennt sich ja zwar nicht gern von der hiesigen Gemütlichkeit, aber es hat sich doch allmählich zu viel hier im Vogelsang um uns her verändert. Die Fabrik auf Hartlebens Grundstück versperrt mir den letzten Blick auf den Osterberg, und dann halte ich es auch für unsern Assessor besser, daß ihn unter jetzigen, veränderten Lebensverhältnissen die Residenz nicht hier unter den kleinen Leuten aufsuchen muß. Ich meine, Mutter, wir machen in nächster Woche den Kontrakt über den Verkauf von Haus und Garten perfekt.“

„Wenn du meinst, Krumhardt“, sagte meine Mutter mit zitternder Stimme.

„Ich meine, daß wir diese freilich ernste Sache schon so reiflich überlegt haben, daß wohl wenig mehr dazu zu sagen ist. Was gibt es denn eigentlich noch, was uns hier festhalten könnte? Schon der Schatten allein, den mir da hinten die neue Feuermauer auf meine Rosenplantage wirft, verdirbt mir das ganze Pläsier an der Liebhaberei. Mit dem Kaffeetisch im Garten unter diesen Fabrikgerüchen ist's auch nichts mehr. Unsere Plätze im letzten Grün des Vogelsangs haben wir sicher auf dem Papier bei der Friedhofverwaltung. Also, Junge, Karl, Herr Assessor Krumhardt, es bleibt dabei: der alte Pelikan hackt sich noch mal die Brust seiner Nachkommenschaft wegen auf. Wir ziehen in die Stadt, der veränderten Verhältnisse wegen. Laß es mich erleben, daß ich an dir einen Herzoglichen Regierungsrat herangezogen habe, so soll es mir auch nicht drauf ankommen, auf meine Rosen- und Aurikelnzucht zu verzichten. Man kann auch im Notfall an den Hyazinthen und Geranien seine Befriedigung finden, und dafür, denke ich, mein Sohn, wirst du eben immer, wie für deine alten Eltern, ein sonniges Gelaß in deinen neuen Gesellschafts- und Wohnungsverhältnissen übrig haben. Die Gelegenheit in der Archivstraße, die Mutter und ich uns zum Beispiel neulich angesehen haben, hat nach hinten heraus und doch nach der Sonnenseite ein Altenteil, was für so einen subalternen, quieszierten Obergerichtssekretär mit so einem ihm Freude machenden Sohne – jetzt kann ich dir das wohl sagen, mein Junge! – paßt, als ob der Bauherr seinerzeit ihn mit seinen Bedürfnissen eigens dafür ins Auge gefaßt hätte. Nicht wahr, Mutter, wir finden uns schon unserm Jungen zuliebe in die veränderten Verhältnisse?“

„Ja, ja, ja! obgleich es mir doch schwer ankommen wird“, schluchzte die gute alte Frau. „Freilich rückt uns hier das Neue zu arg auf den Leib, und wo man aus dem Fenster guckt, ist es das Alte nicht mehr; aber weißt du, Mann, es wird mir doch sein als wie damals, wo man den Sargdeckel auf unser kleines Mädchen legen wollte und ich auch nicht glauben konnte, daß es möglich und nötig sei. Kein eigenes Waschhaus mehr und keinen Platz zum Wäschetrocknen im eigenen Garten! Aber es ist ja richtig, das schlechte Tanzlokal, das da dicht an unserer grünen Hecke aufgewachsen ist, paßt nicht einmal mehr zu unseren Verhältnissen, also zu unserm Karl seinen gar nicht. Und du hast recht, Krumhardt, die Eltern sind dazu da, daß sie ihre Kinder in die Höhe bringen und in immer bessere Gesellschaft, bis in die beste, wenn's möglich, und das ist freilich hier im Vogelsang niemals möglich gewesen, also – wie Gott will. Ich habe mich in so vieles im Leben finden müssen und werde mich auch hierein finden. Das Kind wird es ja auch, und vielleicht auch mit seinen Kindern, einsehen, was Vater und Mutter an ihm getan haben, und es ihnen noch in ihrem Grabe gedenken."

Nun hätte ich noch einmal hiergegen einreden können, um die Sache in die rechte Beleuchtung zu rücken; aber was würde es geholfen haben? Wahrhaftig, *ich* bin es nicht gewesen, der die zwei treuen, wackeren Seelen mit ihren Wurzeln aus dem Boden hob und sie so in ihren greisen Tagen in ein fremdes Erdreich versetzte! Ihre liebe menschliche Torheit war's, die da Pflicht, Pflichten, Vorzug, Gewinn, Ehre, Lob, Ruhm und Glück sah, wo die übrigen Millionen unserer Brüder und Schwestern im Erdenleben – ebendasselbe sahen. Sie hatten ihren Kopf und Sinn drauf gesetzt, daß der Vogelsang nicht mehr zu ihnen „passe", und sie nicht zu dem Vogelsang.

„Aufgesetzt ist der Kontrakt, Frau", sagte mein Vater, „und wenn es dir recht ist, kann Arnemann heute noch zur Ausfertigung und Unterschrift kommen, zu einem ruhigen Schlaf kommen wir jetzt doch nicht anders mehr."

Meine Mutter ist also an diesem Tage nicht mehr bei der Nachbarin Andres gewesen, um das Genauere über das Privatschreiben aus Amerika an Seligmacher und Söhne und Velten und Helene Trotzendorff zu hören, ihre Teilnahme zu beweisen und, wenn möglich, Trost zuzusprechen. Ich aber habe mich gegen Abend noch einmal durch das Schlupfloch aus unserer Kinderzeit, das wunderreiche, damals freilich längst wieder zugewachsene Schlupfloch in der lebendigen Hecke zwischen den Nachbargärten gezwängt und die alte Türklinke, deren Griff einem seit Menschengedenken so häufig in der Hand blieb, von neuem aufgedrückt, um hier, bei der Frau Doktorin, wo die Welt sich doch eigentlich am meisten verändert hatte, mich an das sonnig unverwüstlich Bleibende im Wechsel der Witterung des Erdentages zu halten. Ich fand die Frau Doktorin allein im Vogelsang über *ihrem* Brief aus den Vereinigten Staaten.

Die Abendsonne schien der Nachbarin in das Fenster, als ich mit sorgendem, schwerem Herzen zu ihr kam, und sie hatte auch geweint, die Frau Nachbarin Andres. Die elegante Karte, die mein Vater bei Seligmacher und Söhne gefunden hatte und auf welcher Mr. and Mrs. Mungo sich allen Freunden und Bekannten in den Vereinigten Staaten als miteinander für Glück und Unglück, für Gesundheit und Krankheit, für Leben und Tod Verbundene empfahlen, lag auch auf dem Nähtischchen der Frau Doktorin, und der Begleitbrief Veltens daneben.

Die Mutter des Freundes reichte mir die Hand, nachdem sie ihr feuchtes Taschentuch zwischen die Blumentöpfe in ihrer Fensterbank geschoben hatte, und sagte: „Sieh, das ist freundlich von dir, Karl. Wenn sich die Welt um einen her verändert, hält man sich am besten an die Jungen aus seiner alten Bekanntschaft, an die, welche ihr Recht noch vom nächsten Tag erwarten, lustig in der neuen Flut schwimmen und aus ihrem jungen Recht an die Zeit den Alten wenigstens den Kopf ein wenig zurechtsetzen können, wenn auch nicht das Herz. Elly hat sich verheiratet, Velten hat geschrieben. Da ist sein Brief, und du kannst ihn lesen. Ich hätte es nie für möglich gehalten, daß sich der Vogelsang so sehr für mich verändern könnte. Aber so geht es eben, wenn der Mensch es nicht glauben kann, daß ihm seine liebsten Hoffnungen aus dem Leben weggewischt werden können."

Sie sah sich hier in ihrem Stübchen, in welchem sie unter all ihren Erinnerungen saß wie die Frau Fechtmeisterin Feucht in der Dorotheenstraße zu Berlin unter den ihrigen, mit einem kummervollen Blicke um: „Wie doch alles dem Menschen auf einmal so ganz andere Gesichter schneiden kann! Und doch ist es nur das eine Bildchen dort, das kleine Lichtbild da über der Kommode, dessen liebe, lachende Augen mir mein Altfrauenheim verwüstet und alles über- und durcheinandergeschoben haben wie bei einem Umzug oder nach einem Brande. Da – lies seinen Brief! Was er dazu tun kann, daß die alte Frau im Vogelsang nicht ganz aus ihrer Fassung kommt, das besorgt er natürlich auf seine alte Weise. Unter kriegt ihn auch das nicht; aber man müßte eben nicht zwischen den Zeilen lesen können, um sich von ihm auf diese seine Weise unterkriegen zu lassen."

Ach, wie diese beiden Leute bis in die feinsten Nervenfädchen, bis in die flüchtigsten Seelenstimmungen hinein sich nachzutasten, sich nachzufühlen wußten! Sie machten einander nichts weis, und das war, ausnahmsweise, für sie ein großes Glück: für andere, und leider die Mehrzahl der auf dieser Erde sich näher und nächst Angehenden, wäre es freilich das Gegenteil gewesen. Es ist nicht immer das Behaglichste, wenn zwei oder mehrere, die zusammengehören, sich zu gut verstehen. Die einzige Möglichkeit für ein wenigstens gedeihliches Hüttenbauen und Zusammenwohnen liegt dann einzig und allein in dem Sichaufeinanderverstehen. Ich habe das auch aus meiner Amts- und Geschäftspraxis sehr, sehr in den Akten. –

Velten schrieb:

„Sie haben sie uns genommen, Mutter, und sind völlig in ihrem Recht, da sie das nach ihrer Meinung beste Teil für sie gewählt haben. Ich habe sie verloren; aber diesmal bin ich nicht schuld daran, das Glück der Erde verpaßt zu haben. Du weißt, wie oft man mir das bei Euch zu Hause aufzuriechen gab und, wenn die beleidigte Nase darob nicht lief wie die eines geschlagenen Schuljungen, sondern sich nur trocken-tückisch krauste, nicht nur von allen Schlechtigkeiten menschlichen Charakters, sondern auch von absoluter, bodenloser, randundbandloser Charakterlosigkeit sprach. Ich habe das Meinige getan, durch Stunden, Tage, Wochen, Monate und Jahre, bei Tag und Nacht, bei allem, was ich getan, überdacht und gedacht habe, den schönen Schmetterling für mich – für uns festzuhalten: nun stehe ich wieder wie ein Schuljunge und besehe an den Fingern den bunten Farbenstaub von den Flügeln des entflatterten Buttervogels und denke vor allem an die alte Frau zu Hause, die da sitzt und sich fragt: Was für eine Nase wird er diesmal machen? – Mutter, mein – unser liebes, armes, kleines Mädchen, was würde dem jetzt mit einem zerfließenden Liebhaber gedient sein? Also – trocken überschlucken und ein Kreuz über eine närrische Lebensepoche ziehen wie über eine Kalenderwoche, die bis Donnerstag im Sonnenschein lag und am Freitag in einen Landregen überging! Unserm lieben Wildfang gebe ich gar keine Schuld; – kann man überhaupt einem Menschenkinde Schuld an seinem Schicksal geben? Was kann die Lerche gegen den Spiegelblitz, der sie aus der blauen Luft in die Versandschachtel und die Bratpfanne holt? Mit ihrem tückischen Glanz haben sie auch unser liebes Singvögelchen aus dem Vogelsang hernieder in ihr Netz stürzen machen und ihr nicht nur das arme, dumme, kleine Schädelchen und Gehirnchen, sondern auch das schöne, weite Herz eingedrückt. Sie wird eine stattliche Mistreß Mungo: die Nadel der Kleopatra, jetzt im hiesigen Zentralpark, die doch schon in Ägypten viel gesehen hat und hier im Lande täglich auch noch manches sieht, sah nimmer ein schöneres, vornehmeres Weib an sich vorbei und durch ihren Schatten gleiten. So wächst das immer aus dem Schlamm empor, einerlei ob am Nil oder am Hudson! Mir fehlen wieder mal die Knöpfe am Hemdärmel, alte Mutter zu Hause; aber Elly wird sie mir nicht annähen, worauf wir doch so fest gerechnet und des Lebens Seligkeit vom Vogelsang aus gegründet hatten; und das erinnert mich nun grade erst recht an Deinen alten Nähtisch, auf dem dieser Brief, wenn der Ozean ihn nicht verschlingt, demnächst liegen wird, und erinnert mich an Deinen

Sessel dabei und das leere „Schawellche“ daneben und den Blick durch die Efeuranken, über den Garten weg, auf den Nachbar Hartleben und sein Anwesen (Strohwitwe Trotzendorff und Töchterlein eingeschlossen) hinein in den ganzen Vogelsang, und – ich bin wieder allein auf die alte Frau im Korbsessel an dem Fenster angewiesen und ein Vagabund – ein Wanderer im Leben – zerlumpter denn je. – In die hiesigen Verhältnisse habe ich mich übrigens eingelebt, daß ich meinen jüngsten Freunden keinen Grund zur Verwunderung mehr gebe. Wünschest Du mich auch als Millionär wiederzusehen wie Mr. Charles Trotzendorff? Oder ziehst Du den deutsch-amerikanischen Staatsmann, Muster Karl Schurz, vor? Meine Vogelsangstudien im Englischen, unserer Kleinen zuliebe, kommen mir jetzt wundervoll zustatten. Die Phrasen und den Tonfall, um eine „Mäh“ jauchzende Menschenansammlung zum „Bäh“jammern zu bringen und das politische Tier, Mensch genannt, mit einem Strick durch die Nase oder um den Hals für Klios ewige Tafeln und vergänglichen Griffel als notierungswert zu dressieren, lernt sich bald. Sollte Freund Krumhardt, ich meine unser Karlchen – nicht den Alten, aus seiner Geschäftspraxis demnächst mal einen neuen edlen Kinkel nebst Spulrad und Märtyrerglorie in der lieben Heimat für einen überseeischen Heros-Befreier zur Verfügung haben, so reflektiere ich darauf und bitte, aus guter alter Kameradschaft mir die Vorhand zu lassen. Eine republikanische Bürgerkrone für einen Märtyrer aus dem neuen Deutschen Reich! Das Ding wird leider schwer zu finden sein, denn den alten wahren Otto den Schützen von seinem Wergzupfen und Wollespulen im Reichstage zu entführen, würde ihm doch selber auch jetzt noch nicht recht in die gelbweiße Kürassiermütze passen. Aber wie sang Fräulein Leonie des Beaux in der Dorotheenstraße zu Berlin?

Je ne dors ni ne veille;
Cet enfant me réveille.

Da bin ich doch wieder bei meinem in der Fifth Avenue verzauberten armen Mädchen! Siehe Goethes Epilog zu dem Trauerspiele Essex:

Hier ist der Abschluß! Alles ist getan,
Und nichts kann mehr geschehn! Das Land, das Meer,
Das Reich, die Kirche, das Gericht, das Heer,
Sie sind verschwunden, alles ist nicht mehr!

Jaja, was nimmt man sich alles vor zu Glück und Ruhm und zum Besten der Welt in der Welt, bis der Narrenkönig, dem diese Welt gehört – siehe Schillers Jungfrau von Orleans – einem das Bein stellt und alle Weisen, Helden und weggelaufenen Schuljungen auf die Gefühle eines Zahnarztes, der selber Zahnweh hat, hinunterdrückt! Du weißt es, Mutter, und Du kannst es mir bezeugen, daß die Scheu der Leute, sich vor der Menschheit, das heißt den nächsten ihresgleichen, lächerlich zu machen, mir leider immer nur zu sehr gemangelt hat; aber die Sehnsucht, mir selber endlich einmal wieder lächerlich vorzukommen und somit das richtige Maß für die Dinge dieser Erde wiederzugewinnen, ist mir bis jetzt auch nicht in solcher Fülle und Üppigkeit zuteil geworden. Zu Hause, im Vogelsang, würde das wohl noch am leichtesten zu erreichen sein, Deinem lieben Korbstuhl gegenüber und mit des seligen Vaters geliebter ersten Originalausgabe des Wandsbecker Boten auf Deinem Nähtische und mit der einzigen Aussicht über Deine Buchsbaum- und Blumenbeete, meine Stachelbeerbüsche und unsere grüne Hecke auf den Nachbar Hartleben und sein Anwesen. Da ginge es wohl noch am leichtesten an, dem teuren Ahnherrn in dem Buche, dem Vetter Andres, und dem braven Vetter Michel im eigenen Busen sein Recht wiederzugeben;

Frage Karl um seine Meinung hierüber, doch – laß es lieber auch nur. Daß der Frager bei solchen Gelegenheiten den Gefragten und seine Antwort im voraus ziemlich genau kennt, würde auch diesmal und hier nichts zur Sache tun; aber aus Deinen Briefen weiß ich ja, daß auch um Euch dort im Vogelsang allgemach die Dekoration sich so sehr verändert, daß er – der Freund – sich da binnen kurzem am allerwenigsten noch zurechtfinden wird. Aus Büschen werden Bäume, aus Bäumen Hausmauern, aus Grün Grau. Aus obststehlenden (freilich meistens dazu verführten) Schuljungen werden die besten Verwaltungsbeamten und Regierungsräte, sowie die schärfsten Staatsanwälte, und – aus dem nichtsnutzigsten Schlingel des Vogelsangs wird (wenigstens was ich dazu tun kann) the most glorious tramp, der glorioseste Landstreicher, der je auf den Wegen der Welt den anständigen Passanten einen Schauder und Schrecken eingejagt hat, wenn er an einem Stadttor nach seinen Papieren gefragt wurde, nimmer dergleichen aufzuweisen hatte und vielleicht auch erst in irgendeinem Bedford gaol als alter Kesselflicker anfangen wird, sich über the Pilgrim's Progress, über seines Lebens Pilgerfahrt, die letzte Rechnung abzulegen.

Meine liebe, liebe Mutter, Du kannst nichts dafür, und mein Vater auch nicht. Solches war mir an der Wiege gesungen, aber nicht von Dir mit Deinem: „Buko von Halberstadt“ oder: „Schlaf, Kindchen, schlaf, da draußen geht ein Schaf“. Es kauert immer eine andere Sängerin auf der andern Seite des ersten Schaukelkahns menschlichen Schicksals und summt ihren Sang in ihre Hexenbartstoppeln, und der stammt von den Müttern viel weiter hinabwärts und ist der allein maßgebende.

Also streich Dir die Sorgen- und Unmutsfalten wieder einmal aus dem lieben tapfern Gesichte und halte Dich weiter an der Väter Erfahrung, daß Unkraut so leicht nicht vergeht. Sage mit dem alten Vertrauen auf unsern eigentümlichen, unveräußerlichen eisernen Bestand von Familienadel: „Oh, dieser dumme Junge!“ – Und halte fest: wir sind doch die zwei gewesen, welche die wenigsten Sorgen im Vogelsang auf unserm Hirn und Herzen geduldet haben, und so soll es bleiben! Veränderte Dekorationen sollen uns nie etwas anhaben; halte Deinen Platz an unserm Herde fest und mir den meinigen: ich komme ebensosehr als Sieger wieder wie – Mr. Charley Trotzendorff. Es gibt ein verschiedenartiges Achselzucken der Leute in der Welt: ich hoffe mir das meinige, nach meiner Weise, mit ebenso gutem Recht zu verdienen wie er das seinige und das Nachgaffen und den Neid der Welt auch. Ziehe meinetwegen hier auch Freund Krumhardt über unsere Hecke als Kommentator bei, wenn Dir ob solchen beglückenden Aussichten in die Zukunft doch etwas nüchtern und unheimlich zumute werden sollte. –

In der Heimat und zumal im Vogelsang bin ich fürs erste nichts nutze – und auch Dir nicht, armes, tapferes Mütterchen. Übrigens sind und bleiben wir zwei immer beisammen, ob auch ein paar Tropfen Wasser und einige Krümel Erdboden mehr uns trennen. Zu den Füßen der Treue bleibe ich sitzen, wenn es mir auch nicht vergönnt wurde, zu den Füßen der Liebe Werg zu spinnen. Nach dem Wocken der Omphale freut man sich ordentlich auf den Nemeischen Löwen, die Lernäische Hydra, den Erymanthischen Eber und vor allem andern auf die Stymphaliden und die Ställe des Augias. Daß ich Dir grade die goldenen Äpfel aus den Gärten der Hesperiden heimbringen werde, ist mir selber etwas zweifelhaft; aber darauf verlaß Dich, und Du kannst auch in der Nachbarschaft davon erzählen und damit renommieren: den Zerberus hole ich mir sicherlich aus der Unterwelt herauf, wenn auch nur, um das große Schrecknis der ewigen

Nacht mir beim kurzen Lebenstageslicht so genau und gemütlich wie möglich zu besehen. Philosophie studieren nennt man das vor den Kathedern nach geschriebenen Heften – frage nur Freund Krumhardt danach, der sich des bürgerlichen Anstands wegen sein Teil davon hat in die Feder diktieren lassen. Und vom Lehrstuhl des Professors der Weltweisheit bis zum Schneidertisch des Hauses der des Beaux ist auch wieder einmal nur ein Schritt. Hab ich mir meinen Freund Leon auf den Buckel geladen, so soll ich ihn natürlich auch darauf behalten. Vater des Beaux schreibt mir, der Junge werde ihm, ohne meine Beaufsichtigung, von Tag zu Tage unter den Händen mehr zu einem Narren und es bleibe ihm nichts übrig, als den Knaben mir nachzuschicken; eine Reise um die Erde unter meiner Führung erscheine ihm als das letzte Mittel, den Phantasten für den künftigen Kommissions- oder Kommerzienrat zu ernüchtern. Ich werde also nicht umhin können, das, wenigstens für die ersten Stationen meiner eigenen Weltwanderung, noch einmal zu meinem Gepäck zu legen; habe also zurückgeschrieben: das Kind möge kommen, ich würde das Zutrauen zu verdienen suchen. Jawohl, das Zutrauen unter den Leuten! Erhalte mir das Deinige, alte Frau!

Dein Sohn und Erbe
Velten Andres.“

Es ist eine kalte Nacht, in der ich dies zu den Akten hefte; aber ich habe das fröstelnde Zusammenziehen der Schulterblätter doch mehr dem klareisigen Hauch, der von der letzten Seite dieses Briefes ausgeht, zuzuschreiben als der Winterwitterung draußen vor dem Fenster. Und wenn man – damals – dieses Schreiben in der Stadt unter den Bekannten, den Leuten, herumgezeigt hätte, würden sie alle gesagt haben:

„Der alte, ewig überhitzte Wirrkopf! Es bleibt dabei, er kann auf nichts zu seinem Fortkommen rechnen als auf das Glück der Betrunkenen und die Vorsehung, die über die Unmündigen wacht.“ –

Ich habe weiter zu berichten, was sich in der nächsten Nähe um mich her zutrug.

Der erste, der nach Velten den Vogelsang verließ und auch nie wieder, was der Freund doch tat, darin vorsprach, war Nachbar Hartleben. Er sagte, als er zum letztenmal in seinem Rollstuhl vor unserer Gartentür hielt:

„Weißt du, Junge, Herr Assessor Krumhardt sollte ich sagen, weißt du, ein Vergnügen ist es nicht, so als ein Sack voll Elend, schlechtem Appetit und nächtlicher Wehklage und Schlaflosigkeit sich um sein zerstückelt Anwesen rumrollen zu lassen; aber so ist der Mensch: solange er Luft schnappen kann, gibt er den Atem nicht gern auf. Also da bin ich noch und mache so lange Gebrauch von dem alten Freundschaftsverkehr über die Straße, als es angeht. Noch pläsierlicher hielte ich den Jammer natürlich aus, wenn mir mein Wald da oben hinterm Osterberge nicht immer im Kopfe herumginge. Das ist der leidige Satan! Und vorzüglich jetzo so im angenehmsten Sommer, wenn das so grün da herunterwinket und einer mit seinem Holzverkehr und Handel, von seinen Sägemühlenabnehmern gar nicht zu reden, nur eine lahme Faust zurück und aufwärts machen kann. Da gucken Sie nur, Herr Obergerichtssekretarius, wie das da oben auf meinem Schluderkopf im Sonnenschein liegt und einem unter Gottes blauem Himmel den Esel bohrt und sackermentsch einen jetzt nur noch dazu verlockt, eben unserm lieben Herrgott einen bösen Leumund bei den Erbberechtigten zu machen. Es ist ein Elend – ein Elend – ein Elend, Frau Obergerichtssekretärin, und Sie haben ganz recht gehabt, daß Sie die Sache über Ihr Anwesen mit Arnemann in Richtigkeit gebracht haben. Sie ziehen nun demnächst, und ich habe Ihnen wie der anderen guten alten Zeit nachzusehen. Nun bleibt mir nur für meine noch übrigen paar Jahre die Frau Doktorn. Jaja, so wird der Mensche allgemach von allem Guten und Angenehmen entwöhnet! Manchmal kommt's mir wirklich so vor, als sei auch das nur zu unserm Besten von da oben so eingerichtet, um uns den Abschied von hier unten nicht so schwer zu machen. Und wenn man denn wieder von den Jüngeren und Jüngsten hört! Da hat ja wohl unser Herr Velten – da kann ich wohl eher als hier bei unserm Assessor sagen: unser Junge – von den Japanern her geschrieben, daß er sich jetzt mit seinem vornehmen Berliner Freunde, den wir seinerzeit hier auch im Vogelsang hatten, dort aufhalte und vergnügt grüßen lasse. Passen Sie auf, Herr Nachbar, der bringt es gradesogut wie unser Karlchen Trotzendorff, unser Zeitgenosse, zu was Ordentlichem da draußen; – wenn's nur nicht immer auf ein und dasselbe hinausliefe am letzten Ende! Was dieses anbetrifft, so muß man sich erst so, wie ich mich jetzt in diesem Einspänner von hinten, rumkutschieren lassen müssen, um zu dem richtigen Taxat von allem Pläsiervergnügen im Leben zu kommen. Die Erinnerung an das Gute, was man seinerzeit genossen hat, ist immer noch das Beste, wenn auch leider Gottes Verdrießlichste. Auch mit dem kleinen Mädchen, das hier bei mir und zwischen uns im Vogelsang aufwuchs, und unserm Velten scheint das nichts geworden zu sein. Schade drum! Die

Madam oder Mistreß war zwar die richtige Gans; aber das Wurm, das jetzt da drüben überm großen Wasser sechsspännig fährt, gehört immer auch noch zu meinen angenehmen Erinnerungen. Karlch- Herr Assessor, Kinder, Kinder, in welche vergnügte Wütenhaftigkeit habt ihr öfters den Nachbar Hartleben gebracht, und was gäbe er heute drum, wenn er euch nur noch einmal mit dem Peitschenstiel durch seinen Garten nachsetzen und aufs Nachbargrundstück oder in den Wald hinaufjagen könnte! Aber ich sehe, Sie haben Ihre Akten unterm Arm, Herr Assessor, und müssen in Ihr Geschäft. Nehmen Sie es nicht für ungut, wenn ich Sie mit meinem Geschwätz aufgehalten habe. In so einem Marterstuhl ist man ja einzig und allein nur auf sein Maulwerk angewiesen. Wenn ich Ihnen, Herr Sekretär und Frau Sekretärin, mit meinem andern noch übrigen Fuhrwerk beim Auszuge zu Diensten sein kann, soll's gern geschehen. Dem alten Hartleben, dem Grobian, soll man's nicht nachsagen aus der Stadt, daß er nicht doch alles in allem ein guter Vogelsänger Nachbar gewesen sei. Mit dem freundschaftlichen Verkehr später, aus der Stadt heraus und hinein, wird's wohl ein bißchen hapern. Na, ich denke immer noch ein paar Jährchen es zu machen, daß Sie mich hier auf den Rädern finden, wenn Sie aus dem neuen Leben heraus das alte hier am Ort mal wieder aufsuchen wollen. Recht schönen guten Abend, liebe Herrschaften! Schieb den Krüppel um ein Haus weiter, Lümmel da hinter mir; die Frau Doktern hat mir versprochen, mir noch ein Weniges mehr aus ihrem Velten seinem letzten Brief vorzulesen, und der Satansjunge hat das immer so an sich gehabt, daß er einem mit seinen Schnurren, Abenteuern, Meinungen und Ansichten wie mit einem Schnaps aufwartet. Ich meine immer, einmal mußt du den auch noch wiedersehen, Hartleben, und wenn er auch noch so lange seine Mutter und den Vogelsang auf sich warten läßt!" –

Vier Wochen später mußten wir ihn begraben, den Nachbar Hartleben, und zu Ostern des folgenden Jahres verließen auch wir, die Familie Krumhardt, Vater, Mutter und Sohn, den Vogelsang. Meine Eltern fügten sich den höheren Ansprüchen, die ihrer Meinung nach meinetwegen das Leben an sie machte, und ich fügte mich meinen treubesorgten Eltern. Wer wehrt sich gegen die Liebe seines Vaters und seiner Mutter, und wenn sie auch noch so sehr mit Sorglichkeiten, die man nicht mehr kennt, mit Torheiten, über die man hinaus ist, und mit mancherlei anderem, was einem im Grunde lächerlich, ja ärgerlich vorkommt, verquickt ist?

Und wenn mir etwas ferne sein muß, so ist das Überhebung über die subalterneren Gefühle und Stimmungen des Menschen in seinem Dasein auf Erden grade an dieser Stelle! In den Akten habe ich es nicht, aber tief in meinem innersten Bewußtsein, daß ich die teure, altgewohnte Heimatstelle mit allem, was mir heute mit schaudernd-wehmütigen Heimwehgefühlen in dieser kalten Winternacht nahetritt, damals leichter, viel leichter und freier atmend aufgab als die zwei armen Alten.

Auf der Bühne des Lebens hört man eben nicht vor jedem Szenenwechsel die Klingel des Regisseurs. Man findet sich zwischen den gewechselten Kulissen und vor dem veränderten Hintergrund und verwundert sich gar nicht. Ob man sie gut oder schlecht spielt, seine Rolle ist jedem auf den Leib gewachsen und das jedesmalige Kostüm gleichfalls. Nur in seltenen stillen Augenblicken gelangt wohl ein und der andere dazu, sich vor die Stirn zu schlagen: „Ja, wie ist denn das eigentlich? War das sonst nicht anders um dich her und in dir? Wie kommst du zu allem diesem, und gehörst du wirklich hierher, und ist das nun Ernst oder Spaß, was du jetzt hier treibst oder treiben mußt? Und wem zuliebe und zum Nutzen?“

Das sind dann freilich sehr kuriose Gedankenstimmungen. Wie aus einem unbekannten schauerlichen Draußen haucht das vor den Theaterlichtern einen fremd und kalt an, meistens, wenn die Bühne einmal um einen her leer geworden ist; aber dann und wann bei gefüllter Szene im Gewühl der Edlen, Ritter, Bürger, Damen des Hofes, der Mönche, Herren und Frauen, Herolde, Beamten, Soldaten, kurz des ganzen zu dem ewig wechselnden und ewig gleichen Schauspiel gehörigen Volksspiels. Und so rasch als möglich fort damit! Dergleichen Nachdenken stört sehr bei der Durchführung der zugeteilten Rolle, bringt nur Stockungen hervor und ein verehrliches Publikum, von der Hofloge bis zu den höchsten Galerien, zu einem ironischen Lächeln, bedauernden Achselzucken, wiehernden Hohnlachen, Pfeifen und Zischen. Und mit vollem Recht! Es ist ein schweres Eintrittsgeld, das man für die Tragikomödie des Daseins zu erlegen hat. „Paß auf dein Stichwort, du da, König oder Narr da auf den Brettern, und störe uns das Behagen nicht, von Vergnügen kann ja so schon wenig die Rede sein!“ –

Leider recht bald wurde um mich her die Bühne, wenigstens für einen Augenblick, sehr leer und gab ungestörten Raum zu jeglichem Monolog über Sein und Nichtsein, und ob es besser sei und so weiter und so weiter. Nämlich meinen Eltern bekam die veränderte Umgebung durchaus nicht; und hier beuge ich die Stirn tief über dieses Blatt: hätte ich nicht doch mehr dazu tun müssen und sollen, daß sie in ihren Greisentagen ihr An- und Einfügungsvermögen in das Ungewohnte mir zuliebe nicht zu sehr überschätzten? Und die Braut, die ich ihnen dann in das Haus, nein, nicht in das Haus, sondern die Mietwohnung inmitten der Stadt, wenn auch der „besten Gegend" der Stadt, brachte, die wußte nichts von dem Vogelsang und brachte ihren Sonnenschein nur für mich mit in die Archivstraße. Die Blumenzucht in der Fensterbank konnte meinem Vater seinen Vorstadtgarten nicht ersetzen und noch viel weniger die vornehme Stadtgegend meiner armen Mutter den Verkehr über die lebendige Hecke und die von einem blühenden Apfelbaum zum andern auf eigenem, sicherm Grund und Boden ausgespannte Waschleine und, was sich an behaglichem Verdruß und verdrießlichem Wohlbehagen daran knüpfte. Wenn ich mir jetzt, mit dem Kopfe in der Hand, überlege, was ich dagegen tun konnte, daß sie ihren Willen, auf ihrem und – meinem Wege aufwärts als grämliche Sieger zu fallen, nicht bekamen, und mir sagen darf: „Wenig!", so ist das auch ein Trost, aber nur ein geringer, und man hat erst an seine eigenen Nachkommen und deren Tröstungen zu denken, ehe man sich wieder beruhigter, gelassener vor solch einem Aktenbündel wie dieses hier vorliegende im Sessel zurechtrückt. –

Jawohl, mein Weg ging aufwärts in der Rangordnung des Staatskalenders und der bürgerlichen Gesellschaft: meine Eltern starben – die Mutter zuerst und der Vater ihr bald nach; und ich heiratete. Daß ich ihnen „Schlappes" Schwester als liebe Braut und gute Tochter zuführte, war der beiden guten und lieben alten Leute letzte Freude und drückte ihnen das letzte Siegel auf die Gewißheit, daß auch ich ein guter, braver Sohn gewesen sei, daß ich allen ihren Erwartungen entsprochen habe und mich auch fernerhin aller hohen und höchsten Ehren und Genugtuungen unserer Welt im kleinsten würdig erweisen werde und also aller durch zwei ganze treusorgliche Elternleben aufgewendeten Ängste, Mühen, Kümmernisse und Entsagungen wert.

Wahrlich, ich schreibe nicht, um in diesen Blättern Komödie zu spielen und von Tränen zu fabeln und zu faseln, die auf irgendeine Seite der Handschrift gefallen seien (ich weiß es ja eigentlich selber nicht, wie sich dieses alles plötzlich infolge jenes Briefes aus Berlin, den Helene Trotzendorff, den Mrs. Mungo schrieb, in den tagtäglichen Aktenwechsel auf meinem Schreibtische schiebt!), aber ich nehme mir wieder die Muße, zu dem Bildnis über diesem Schreibtische, dem alten, teuren Herrn mit dem verkniffenen deutschen Schreibergesicht und dem zu dem Landesorden hinzugestifteten Ehrenkreuz Erster Klasse auf der Brust, melancholisch-dankbar aufzuschauen.

„Wer hatte es besser mit dir im Sinne als der?“ – – –

Der Weg nach dem Friedhofe jenseits des Vogelsangs führte noch immer durch unsere vordem so grüne Kindheitsgasse. Jetzt vorbei an den Plätzen, wo vordem Hartlebens weitgedehntes Anwesen gewesen war und meiner Eltern Haus, mein Vaterhaus und ihrer Väter Haus, gelegen hatte.

Es ist eine Redensart: „Ich komme selten mehr in die Gegend!“ Wie schwer sie einem aufs Herz fallen kann, das sollte ich am Begräbnistage meines Vaters im vollsten Maße erfahren.

Ich war nicht so häufig in die Gegend gekommen, wie ich gesollt hatte, und nun war grade die rechte Gelegenheit, um zu erkennen, wie sehr sie sich verändert hatte, nicht seit unseren Kinderjahren, sondern seit dem Tage, an welchem die Nachbarin Andres, die Frau Doktern, dort von uns allen allein zurückgelassen worden war.

Es gibt auch eine Redensart: „Das ist mir bis jetzt nicht aufgefallen!“, und dann kommt plötzlich die Gelegenheit, der Augenblick, die Stunde, der Tag, wo das um so eindringlicher einem ans Herz gelegt wird. Ich hatte wirklich so viel mit meinen persönlichen Lebensangelegenheiten, mit mir selber zu schaffen gehabt, daß ich mich um das, was hinter mir lag, und wenn auch in nächster Nähe, wenig bekümmern konnte, und der Vogelsang war mir davon nicht ausgenommen gewesen. –

Zwischen den neuen Mauern der Fabriken, Mietshäuser, Tanzlokale war's allein die alte Frau, die Mutter Veltens, welche, wie sie es dem Sohne versprochen hatte, nicht von ihrer Heimstätte gewichen war und trotz des neuen Lebens, das ihr von allen Seiten unbehaglich, spöttisch, ja drohend sich andrängte, ihr Häuschen, ihr Gärtchen, ihre lebendige Hecke festhielt. Wieviel Vernunft hatten meine Eltern deswegen die letzten Jahre hindurch vergeblich auf sie hineingeredet!

„Er hat seinen Willen gewollt und hat ihn nun in aller Herren Ländern zu Land und Meer: ich habe den meinigen hier im Vogelsang, und wenn es auch nur des Kitzels wegen wäre, der mir zukommt, wenn er heimkommt und ich ihn frage: „Na, Velten, wie war's denn draußen?“ antwortete in den verschiedenartigsten Variationen (auch je nach Jahreszeit verschiedenen) die Frau Doktorin Andres im Vogelsang auf alles, was ihr Häuserspekulanten, sachverständige Freunde und wohlmeinende Freundinnen vortragen mochten, um ihr den Sinn zu brechen und ihr zum Besten zu raten. Es war mit der Frau jetzt immer noch ebensowenig anzufangen wie vor Jahren, wenn mein Vater als „Familienfreund" von einer Erziehungskontroverse mit ihr nach Hause kam.

Und nun war es kaum acht Tage her, daß er zum letztenmal in dem kleinen hartnäckigen Häuslein gewesen war, um sich in der altgewohnten, treufreundschaftlich-nachbarschaftlichen Weise zu ärgern und sich wieder zu vertragen mit der Frau „Exnachbarin". Nun stammte der werteste Kranz auf seinem Sarge aus dem letzten Hausgarten des Vogelsangs, und Veltens Mutter hatte ihn selbst gebracht und mit mir und meiner jungen Frau, die nichts mehr von dem Vogelsang wußte, neben dem schwarzen Schrein gesessen und mir mehrfach die Hand aufs Knie gelegt und geseufzt:

„Ich werde ihn sehr, sehr vermissen, deinen guten Vater, bester Karl! Nun bin ich die letzte von den Alten unterm Osterberge. Manchmal in dem jetzigen Lärm dort um mich her, wenn ich so von meinem Strickzeug am Fenster aufsehe, kommt es mir doch wirklich vor, als gehöre auch ich nicht mehr dahin; aber ich habe es *ihm* ja versprochen, daß er mich jederzeit dort in seines Vaters und seinem eigenen alten Wesen noch vorfinden soll, und so muß ich noch etwas bleiben. Wer verdunkelt einem nun noch mit einem: „Auf ein Wort, Frau Nachbarin!" das Fenster, um einen fester in der Gewißheit, zur Seite und gegenüber die beste, liebste Nachbarschaft zu haben, nach dem Vorgucken und Besuch wieder sich selbst zu lassen? Kommt ihr jungen Leute, so könnte man sich so vorkommen wie ein ein halb Jahrhundert vor der Erlösung für einen Augenblick aufgewachtes Dornröschen, das sich nicht seinem Prinzen in Mantel, Federbarett und Trikot, sondern einem durch die Hecke gedrungenen Liebhaberphotographen gegenüber findet. Ja, sieh, lieber armer Junge, so schwatzt die alte Doktern Andres ihren gewohnten Unsinn selbst am Sarge deines Vaters, ihres guten, treuesten Freundes! Aber glaub mir, wenn ihr ihn morgen früh durch den Vogelsang geleitet, so sieht ihm über ihren Zaun dort eine Freundin mit nassen Augen und vollem Herzen nach und sagt: „Da begraben sie einen Mann, den dir das Schicksal dort an die Hecke gesetzt hatte, um dir ein Muster an ihm zu nehmen, dein ganzes Leben lang, Mutter Andres!" Alles für unsere Jungen! Natürlich er auf seine Weise, ich auf die meinige. Und daß seine Art gut war, das bezeugt ihm am besten die kleine Frau hier hinter ihrem feuchten Taschentuch, Karl. Ziehen Sie es mir noch einen Moment herunter, Kindchen, und geben Sie mir einen Kuß, und nun gute Nacht, und habt ferner euren Trost aneinander und gönnt uns Alten unsere Ruhe, wenn unsere Schlafenszeit gekommen ist!"

Es war ein schöner, sonniger Morgen, an welchem wir meinen Vater begruben. Mit einem stattlichen Gefolge, an dem er wohl seine Genugtuung haben mochte und wie es ihm da, wo man sonst wohl am wenigsten an so etwas denkt, auf seines Lebens Höhe, als etwas sehr Wünschenswertes, sehr Erstrebenswertes erschienen sein mag. Wie oft hat er von dem Fenster unseres Wohnzimmers aus die Kutschen gezählt, die bei solchen Gelegenheiten die Teilnahme der Besten im Volke leer, aber würdig zur Darstellung bringen! ... Und nicht, daß ich nun von einem erhabenern Standpunkt hierüber hinweggesehen hätte: o, als der rechte Sohn meines Vaters habe ich sehr genau darauf geachtet, wer ihm und mir die gebührende Ehre gab und wer nicht! –

Aber wo war das Fenster im Vogelsang, an dem die Krumhardts seit Generationen von Vater zu Sohn ihre statistischen Bemerkungen in dieser Hinsicht gemacht hatten, bis – sie selber für einen andern in gleiche hineinfielen? Ein vierstöckiges Haus hatte Arnemann auf das alte Familiengrundstück gesetzt, und vom Erdstock bis zum Dache kamen Dutzende von Gesichtern jeder Art an die neuen Fenster, um das „schöne Begräbnis" zu sehen. Und, was sonst ein lieber, zum Übrigen, Gleichen gehöriger Schmuck der Feld- und Gartengasse gewesen war, das Stück grüne Hecke der Frau Doktor Andres, das war nunmehr ein Etwas, das seine Zeit ganz und gar überlebt hatte und durch sein Nochvorhandensein nur kümmerlich-lächerlich wirkte.

Und wie an dem betrübten Tage, in dem traurigen Zuge mein Auge doch nur diesen grünen Punkt in all dem neuen, fremden Mauerwerk suchte und sich der Exbürger des Orts mit einer Art von Heimwehgefühl dort festzuklammern suchte! Und nun – grade vor dem Anwesen der Familien Krumhardt und Andres redeten die beiden würdigen geistlichen Herren, zwischen denen ich hinter dem Sarge schritt, so treulich und wohlmeinend das Passende auf mich ein, daß es eine rechte Unhöflichkeit von mir gewesen sein würde, wenn ich ihnen nicht nach rechts und nach links hin das Ohr geliehen hätte! So habe ich damals trotz allem nur flüchtig hingrüßen können nach der greisen Freundin und Nachbarin an dem zerfallenden morschen Gartentürchen und ganz außer acht gelassen, daß sie nicht allein an der Pforte zu ihrem so tapfer festgehaltenen Reiche stand, um den Familienfreund vorbeiziehen zu sehen. Es hätte auch doch wohl eine Störung im Zuge gegeben, wenn – Velten Andres an dem Morgen aus seinem Garten sofort an meine Seite getreten wäre! – – –

Er hat sich an das Ende des Zuges angeschlossen und mich also auf dem ernsten Wege davor bewahrt, Aufsehen durch eine augenblicklich unschickliche

Aufregung über ein plötzliches, unvermutetes Wiedersehen zu erwecken. Auf dem Friedhofe selbst aber, wo die frühere Freundschaft auch jetzt noch nach Möglichkeit gute Nachbarschaft hielt und ihren Grundbesitz im Grundbuche, wenn auch nicht Hypothekenbuche, fest zusammen hatte schreiben lassen, konnte er mir die Überraschung nicht ersparen.

Dicht neben seinem Vater war dem meinigen die Grube gegraben (Nachbar Hartleben lag nur ein paar Schritte weiter ab, und der übrige Vogelsang, hier noch immer im Grün und mit der Aussicht auf den Osterberg und Schluderkopf, rundum) und standen die Schaufeln für die Liebes-, Ehren- und Achtungsgabe des Grabgefolges in die frisch aufgeworfenen Schollen fruchtbaren Gartenbodens gestoßen.

Und wenn man den gleichgültigsten Kanzleiverwandten, den langweiligsten Klub- und Stammtischgenossen so, mit einem dieser Spaten, die letzte Achtung erweist, liegt nicht nur die nächste Umgebung, sondern die ganze Welt in einer Beleuchtung, die für den Schreibtisch und den L'hombretisch kaum die rechte sein würde: begrabe aber deinen Vater, deine Mutter, dein Kind und achte dann in dem Licht, das eben kein Licht ist, darauf, wer dir zu dem „Erde zu Erde“ das Werkzeug in die Hand gibt und an wen du es weitergibst! ...

In die Hand reicht es uns Christenleuten nach geschriebenem und ungeschriebenem Recht die Kirche, wenn es gewünscht worden ist; aus der Hand nahm es mir der Nächste mir zur Seite und sagte:

„Das war ein wohlmeinender, braver und kluger Mann, Krumhardt. Mögen deine spätesten Enkel noch süße Früchte mit seinen wackeren Knochen vom Baume des Lebens werfen ...“

Velten! ... Velten Andres! Nun verletzte ich doch den Anstand, indem ich zurücktretend den Chef des Entschlafenen, der nach mir nach der Schaufel hatte greifen wollen, auf den Fuß trat. Den Spaten reichte Velten ihm:

„Bitte, Herr Obergerichtspräsident!“

Später sind keine Störungen mehr vorgefallen. Es ist nur getan und gesagt worden, was bei solchen Gelegenheiten getan und gesagt zu werden pflegt. Ich, der ich mehr als ein anderer (auch als der Freund) von den Vorzügen des alten Herrn Kenntnis hatte und überzeugt war, kann es bezeugen, daß mir nichts über ihn gesprochen wurde, was nicht die volle Wahrheit war. Als wir ihn dann ließen und ein jeder, der ihm die letzte Ehre gegeben hatte, aus solcher Störung des tagtäglichen Tages- und Geschäftslaufs heimging oder -fuhr, hatten wir, der Vater und der Sohn, es freilich uns gleichfalls gefallen lassen müssen, was dann noch mehr oder weniger anekdotenhaft aus dem Lebensverlauf des Obergerichtssekretärs Krumhardt heraufgeholt wurde, bis noch näherliegender Tages- und Daseins-Gesprächsstoff den Ruhenden in seiner Ruhe ließ neben seinen nächsten guten Nachbarn: seinem Weibe und dem Doktor der Heilkunde Valentin Andres. – –

Er fuhr nicht mit mir nach Hause. Er sagte mir auf dem Kirchhofe nur noch: „Später, mein Junge! Wir haben für alles Zeit", brachte mich aber doch an den Wagen an der Friedhofspforte, ließ den hohen Chef des weiland Obergerichtssekretärs Krumhardt und seinen Sohn einsteigen, drückte mir über den Schlag noch einmal die Hand: „Ich hoffe, dich schon heute noch gemütlicher sprechen zu können. Guten Morgen, Alter!"

„Was war denn das für ein eigentümlicher Herr, lieber Assessor?" fragte der hohe, amtlich dem Hause Krumhardt Vorgesetzte; und als ich ihn, soweit das möglich war, darüber in Kenntnis gesetzt hatte, sagte er:

„Hm, hm, ja, ich erinnere mich dunkel. Der Sohn eines Vorstadtarztes und ein toller Christ vor Jahren. Nahm nicht einmal Seine Durchlaucht einiges Interesse an ihm? Jawohl, jawohl, ganz richtig! Andres! Eine Zeitlang hatte der junge Mensch hier wirklich die besten Avancen. Sie und er waren Nachbarn, Herr Assessor, und scheinen noch in freundschaftlichem Verkehr mit ihm zu stehen. Man hielt ihn damals für ein junges Genie; aber er ist uns doch, wie das gewöhnlich zu geschehen pflegt, dann bald gänzlich aus den Augen gekommen. Es würde wirklich auch mich ein wenig interessieren, zu erfahren, was jetzt eigentlich aus ihm geworden ist."

Wahrscheinlich hat der würdige Mann es nur auf die Zeit und Umstände, unter welchen er seinen Wunsch äußerte, geschoben, daß ich ihm nur sehr ungenügend Aufklärung gab. –

Zu Hause fand ich, was man zu finden pflegt, wenn man von einem solchen Geschäft heimkehrt: das Haus nach Möglichkeit gereinigt und aufgeräumt – nach der Katastrophe so viel frische, sonnige Alltagsluft als möglich eingelassen – nach Möglichkeit alles in der alten Ordnung – so wenig als möglich Stearin-, Chlor- und Blumengeruch, das alte Geräte in gewohnter Ordnung, nur noch etwas peinlicher, um einen herum und – eine Lücke in sich, eine Leere, eine Öde um sich, die, natürlich je den Umständen nach, mehr oder weniger empfindlich empfunden werden. Aber ich konnte auch mein gutes kleines Weibchen in der schwarzen, ernstgemeinten Trauerkleidung in den Arm nehmen und „Schlappen", dem jüngsten Regierungsrat des Landes und meinem Schwager, sowie einigen anderen, meiner Frau zum Trost und zur Aufrichtung gegenwärtigen Mitgliedern ihrer Familie für ihre Teilnahme danken.

„Es ist doch recht betrübt, daß du heute gar keine eigenen Verwandten hast", sagte, nachdem sie alle ihre Pflicht getan hatten und gegangen waren, meine Frau, sich an meinem Schreibtische an meine Seite schmiegend und gottlob so dicht als möglich. „Armer Mann! Aber mich hast du doch, und nicht wahr, das ist doch auch ein Trost? Und nun wollen wir von jetzt an noch fester zusammenhalten und uns immer lieber haben – nicht wahr, du armer, lieber Mann? Und daß du dich gleich wieder in dein Arbeitszimmer gesetzt hast, das ist sehr unrecht von dir und gehört sich gar nicht! Deine Frau gehört heute zu dir, und wenn du nicht zu mir herüberkommst, so bleibe ich hier bei dir, und draußen habe ich schon Bescheid gegeben: sie sollen, wenn es nicht ganz und gar nötig ist, keinen Menschen mehr zu uns hereinlassen!"

Bei allem, was der Mensch auf Erden je der Götter Wohlwollen, die Güte Gottes genannt hat, konnte es mir noch deutlicher gemacht werden, was ich an sicherm Eigentum, an dem Reichtum dieser Erde gewonnen hatte, was mir davon gegeben worden war auf meinem Wege bis zu diesem betrüblichen Tage? –

Wir blieben den Tag über für uns allein. Als ich meiner Kleinen aber von der Heimkehr Velten Andres' erzählte, sagte sie:

„Oh, der gehört natürlich zu uns, dein bester Freund! Ich kenne ihn ja eigentlich kaum; aber wie oft ist bei uns, in meiner Eltern Hause, von ihm, und was er an meinem Bruder getan hat, die Rede gewesen! Ich war zu jener Zeit, als er für uns sein Leben gewagt hat, noch ein zu junges Kind, um seine Heldentat ganz zu fassen; aber ich sehe heute noch meine Mutter in Ohnmacht und im Weinekrampf und meinen Vater außer sich. Nachher ist leider weniger gut von ihm gesprochen worden, und Papa hat ärgerlich gemeint, es sei schade, daß so ganz und gar nichts mit ihm anzufangen sei; und dabei bin ich denn, weißt du, auch so nach und nach herangewachsen und habe mir meine eigene Meinung gebildet, und du bist gekommen und hast mir dabei geholfen, das heißt, du weißt es wohl selber am besten, wie du mich nicht nur aus meines Vaters Hause, sondern auch in alle möglichen anderen Ansichten über Gott und die Welt hinein- und für dich zurechtgezogen hast. Nun weiß ich heute fast ebensogut wie du in eurem alten Vogelsang und um Helene Trotzendorff und die Frau Doktorin Andres und deinen Velten und alles übrige Bescheid – freilich, wenn ich auf einen Menschen gespannt sein muß, so ist das dein Freund Velten, aus dem keiner von euch je recht klug geworden zu sein scheint, nimm das mir nicht übel. Und ganz derselbe wie sonst, nach eurer Beschreibung, scheint er auch geblieben zu sein: ich wäre in seiner Stelle jetzt schon längst bei dir – noch dazu an solch einem bösen, schmerzlichen, traurigen Tage wie heute!"

So plauderte sie und versuchte es immer von neuem, mit dem lieben Zeigefinger mir die Stirnfalten wegzustreichen und mir über den „traurigen Tag" leichter hinwegzuhelfen.

Es war ein wunderlicher, gespenstischer Tag, ein unruhiger Tag, trotz der Stille, in der die Welt uns zwei ließ oder der Anweisung an der Vorsaaltür zufolge lassen mußte. Der frische Hügel auf dem Vogelsangkirchhofe war nicht schuld daran: so etwas drückt den Menschen nur in den Winkel und womöglich einen dunkeln, drückt ihn nieder in einen leer gewordenen Großvaterstuhl oder auch wohl auf ein niederes Kinderschemelchen, drückt ihm die schwere Hand auf die Augen, auf die Stirn. Unruhe in die Glieder bringt *das* nicht; ich aber hatte den ganzen Tag über Unruhe in den Gliedern, denn ich begriff noch weniger als meine Frau, wo Velten jetzt eigentlich blieb.

Es konnte doch keine Täuschung gewesen sein! Ich hatte ihn doch plötzlich auf dem Kirchhofe an meiner Seite gesehen! Er hatte zu mir gesprochen; ich fühlte noch immer den Druck seiner Hand auf der meinigen; und – ich hatte im Auf- und Abschreiten durch das Zimmer Momente, in welchen ich nicht mehr an ihn glaubte und einen Eid über seine Rückkehr in die Heimat nicht zu den Akten abgegeben haben würde. Als er dann in der Dämmerung kam, fand ich mich über dem Reichsstrafgesetzbuch, dem Paragraphen: Fahrlässiger Meineid und in der kopfschüttelnden Gewißheit, daß die meisten Justizverbrechen hierbei begangen werden und daß Jupiter, der über die Schwüre der Verliebten lacht, über die Urteile der hier zuständigen Richter sehr häufig mit den Zähnen zu knirschen hätte. – Daß ich solches aber jetzt hier niederschreibe, beweist nur auch, in welche Ferne mir heute, in dieser Winternacht, während der Schnee noch immer ununterbrochen niederrieselt, jener so dunkle, unruhvolle Sommersonnentag, der Tag, an welchem ich meinen Vater begrub und an welchem Velten Andres ihm vom Hause seiner Mutter aus die letzte Ehre erwies, gerückt ist.

Er aber, mein Freund Velten, steht wieder grade so gespenstisch wie damals neben meinem Sessel, legt mir die Hand auf die Schulter und fragt:

„Nun, Alter, noch nicht des Spiels überdrüssig?"

Da habe ich denn in dieser heutigen kalten, farblosen Winternacht, mit den ewig von neuem sich aufhäufenden Aktenstößen um mich her, mit all den Enttäuschungen, Sorgen, Ärgernissen, die nicht nur das öffentliche Leben, sondern auch das Privatleben mit sich bringt, und im grimmen Kampf mit dem Überdruß, der Enttäuschung, der Langeweile und dem Ekel an der schleichenden Stunde, doch noch einmal ein *"Nein!"* gesagt, dem stolz-ruhigen Schatten gegenüber, der so wesenhaft Velten Andres in meinem Dasein hieß.

Ich habe und halte meiner Kinder Erbteil. Das Spielzeug des Menschen auf Erden, das ja auch einmal meinen Händen entfallen wird, wollen sie aufgreifen, und ich – ich fühle mich ihnen gegenüber dafür noch verantwortlich! –

Doch jener Sommertag, an welchem sich der Freund über das letzte Stückchen lebendiger Hecke im Vogelsang lehnte, um dann seinem ihm vom Staate gesetzten Vormund oder „Familienfreund", dem alten Obergerichtssekretär Krumhardt, auch die letzte Ehre zu erweisen, ist ja noch nicht vorüber in diesen Blättern. Die Dämmerung zieht sich in jener Jahreszeit weit in die Nacht hinein, und, wie gesagt, er kam erst in der Dämmerung, der Freund, und ein neuer Morgen leuchtete über dem Osterberge auf, ehe er wieder ging und beim Abschiednehmen lächelte:

„Nun, hab ich die Scheherazade oder den Märchenerzähler im Karawanserai zu Bagdad vergnüglich gespielt? Seht nur –

der Tag im bräunlich roten Mantel
betritt im Osten dort die tauigen Höhn!

Aber, ihr habt es ja so gewollt, Kinderchen; und eines ist sicher: in meinem Leben wißt ihr jetzt fast ebensogut Bescheid wie ich selber. Was meint die gnädige – die junge Frau? Nicht wahr, sie faßt nachher ihr Stück bestes Eigentum fester und etwas ängstlich in die Arme: „O Gott, Karl, und mit diesem entsetzlichen Menschen bist du aufgewachsen in eurem Vogelsang und hast mir von ihm so gut gesprochen, wenn einmal wieder in den letzten Jahren die Rede auf ihn gekommen ist? Oh, wie dankbar müssen wir dem lieben Gott beide sein, daß er noch früh genug ein Einsehen gehabt und ihn auf alle vier Straßen der

Welt verwiesen und ihm nur Gras und Welle, Sonne und Wind gelassen, aber dich Armen zu deinem Besten mir hier anbefohlen hat!“

„Sie bleiben doch nun auch, wenigstens für einige Zeit, hier bei uns?“ fragte Schlappes Schwester; er aber wendete sich wieder zu mir:

„Die alte Heldin dort, hinter der letzten Hecke des Vogelsangs! Der Brief, in dem ich ihr meinen Besuch von Southampton aus anmeldete, ist erst heute morgen hier angelangt. So fand sie mich gestern abend an unserer Gartentür lehnend, als sie von dir und deines Vaters Sarge nach Hause kam. Ich brauche ein Jahr mindestens, um ihr für den diesmaligen Schrecken, den ich ihr einjagte, Genugtuung zu geben. Du lieber Himmel, sie da in den Armen zu halten und die alten guten Redensarten im alten Ton wieder zu hören! O wie oft habe ich in der Fremde ihr: du dummer Junge! im Ohr gehabt – und nun es sich wieder zwischen Lachen und Weinen sagen lassen zu dürfen! Eine Stunde hatte ich am Zaun zu warten, bis sie mit dem Hausschlüssel kam, den verlaufenen Hund einzulassen. Da habe ich Zeit gehabt, mir die neue Mauerwerksherrlichkeit zu betrachten, in der sie – sie allein das Ihrige – das Unserige festgehalten hatte; – und für wen? für wen? Da stand der Narr, der von der Schmetterlings- und Seifenblasenjagd heimgekommene Narr, und suchte nach rechts und nach links und nach gegenüber die alten Freunde und Bäume – fremde Gaffer und fremde Mauern um sich her. Sie haben es ihr zugebaut, das sonnige, grünende, blühende, lachende Familienerbe; sie aber hat Freund und Freundin, Nachbar und Nachbarin, Busch und Baum gehen und fallen sehen, hat dem Schatten über ihren Aurikelbeeten standgehalten und ihren Sessel vor ihrem Nähtischchen an ihrem Fenster nicht weggerückt. Sie hat alle Tatzen weggeschlagen, und nicht ihret-, sondern meinetwegen. Gnädige Frau, Karl Krumhardt – meinetwegen! ... Meinetwegen hat sie wie weiland die Juden in Jerusalem die Riemen von den Sätteln und das Leder von den Schilden abgenagt und das Heiligtum gehalten unter dem Fabriklärm von Hartlebens Grundstück her und der Tanzmusik aus dem Tivoli und der Zentralhalle. Ob ich als Bettler oder als Millionär wie weiland Mr. Charles Trotzendorff heimkam, ist ihr wohl recht gleichgültig gewesen; über ihrer Häkelnadel, ihrem Strickstrumpf, hinter ihrer lieben Brille hat sie nur die Gewißheit festgehalten: „Den Schlingel, das arme Kind, kenne ich zu gut, um nicht zu wissen, wie das fest darauf rechnet, sich noch einmal hinter meiner Schürze zu verstecken und sich an meinen Rock zu klammern und Mama! Mama! zu heulen. Wer sollte um den Narren Bescheid wissen, wenn ich nicht? Hätte er mir das Kind, die Helene, heimbringen können, so wäre es freilich etwas anderes gewesen; aber das ist wohl nicht seine schlimmste Fehljagd nach dem Glück gewesen, daß Mistreß Mungo nicht in das letzte Grün des Vogelsangs hineinpaßte." – Jetzt laßt mich gehen, Leutchen; jawohl, gnädige Frau, für einige Zeit bleibe ich im Lande, und nun machen Sie kein zu bedenkliches Gesicht hierzu. Ich lasse Ihnen Ihr wohlerworbenes Eigentum. Sehen Sie, da lächelt Freund Krumhardt – selbst nach seinem traurigen Tagesgeschäft. Es geht doch nichts über eine trauliche Abendunterhaltung, so bis in den nächsten Morgen hinein!"

Ob ich gelächelt habe, kann ich nicht sagen; aber das weiß ich, daß, als er gegangen war und wir nun wieder allein bei der schon in den Tag hineinglimmenden Lampe waren, meine Frau sich wie angstvoll an mich drängte, mir die Arme um den Hals warf und rief:

„Welch ein Mensch, welch ein lieber und unheimlicher Mensch! Also das ist dein Freund? Mit dem bist du aufgewachsen in eurer Vorstadt, während in meiner Eltern Hause niemand von euch wußte? O jetzt begreife ich es, daß der einem Menschen das Leben retten kann, bloß um sich über ihn lustig zu machen, wie er über meinen Bruder Ferdi! Daß er um ein törichtes Mädchen seine Mutter, sein Vaterland, seine Aussichten in der Heimat aufgeben konnte, und – sieh – so recht sagen kann ich es nicht, aber ich fühle es und weiß es sicher, daß, wenn er nachher scherzhafte Briefe an seine Mutter über seine Täuschungen und Enttäuschungen geschrieben hat, die ihm aus dem Herzen, und einem ruhigen, für mich als ein armes Frauenzimmer etwas zu ruhigem Herzen gekommen sind. Mit welchem Lächeln er von dir, mein bester Karl, als von meinem Eigentum sprach! Sieh, wir wissen nicht, wie er jetzt heimgekommen ist, ob mit Geld oder ohne; aber ein Eigentum hat der nicht mehr in der Welt und an der Welt, und was für mich und unseresgleichen sehr trostlos ist: will es auch nicht haben. Was kann denn der von alledem, was uns anderen Freude macht, noch gebrauchen? Und was kann ihm noch Sorge machen und Schmerz und Verlust fürchten lassen nach allem, was er uns erzählt und wie er zu uns gesprochen hat in dieser Nacht? Der hat keines Menschen Hülfe und Trost mehr nötig – auch deinen nicht, Karl. O das ist ein sehr gefährlicher Mensch; jetzt begreife ich wohl, daß hier in unserer kleinen Welt niemand etwas mit ihm hat anfangen können, daß nirgends für ihn ein Ruheplatz gewesen ist. Aber ist es ein Glück, so unverwundbar auf seinem Wege durchs Leben zu werden wie dieser, dein Freund Velten, der an allem, was uns anderen begegnen mag, jetzt nur Anteil nimmt wie wir auf unserem Theaterplatz, einerlei, ob es das Lustigste oder das

Traurigste, das Dümmste oder das Klügste, das Häßlichste oder das Schönste ist, was vor ihm aufgeführt wird? Und was noch schlimmer ist, auch in ihm! Ich schwatze wohl törichtes Zeug; aber wie hätte ich in meinen Kreisen je erfahren können, daß es so etwas in der Welt geben kann? Daß Menschen über das Leben und den Tod, über alles, was uns anderen wichtig, süß oder bitter ist, so ruhig werden könnten? Ach, Karl, *der* ist doch noch ganz anders, als wie du ihn mir geschildert hast. Und, weißt du, noch eines – eure arme Leonie in Berlin, von der du mir erzählt hast, begreife ich wohl; aber die andere – die hier aus dem Vogelsang, ganz und gar nicht. Wenn sie, diese Helene Trotzendorff, nicht doch nur, euch närrischen, dummen Leuten gegenüber zum Trotz, eine ganz gewöhnliche dumme Gans gewesen ist, hat sie eine schwere Verantwortung auf sich genommen. Ich, für mein Teil, ich –"

„Nun, mein Herz?"

„Ich hätte auf diesen greulichen Menschen gewartet und mein Recht an ihn nicht so leicht hingegeben!"

Es war nach dem Begräbnistage meines Vaters. Die Kleine sah nach all den schlimmen, wunderlichen und abenteuerlichen Aufregungen, zwischen der erlöschenden Lampe und dem kommenden Tageslicht, übernächtig, abgespannt, ja, völlig unglücklich drein, aber lächeln mußte ich doch über das mir scheu-trotzig zugerufene Wort. Sie aber sprang auf aus ihrer Sofaecke, blies die Lampe aus und rief:

„Ja, es ist mir ganz einerlei, ob du lachst oder brummig siehst: dein Freund Velten Andres gefällt mir ausnehmend, und ich kann das um so ruhiger sagen, als ich hier gar nicht für mich spreche."

„Und für wen?"

„Für uns alle. Jawohl! Und da meine ich etwa nicht bloß, wie du mir natürlich abzusehen glaubst, uns arme, in die Konvenienz gebannte Frauenzimmer, denen da mal was Neues aufgeht, sondern euch mit, ja, euch Männer vor allem! Wir nehmen doch höchstens ein etwas tieferes Interesse an solch einem neuen Phänomen an unserem beschränkten Horizont; aber ich glaube, wäre ich ein Mann, und noch dazu einer aus der hiesigen Stadt und Gesellschaft, so müßte ich dann und wann neidisch auf solch einen übrigens im Grunde gräßlichen Menschen werden."

Ach, und er war so gut und hielt sich so still und tat keinem seiner hiesigen Mitmenschen was – fast ein volles Jahr im Vogelsang. Fast ein volles Jahr hindurch gab es in der fast zur Großstadt herangewachsenen Residenz keinen kleinbürgerlicher von seinen Renten lebenden Rentner (wenn auch nicht in Schlafrock und Pantoffeln) als wie Velten Andres. Das Interesse an ihm erlosch bald vollständig: wie Mr. Charles Trotzendorff war er wahrlich nicht heimgekehrt; übrigens wußte auch seine jetzige Nachbarschaft im Vogelsang kaum noch etwas von Josef, das heißt in diesem Falle von dem Doktor Andres und seiner Familie.

Gegen alte Schulfreunde und sonstige Jugendgenossen hatte er im Verkehr eigentlich nur das eine Wort:

„Schauderhaft müde."

Wenn er dann gähnend vielleicht noch hinzugesetzt hatte: „Ausschlafen!" und der gute Freund mehr und mehr zu dem Bewußtsein gelangte, daß er seinerseits eigentlich nichts mitzuteilen habe, so war es denn freilich für beide Teile das beste, wenn solche Unterhaltung nicht fortgesetzt wurde, sondern der Verkehr überhaupt unterblieb. Helläugig, lebendig, wach und das Spazierstöckchen schwingend ging dann der „Besuch", in der festen Überzeugung:

„Wieder einmal einer, der zu große Rosinen im Sack hatte und nachher das gewöhnliche Pech im Leben gehabt hat. Schade um den alten, lieben Kerl!"

Ich habe selber einigen solcher guten Leute von dem Fensterstuhl der Frau Doktern mit das Geleit gegeben bis zu dem morschen Türchen in der letzten grünen Hecke des Vogelsangs, ihnen, an dieser Hecke lehnend, nachgesehen und, wenn ich es konnte, meine Gedanken haben dürfen über das Wachen und das Schlafen in dieser Welt. –

Aber auch mir gegenüber verhielt der Freund sich schweigsamer, als es mir eigentlich recht schien. Ich erfuhr über seine Erlebnisse im Grunde jetzt aus seinem Munde nicht mehr, als was er im Laufe der Jahre darüber an seine Mutter geschrieben hatte. Auf einem Spaziergange gelangten wir auf dem Osterberge auch wieder einmal auf die Stelle, von wo wir drei Kinder: er, Helene Trotzendorff und ich, einst um den Laurentiustag die Sternschnuppen fallen sahen und unsere Wünsche für das Leben gehabt hatten.

Ich erinnerte ihn daran, und er legte mir die Hand gelassen auf die Schulter und sagte ohne alle Aufregung, ohne Lächeln, aber auch ohne Stirnrunzeln:

„Mir haben sie so ziemlich Wort gehalten, die fallenden Sterne. Einem bescheidenen Gemüt wird schon das Seinige zuteil, und weiß es sich zu bescheiden, wo es nicht anders geht. Was wünschte ich mir damals doch? Wenn ich nicht irre, den Heckepfennig, den Däumling und das Tellertuch der drei Rolandsknappen. Ich habe das alles gehabt und habe es noch, soweit es mir zum täglichen Gebrauch nötig ist. Auf das Vergnügen, Persepolis in Brand zu stecken, verzichtet man, wenn man sein letztes Schulheft in den Ofen gesteckt hat. Auch ein „berauschter Triumphtod zu Babylon“ erscheint mir nicht mehr als das löblichste Exit-homo-sapiens, Ab-geht-der-Narr. Ich wünsche nüchtern zu sterben, oder wenn du lieber willst – vollkommen ernüchtert. So eigentumslos als möglich. Übrigens habe ich ein gutes Gedächtnis, und es war kaum nötig, daß du mich eben auf diesem Platze an jenen Sommerabend erinnertest. Auch von der Tonne des Diogenes war ja wohl damals bei solch einem fallenden Stern die Rede? Nun, in der habe ich mich jetzt, der alten Frau da unten zuliebe, in ihren Ofenwinkel gewälzt oder wälzen dürfen. Man muß sich alles gefallen lassen, lieber Krumhardt. Und auch die Menschen nicht in ihren Illusionen stören. Die alte Frau da unten im Vogelsang zum Beispiel ist noch immer der Meinung, daß ihr Söhnchen die Welt durch seine Tatkraft überwunden habe und weiter überwinden werde. Die scherzhafte Idee, in mir einen Helden meinem Vater und dem Vaterland, der Hebamme und der Menschheit überliefert zu haben, hat sie so manches Jahr durch und vorzüglich jetzt während meiner längeren Abwesenheit so tröstlich und heiter aufrechterhalten, daß es eine Sünde wäre, ihr die Illusion zu nehmen. Hier hört auch für mich das Spiel mit der Welt auf: das wäre ein zu schlechter Spaß, der nun noch als Wolke vor die Abendsonne ziehen zu wollen! Beiläufig, ich habe ihr einen ihr ausreichend imponierenden Haufen Dollars auf den Tisch gelegt; soll ich vor ihr nun auch meine leeren Taschen umwenden und ihr sagen: „Mama, du hast vergeblich das letzte Grün aus dem Vogelsang für das Geschöpf, das auch sehr, sehr dein Geschöpf ist, für den dummen Jungen, deinen Velten, festgehalten!“? – Ich habe oft im Leben Komödie spielen müssen, vorzüglich in den letzten Jahren, und wie der Kaiser Augustus hätte ich mich meiner Begabung dafür wohl rühmen dürfen: jetzt und hier am Platze aber, dieser alten Frau gegenüber, fällt es mir schwer, das Wort vom Schlafen, Schlafen, dem Ausschlafenmüssen wie vor den anderen als ein Scherzwort, und um Fliegen – wollte ich sagen Narren abzuwehren, festzuhalten. Nein, nein, die Sonne ist ihr übergenug verbaut worden; das Licht, das ihr in ihrem stilltapfern, lieben, schönen Leben von mir ausgegangen ist, soll ihr nicht ausgehen, soweit das an mir liegt! Sie soll ihre Freude an mir behalten!“

Ich konnte dem Mann, über den also wirklich niemand etwas Genaueres wußte als ich, nur stumm die Hand drücken; eine mündliche Erwiderung gab es hierauf nicht.

Velten lächelte:

„Es war um das Jahr siebenzehnhundertsiebenundsechzig und der größte Egoist der Literaturgeschichte also achtzehn Jahre alt, da er seinem Freunde Behrisch den Rat zusang:

Sei gefühllos!
Ein leichtbewegtes Herz
Ist ein elend Gut
Auf der wankenden Erde;

und er hat selber sein Leben in Poesie und Prosa danach eingerichtet, und es ist ihm wohl gelungen. Es war im Salon der Mrs. Trotzendorff, als mir beim zufälligen Blättern in allen möglichen Bilderbüchern jenes Wort des frühreifen Lebenshelden in Puder, Kniehose, seidenen Strümpfen und Schnallenschuhen in dem rechten Augenblick wieder vor die Augen kam. Unser Dämonium bedient sich viel öfter, als man merkt, solcher Mittelchen, um uns unter die Arme zu greifen, sowie auch um uns davor zu behüten, uns lächerlicher zu machen, als unbedingt zum Fortbestehen der Welt durch den Verkehr von Hans und Grete notwendig ist. Man kann auch von einem achtzehnjährigen Jungen was lernen, zumal wenn der Genius dem Bengel die Stirn berührt hat. Es war der Gesellschaftsabend, an welchem mir unsere Kleine aus dem Vogelsang zum erstenmal ganz deutlich machte, was alles zu einem elenden Gut auf der wankenden Erde werden kann. Verse habe ich nie gemacht; aber die Fähigkeit habe ich doch, im Komischen wie im Tragischen das momentan Gegenständliche, wenn du willst, das Malerische, das Theatralische jedesmal mit vollem Genuß und in voller Geistesklarheit objektiv aufzufassen: ich habe an jenem, der alte Goethe würde sagen: bedeutenden Abend dem Papa Trotzendorff das Blatt aus seinem Renommiertischexemplar gerissen, es fein zusammengefaltet und in die Brusttasche geschoben. Manchen Leck in meinem Lebensschiff habe ich bis zum heutigen Tage damit zugestopft, und – jetzt, meine ich, haben wir die schöne Natur von diesem Aussichtspunkt aus, auf dem wir voreinst unsere Wünsche an die fallenden Sterne knüpften, genug bei hellem Tage besehen, und wir können gehen."

Wir gingen – stiegen noch einmal den Zickzackweg am Osterberge hinunter. Jetzt konnte da nicht mehr Elly unter der Armenmannsbuche über eine Wurzel stolpern und sich eine blutende Nase holen. Der Weg war „planiert“ worden, und wo der schöne, alte, morsche Baum seine Zweige über ihn gestreckt hatte, stand jetzt eine weiß gestrichene Zinkfigur, eine Nachbildung der Canovaschen Hebe, und daneben deutete an einem andern wohlgepflegten Pfade eine Hand auf einer Tafel nach einem „Asyl für Nervenkranke“, dessen Aufblühen in seinem Waldbesitz am Schluderkopf Vater Hartleben glücklicherweise auch nicht mehr erlebt hatte und also auch nicht deshalb keine Ruhe in seinem Grabe zu haben brauchte. Um die späte Nachmittagsstunde war die Gegend hier von Spaziergängern und Spaziergängerinnen recht belebt. Es begegneten uns mehrere, die uns grüßten oder die ich zu grüßen hatte und die öfters einen Blick über die Schulter nach meinem Begleiter zurückwarfen. Daß uns jemand begegnet wäre, der etwas aus ihm „zu machen gewußt“ hätte oder ihn nur annähernd richtig in seine Lebensordnung und seine Erfahrungen über menschliche Zustände und Schicksale hätte einordnen können, habe ich nicht in den Akten.

Am allerwenigsten konnte das mein Schwager „Schlappe“, der uns auch entgegenstieg, seinen Weg sich nach gewissen roten und gelben Zeichen – Kurzeichen – an den Bäumen regelnd, um ein ihm gottlob nur hypochondrisch angeflogenes Herzleiden im Keime zu ersticken.

„Siehe da, die beiden Seelenverwandten! Die zwei Inseparables aus der Voliere da unten, eurem Vogelsang. Habe bei deiner Mama über die stadtbekannte, drollige letzte Hecke gesehen, Velten, und mich über die liebe alte Dame wieder einmal recht gefreut. Diese beneidenswerten Nerven! Unter der Konzertmusik aus dem Tivoli das Fürstliche Intelligenzblatt zu lesen und sich doch dabei freundlich nach der Gesundheit eines Nebenmenschen erkundigen zu können! Und mit solchem Behagen auf dem Gesicht! Wie befindest aber eigentlich du dich, alter Mensch und Rätsel der hiesigen Menschheit? Velten, verantworten kannst du's beinahe nicht, wie du die ortsangehörige Alltagswelt, soweit sie noch zu dir hinreicht, intrigierst. Man sieht dich nicht, man hört dich nicht, du könntest allgemach die Wohlwollendsten dahin bringen, sich bei der Polizeidirektion nach dir zu erkundigen oder sogar das edle Institut auf dich aufmerksam zu machen. Kommen so die Welteroberer nach Hause, oder ist das nur eine neue Weise von dir, der Residenz das Problem zu lösen, wie man Weltüberwinder wird?“

„Die älteste, einfachste und behaglichste Weise, sowohl was die Welteroberung als was die Weltüberwindung angeht, lieber Rat bei der Regierung“, sagte Velten Andres.

„Man trägt ein Wort von dir in der Stadt herum über Ausschlafenmüssen“, sagte der Schwager. „Der Freiherr von Münchhausen beim seligen Landgerichtsrat Immermann hat ein ähnliches. Nicht wahr, du machtest mich neulich darauf aufmerksam, Karl? Unsereiner kommt ja zu dergleichen Lektüre leider zu selten, und ich habe wirklich noch nicht Zeit gefunden, in dem Buche nachzulesen, inwieweit deine Redewendung uns gegenüber eine scherzhafte Reminiszenz daraus ist. Nun, Andres, vielleicht bist du selber gelegentlich so freundlich, mir nähere Auskunft darüber zu geben. Aber ich habe die Herren wohl schon zu lange aufgehalten; – so geht das eben immer, wenn ältere Zeit- und Altersgenossen, Schulbankgenossen, auf solchen altbetretenen Wegen einander begegnen! Schönsten guten Abend, liebe Leute, und meine Grüße an deine Gattin, Krumhardt!“

Im Vogelsang saß auch ich noch ein Stündchen unter der Konzertmusik aus dem Tivoligarten mit dem Freunde und seiner Mutter. Er wußte jedenfalls sein gefühllos gewordenes Herz wohl zu verbergen und auf der wankenden Erde an diesem festen Punkte es wie vordem leichtbewegt in all den Lichtern, Farben und Schatten, die Menschen im wahrsten Sinne miteinander verwandt machen, spielen zu lassen. Wie da der Schatten der hohen Brandmauer, der jetzt von meiner Eltern und meinem Heimwesen auf uns fiel, wieder sich lichtete! Wie es wieder wie Abendsonne aus unserer, Veltens und meiner, Kinderzeit und aus der Zeit, da Amalie, Agathe und Adolfine auch noch Kinder, junge Mädchen, Bräute und junge Frauen waren, durch Baumgezweig nur tanzende Schatten auf die kleine Laube warf und den Tisch darin, auf welchem Veltens Vater noch seine Rezepte für die ganze Nachbarschaft unter dem Osterberg schrieb! Da war freilich auch wieder nicht die Rede von großen Abenteuern; aber noch weniger von einem Blatt, das in der Fünften Avenue zu New York aus einem Salontischbuch gerissen worden war. Da gewann eine liebe Vergangenheit ihr Recht wieder und behielt es für eine gute Stunde von neuem mit seinem: Weißt du wohl noch, Mutter? und ihrem: Denkt ihr wohl noch daran, ihr bösen Jungen? – Der Nachbar Hartleben kommt in Hausschuhen mit der letzten Anklage gegen den Schlingel, den Velten, über die Gasse, um sich von der Frau Doktern das Versprechen abnehmen zu lassen, seiner „Madam“ Trotzendorff die Miete zu stunden und ihr eine neue Tapete in die Wohnung zu kleben. – „Und nun das

Wurm da“, brummt der Nachbar, „ja, Frau Nachbarin, da drückt es sich an Sie an und macht fromme Augen, als ob es noch niemalen ein Wässerlein getrübt und heute meinen Pudel frisiert hätte. Ich hätte Ihnen das Vieh mitgebracht, aber es schämt sich seiner Verunstaltung, daß es kein Prügel und keine Bratwurst unterm Sofa hervorkriegen. Mit ihrer Mutter Putzschere ist die Krabbe daran gewesen und hat das Beest verschnitten, daß kein Mensche es mehr herauskriegt, wo es in der Naturgeschichte hingehört. Jawohl, Frau Doktern, Gottes Lohn reicht hier nicht aus, da müssen Sie schon das Ihrige dazugetan haben, auf daß ich mir solche angenehme Inquilinenschaft von einem Jahre ins andere gefallen lasse und sogar noch dankbar bin.“ –

Wir sind Kinder – junges Volk – und das schönste Mädchen des Vogelsangs lehnt sich als Jungfrau über Veltens Mutter: „Bei dir bleibe ich auch in der weitesten Ferne und, bitte, bitte, nimm es Mama nicht übel, was sie dir heute wieder gesagt hat, nach dem Briefe von Papa. Sie kann ja nichts dafür, daß wir nirgends recht hinpassen. Ich auch nicht, liebste, beste Tante Andres! Und ich durch deine Güte und Liebe und Barmherzigkeit noch weniger als Mama!“ ...

Ja, weißt du noch, Velten? Erinnerst du dich wohl noch daran, Krumhardt? – – „Wie steht es denn mit euren Schularbeiten für morgen, Jungen, wenn ich fragen darf?“ Es ist mein eigener braver, sorglicher Vater, mein seliger Vater, der in Schlafrock und Hauskäppchen mit der langen Pfeife an die Hecke gekommen ist, wo jetzt die hohe Brandmauer des Nachbarhauses sich erhebt. Und meine Mutter mit dem Strickzeug in der Hand und dem Garnknäul unterm Arm kommt auch aus unserer Laube heran. Es ist mehr und mehr wie eine Wiederbringung im Fleisch für den Vogelsang: in Fleisch und Blut, mit jedem Gestus und Tonfall sind sie wieder da bei der Frau Doktorin Andres, alle sind sie wieder heraufgestiegen und – am lebendigsten für den Mann neben der heiter-schönen Greisin, der auf seiner Brust das Blatt trägt mit dem ersten Vers der dritten Ode an Behrisch:

Sei gefühllos!
Ein leichtbewegtes Herz
Ist ein elend Gut
Auf der wankenden Erde,

und im grimmigsten Ernst sein Leben nunmehr darauf eingerichtet zu haben glaubt.

Wenn ich dann nach Hause komme, finde ich vielleicht meinen Schwager bei meiner Frau sitzen, und er fragt mich:

„Nun sage mir, hast du noch immer nicht genug von diesem maulfaulen, bodenlos langweiligen, gänzlich verödeten Patron, diesem Mister, Senhor oder Monsieur Andres, deinem Freund Velten? Sieh mich nur, bitte, nicht in der veralteten, vorwurfsvollen Weise an, lieber Krumhardt; auch das intensivste Dankbarkeitsgefühl muß sich allmählich einem solchen unnahbaren, unfaßbaren, ewig gähnenden und ewig grinsenden Burschen gegenüber abstumpfen. Weiß der Himmel, wir sind ihm seinerzeit mit den möglichsten Avancen nahe gegangen; aber wie er uns jetzt heimgekommen ist, möchte ich doch manchmal wünschen, es habe mich damals ein anderer aus der kühlen Pfütze heraufgeholt und ich dürfe ihm, ohne im nächsten Abendblatt auf die Eselswiese getrieben zu werden, sagen: „Mensch, laufen Sie mir noch einmal in den Weg, so mache ich den Verein für öffentliche Gesundheitspflege auf Sie aufmerksam und denunziere Sie als endemisch gefahrbringend!"

Er war nicht ohne Witz, mein armer seliger Schwager Schlappe. Durch ein Herzleiden ist er uns nicht entrissen worden vor einem Jahre.

Ich nehme wieder einmal über diesen Blättern die Stirn zwischen beide Hände und wundere mich von neuem und suche es mir zurechtzulegen, weshalb und warum in dieser Weise ich sie nun schon durch so manche lange winterliche Nacht mit solchen Zeichen und Bildern fülle.

Da ist mir aber heute aus Lessings literarischem Nachlaß eine Seite unter die Augen gekommen, auf welcher der Wolfenbüttler Bibliothekar über seinen „Ungenannten" schreibt:

„Ich habe ihn darum in die Welt gezogen, weil ich mit ihm nicht länger allein unter einem Dache wohnen wollte."

Ich glaube, das ist's! – Oder doch ähnlich so. Mein ganzes Leben lang habe ich mit diesem Velten Andres unter einem Dache wohnen müssen, und er war in Herz und Hirn ein Hausgenosse nicht immer von der bequemsten Art – ein Stubenkamerad, der Ansprüche machte, die mit der Lebensgewohnheit des andern nicht immer leicht in Einklang zu bringen waren, ein Kumpan mit Zumutungen, die oft den ganzen Seelenhausrat des soliden Erdenbürgers verschoben, daß kein Ding anscheinend mehr an der rechten Stelle stand. Ich hatte es versucht – wer weiß wie oft! –, während er draußen sich umtrieb und ich zu Hause geblieben war, ihn auf die Gasse zu setzen. Das war vergeblich, und nun – da er für immer gegangen ist, will er sein Hausrecht fester denn je halten: ich aber *kann nicht länger mit ihm allein unter einem Dache wohnen.* So schreibe ich weiter. –

Mein erster Junge wurde mir geboren, und ich bat selbstverständlich Velten zu Gevatter; er aber lehnte die Patenschaft ab, nicht bloß der kirchlichen Formeln wegen, die damit verknüpft sind.

„Kann ich dem Geschöpf irgendeinmal in seinem Leben nützlich sein, was ich übrigens, der Verschiedenheit der Jahre wegen, bezweifle, so wird das gern geschehen", sagte er. „Ausgeschlossen ist's ja nicht, daß wir einmal einander später im Leben begegnen und eine Strecke miteinander gehen; kann er mich dann gebrauchen, so soll er den Freund seines Vaters an mir finden. Jetzt nenne ihn nur ruhig Ferdinand nach deinem Schwager Schlappe. Das und du genügen, um ihm aus den Windeln in die Hosen zu helfen. Deine kleine, gute Frau hast du auch wohl nicht gefragt, ob sie wirklich und aufrichtig mich für ihr Würmchen als einen wünschenswerten Führer und Begleiter sowohl im wilden Walde der Welt, von dem sie gottlob nichts weiß, als auch im hiesigen geregelten Lebensverkehr, den sie zu eurem Glück ausgezeichnet kennt, in die Standesamtsliste und das Kirchenbuch eingetragen sehen möchte? Ich bezweifle beides – deine Anfrage und ihre Zustimmung."

Was das eine anbetraf, irrte er sich, bei dem andern hatte er nicht unrecht.

„Herz", war ich entgegengefragt worden, „hast du dir das ganz genau überlegt? Der Name Valentin schon ist jetzt so ungewöhnlich, und – Velten! ... Velten! Ach, wenn nur nicht von dem Namen grade hier in der Stadt und in meiner Familie immer so wunderlich die Rede gewesen wäre! Ich habe ja wahrhaftig nichts gegen deinen Freund – im Gegenteil, du weißt es selbst, wie interessant er mir ist, weil alles, wenn er zu Besuch kommt, alles, worauf die Rede kommen mag, in Fasson und Farbe so ganz anders ist, als wie ich und wir in unseren Kreisen es bis jetzt gesehen haben. Du bist ja auch und doch ein guter, verständiger Mensch und mein lieber Alter geblieben, trotzdem er dein bester Freund von Kindesbeinen an ist, – nein, nein, nein, in der Hinsicht habe ich gar keine Befürchtungen; aber komm und sieh dir das Kind an – bitte, komm und sieh es mit den Fäustchen vor seinem Herzensmäulchen im Schlaf in seinem Bettchen und, bitte, bitte, laß es nicht Velten taufen! Er ist ja so gut und klug und edel, dein Freund; aber hart ist er doch, oder doch hart geworden in seinem Leben, und ich möchte mein Kind, unsern lieben Jungen, doch hier bei uns behalten, in unserm gewöhnlichen, gewohnten Leben – ich weiß nicht, wie ich es sagen und ausdrücken soll, aber ich könnte jetzt das arme Würmchen nicht Velten rufen und es später mal als alte Frau so nach Hause kommen sehen wie die herzige alte Frau, eure Frau Doktor aus dem Vogelsang, deinen Freund Velten!"

Selbstverständlich hat mein Schwager Ferdinand meinen Erstgeborenen über die Taufe gehalten. – –

Und nun habe ich es auch mir selber wieder deutlich zu machen, wie es zuging, daß ich eigentlich nichts von Bedeutung über seinen letzten Aufenthalt bei uns in der Heimatstadt zu den Akten bringen kann als eben sein abermaliges und letztes Weggehen aus ihr. „Das macht sich so!" sagen die Leute, und ich habe auch für mein Teil nichts in der Hand, womit ich mich gegen dieses Wort urältester menschlicher Erfahrung wehren könnte.

Es machte sich auch zwischen Velten Andres und mir so. – Er hatte mir wenig zu sagen; ich ihm eigentlich gar nichts. Meine Amtsgeschäfte vermehrten sich grade in diesem Sommer sehr, und dazu kam das Kind im Hause, dem gegenüber er sich auf einen Standpunkt stellte, auf den ihm meine Frau noch weniger als auf irgendeinen andern folgen konnte.

„Wenn er sich gar nicht um es bekümmerte, wollte ich gar nichts sagen", meinte sie oft vollständig entrüstet. „Das kann man von euch Mannsleuten eben nicht verlangen, wenn ihr nicht zufällig persönlich dazugehört. Aber die Art und Weise, wie er es mir aus den Kissen nimmt und es mir von hinten und vorn besieht und die Nase rümpft und lästerlich lacht und den Kopf schüttelt und seine Reden und Redensarten dabei, die lasse ich – die lassen wir – wenigstens Ferdi und ich uns lieber nicht gefallen. Und daß du das oft so ruhig anhörst, Männchen, begreife ich auch nicht. So ein armes, herziges Geschöpfchen, und noch dazu vor seiner Mutter Ohren, einen Ausbund von einem Esel, einen Narren zu nennen, der auch besser getan hätte, zu bleiben, wo er war, das schickt sich nicht, und mein Bruder Ferdinand mit seinen dummsten Witzen ist mir immer noch lieber als dieser dein Freund, dem, leider Gottes für ihn, sein Spaß so bitterer Ernst ist, daß ich ihn bedauere und mir ganz schlecht zumute wird und ich ihm meinen Jungen sofort aus den Händen risse, wenn er ihn, Gott sei Dank, nicht von selber gleich wieder hergäbe!"

Eine Frau, die einen Freund ihres Mannes nicht an der Wiege ihres Kindes leiden kann, ist ein gewaltig hindernder Faktor in so einem Verkehr von Haus zu Haus: ich erinnere mich nur eines einzigen freundlichen

Sonnabendnachmittags, an welchem unser Kinderwagen auch in die letzte Gartenlaube der Nachbarschaft des Vogelsangs hineingeschoben wurde, um meiner Frau zu dem Ausrufe zu verhelfen:

„O Gott, diese liebe alte Dame! Ist es denn eine Möglichkeit, daß die deinen Freund Velten so in den Armen gehalten und so abgeküßt hat wie ich unsern Ferdinand, sowie wir wieder zu Hause sind?" –

Es war so um die Mitte des Septembers geworden. Seit vierzehn Tagen oder drei Wochen hatten wir uns wieder einmal nicht in unseren Wohnungen aufgesucht, waren uns auch auf Spazierwegen nicht begegnet, als mich an einem warmen, stillen Spätnachmittage plötzlich so ein Gefühl überkam, als sei ich schuld hier an einem Versäumnis und als brauche man im Vogelsang keine der mir möglichen Entschuldigungen gelten lassen. Dieses Gefühl wurde so peinlich, daß ich ganz ärgerlich nach dem Hut griff mit einem: „Dieser Mensch hat doch wahrhaftig mehr Zeit als unsereiner!"

Ich ging zu ihm und – schickte nach einer halben Stunde einen Boten zu meiner Frau mit der Benachrichtigung, daß sie mich nicht zum Abendtee zu erwarten habe; vielleicht werde ich auch ein wenig spät in der Nacht erst heimkommen. Was sollte ihr mit ihrem Kindchen an der Brust solch ein spätabendliches Erschrecken für eben diese Nacht? –

In dem alten schmalen Buchsbaumgang kam mir der Freund von dem Häuschen zu der letzten grünen Hecke unserer Jugendzeit entgegen, mit dem Gesicht, das er aller Welt machte, nachdem er sich wieder bei uns „eingewöhnt" hatte. Und solch ein Gesicht läßt sich denn auch einem guten oder besten Freunde gegenüber nicht leicht in andere Falten legen.

„Sieh, das ist freundschaftlich von dir", sagte er. Ich blickte nach dem offenen Fenster der Frau Doktern hin, und da sie mir nicht wie gewöhnlich freundlich von dorther zunickte, fragte ich, wie man so fragt:

„Was macht die Mutter?"

„Auch die wird sich freuen, dich zu sehen!", und so schüttelten wir uns die Hände und schritten dem Hause der Nachbarin Andres zu. „Noch einmal zu sehen, wäre wohl das richtigere Wort, lieber Alter!" sagte Velten Andres, und dabei faßte er freilich meinen Arm wie mit eisernem Griff – wie um mich bei sich festzuhalten und aufrecht in meinem Erschrecken, und sah nicht dabei drein wie einer, der die Welt für einen guten oder – schlechten Spaß hält, unter allen Umständen aber nur für einen Spaß! ...

„Die Mutter – deine Mutter –"

„Es geht ihr seit acht Tagen nicht zum besten, doch seit gestern –"

„Hat es sich zum Bessern gewendet? Aber Mensch, und wir haben von alledem nichts gewußt? Wie unrecht das von euch gewesen ist! Ihr wißt doch, welche Teilnahme –"

„Die alte Nachbarschaft sich schuldig ist. Selbstverständlich! Es war ihr freundlicher Wille. Weshalb wollen wir die lieben Leutchen in ihrem Behagen beunruhigen? meinte sie und hatte recht wie immer in ihrem sonnigen Leben. Es ist ein altes Unterleibsleiden, das sich von neuem gerührt hat; aber es hat sich in der Tat jetzt zum Bessern gewendet. Komm also und sieh selber. Ich habe unter meinen besonderen Freunden, den Chinesen in San Francisco, eine Zeitlang als Ati Kambang, zu deutsch der Herr Sanitätsrat, eine Rolle gespielt. Ja, sie ist auf gutem Wege!"

Ich verbiß, was ich von Unbehagen, Selbstvorwürfen und Ärger über den Menschen an meiner Seite in mir hatte, und trat wieder einmal über die ausgetretene liebe Schwelle des „Doktorhauses" des einstigen Vogelsangs.

Was für Schatten von draußen jetzt drauf hinfallen, was für Töne auf es hineinkreischen mochten, im Innern nichts verändert! Alles an seinem Platze wie vor Jahren. Da des Freundes Schülerpult neben dem Schreibtisch des Vaters. Sein Bücherbrett mit den abgegriffenen Schulausgaben der lateinischen und griechischen Klassiker und der Weihnachts- und Geburtstagsliteratur vom Robinson über den Steuermann Sigismund Rüstig und die Lederstrumpferzählungen bis zu den billigen Volksausgaben der deutschen Klassiker. An den Wänden zwischen und neben den Familienphotographien, und was sonst sich da zu finden pflegt, die selbstgefertigten Glaskasten mit den Käfer- und Schmetterlingssammlungen des *letzten* Velten Andres. Lauter Dinge und Sachen, die mir heute noch lebendiger sind als der Inhalt meines eigenen Hauses und der Stube, in welcher ich in dieser Nacht dieses *aus meinen Akten hervorhole*, um es revidiert ihnen von neuem beizufügen!

Wie hatte sich in den paar Tagen, da ich sie nicht gehört hatte, die teure, wohlbekannte Stimme verändert, die mir aus dem hinter der Familienstube gelegenen Schlafzimmer entgegenklang!

„Velten – um Gottes willen –“

„Aber du bist noch da, Junge? Der Zug geht um sechs Uhr. Steh auf, Velten, um sechs Uhr geht der Zug. Der Zug geht um sechs Uhr, und du mußt noch packen. Steh auf, Junge, der Koffer schließt nicht recht, du mußt aufstehen, Velten, der Zug geht um sechs Uhr. Du mußt deine Reisetasche packen, Velten! Junge, um sechs Uhr geht der Zug!“

„Seit gestern beschränkt sich hierauf ihre ganze Vorstellungsfähigkeit und ihr Ausdrucksvermögen. Sie hat ihr schönes, heiteres Leben durch still gesessen; nun ergreift auch sie die Unruhe. Wir Menschen in ihrem jetzigen Zustande haben das dann und wann so an uns, daß wir für uns oder andere zur Reise zusammenpacken lassen oder selber zusammenpacken, grade wenn die Fahrt zu Ende, der Weg zurückgelegt ist. Tritt näher und setze dich, du störst sie nicht durch deinen Besuch.“

„Armer Freund.“

„Ja, so verflüchtigt sich auch dieses liebe Bild!“

„Aber Junge, Junge, du versäumst den Zug, wenn du nicht aufstehst! Steh auf, Velten! Packe deinen Koffer, um sechs Uhr geht der Zug. Packe deine Reisetasche“, klang es aus den Kissen der Sterbenden, und die Wärterin, eine mir auch wohlbekannte alte Freundin aus dem Vogelsang, Riekchen Schellenbaum, meinte:

„Sie ist nur ein bißchen unruhig, die Frau Doktern, aber Schmerzen und Ängste hat sie gottlob weiter nicht mehr, Herr Velten.“

„Jawohl, das sind nun alle ihre Sorgen, Krumhardt, daß sie mich zur rechten Zeit aus dem Bett kriegt, daß ich meine Reisetasche, meinen Koffer packe, nichts vergesse und den Zug zum Glück nicht versäume“, sagte der Sohn, sich über die Mutter beugend und leise und zärtlich ihre Hand nehmend.

„Velten, Velten, du versäumst wahrhaftig den Zug, wenn du nicht aufstehst und deinen Koffer packst! Sieh, da kommt die Sonne schon!“

Leise strich der Sohn über die Stirn der Mutter und wendete sich zu mir:

„Das letzte war ein neues Wort. Die anderen wiederholt sie, wie gesagt, seit anderthalb Tagen.“

„Das wird ein schöner, aber heißer Tag“, murmelte die Sterbende mit einem tiefen Seufzer, und dann blieb sie still und schien in einen ganz vorstellungslosen, traumfreien Schlaf zu sinken, nur daß ihre Atemzüge schwerer und schwerer wurden.

„Einer der Schlimmsten, die ich gesehen habe, war der alte Hartleben, Herr Velten", sagte, wie um ein tröstendes Wort dazu zu geben, Riekchen Schellenbaum. „Dem kam der ganze Schluderkopf, ich meine sein Waldbesitztum dran, in seinen letzten Tagen und Nächten über den Leib. Lauter gefällte Stämme! Und alles wollte über ihn hinrollen. Ja, das war ein schwerer Kampf! Aber, wie Herr Andres ganz richtig sagen, das sind so unsere Phantasien."

„Das Lungenödem wird wohl erst in der Nacht eintreten", sagte Velten. „Ihr Tag ist zu Ende, und es ist ein schöner, ruhiger und vor allem nicht zu heißer Tag gewesen. Alle ihre Sorgen sind von mir gekommen: dies, daß ich auch jetzt die Zeit nicht versäume, war nun ihre letzte. Ob das animalische Herz nun ein wenig schneller oder langsamer erlahmt, ist wohl von keiner Bedeutung. Mutter! Meine Mutter! Liebe, alte Mutter, du mein einziger, wirklicher Freund, was habe ich dir heimgebracht als meine Kunst, auch vor dir Komödie spielen zu können und dir deinen freundlichen Daseinstraum nicht zu stören? Jaja, Freund Karlos, und auch ich kann sagen, daß ich meine Rolle, dieses letzte Jahr durch, gut durchgeführt habe: sie schläft ein in der Gewißheit, mich mit einem Herzen so reich, so leichtbewegt, so fest, so siegessicher, so unverwundbar wie das ihrige zurückzulassen ..."

„Velten!"

Er wendete sich zu der greisen, sechzigjährigen Wärterin, dem „Riekchen Schellenbaum" all unserer Nachbarfamilien, mit einem stummen Wink; dann nahm er mich am Arm und führte mich aus der Kammer fort und bot mir eine Zigarre an. Er zündete eine an, und so lehnten wir wieder in dem kleinen Garten an der letzten grünen Hecke unserer Jugendzeit. Ich fröstelnd in dem kalten Mauerschatten von meiner Eltern Anwesen her, und ohne zu wissen, was ich ihm sagen sollte. So sprach denn auch ich, wie unbewußt, und nicht zu ihm, sondern für mich den furchtbaren Rat:

> „Sei gefühllos!
> Ein leichtbewegtes Herz
> Ist ein elend Gut
> Auf der wankenden Erde."

„Der schickte seine Vulpius nach Frankfurt am Main, um den Hausrat seiner Mutter zu versteigern; aber der Tor hatte selbst sich schon längst einen neuen gesammelt und sammelte weiter daran, um ihn Erben zu hinterlassen, denen er schwer auflag. Ja, so seid ihr, Karl Krumhardt! Du hast es ebenfalls recht behaglich in deinen sicheren vier Wänden und doch aus dem alten, verschwundenen Neste, weiland hier zur Linken, manches mit in das neue Haus hinübergenommen, was Kindern und Kindeskindern dereinst schwer aufliegen wird."

Nun wendete er sich von der lebendigen, staubigen, gemeinen Vorstadtgasse ab und gegen sein Elternhaus, sagte jedoch weiter nichts: ich aber habe oft, oft an seinen Blick und die begleitende Bewegung mit der lahmen Linken damals denken müssen, und jedesmal waren dann meine vier sicheren Wände drohend, beängstigend auf mich eingerückt, es war mir bänglich und asthmatisch zumute geworden, ich traute auch dem zierlichen Stuck des Plafonds nicht: ja, ich fühlte mich dann jedesmal recht unbehaglich in meinen vier Pfählen und im Erdenleben überhaupt.

Er hatte recht gehabt, der Freund. Am späteren Abend war das Todesatmen eingetreten, und gegen vier Uhr morgens hatte sich auch „dieses liebe Bild verflüchtigt". Wer kann ein Lächeln, den Klang einer Stimme, das Neigen einer Stirn, die Bewegung, den Druck und die Wärme einer Hand in den – Akten festhalten?

Als ich gegen neun Uhr zu Velten kam, fand ich ihn ruhig bereits mit den nötigen Vorbereitungen und Formalitäten zur Beerdigung beschäftigt. Ich wollte ihn, auch im Auftrage meiner Frau, aus seinem leeren Hause mit in unsere Gastzimmer nehmen, aber er wollte nicht. Lächelnd wies er die dringende, wiederholte Bitte ab.

„Ich bin euch dankbar, Kinder", sagte er, „und könnte wohl auch kommen, wenn die Kleine jetzt nicht ihren Buben hätte. Soll ich eine karthagische Mutter aus ihr machen, die ihr Wurm dem Moloch opfert? Ich glaube, sie sähe es in meinen Armen ebensogern wie in denen des feurigen Götzen. Sie hat mich nach braver Frauenart zu gut kennengelernt im Laufe der letzten Zeit, und ich müßte doch wohl einmal mich über eure Wiege beugen und dem Jungen den Finger hinhalten, daß er sich die Schneidezähne dran herausnage. Weißt du, Karl, wir wollen der Guten solches Schwanken zwischen Freundschaft und Mißtrauen, zwischen Neigung und Abneigung ersparen. Und übrigens ist auch – die da nebenan in ihrem stillen Frieden mir immer auch noch Gesellschaft und zu Rat und Trost da. Wir danken euch bestens, alter Freund; aber laßt uns nur unsere letzten Zwiegespräche in diesen Tagen allein miteinander halten. Wir haben noch einiges miteinander abzumachen, wobei selbst die freundlichst und freundschaftlichst gesinnten Dritten nur störend wirken können."

Dagegen war nichts zu sagen; aber ein Achselzucken eigentlich auch nicht recht angebracht. Ich sah also den Freund nur am Begräbnistage wieder.

Wir gaben auch der Frau Doktorin Amalie Andres die letzte Ehre – diesmal ein kleines Geleit, doch um das Grab eine gar ehrenvolle Korona: die ältesten und älteren Leute (meistens geringen Standes) aus dem Vogelsang, die noch die ganze Nachbarschaft, wie sie da jetzt unter ihren Hügeln schlief, im Leben gekannt hatten. Und manche kamen mehr oder weniger scheu heran und gaben Velten und mir die Hand und sagten: „Das war eine liebe Frau, die Frau Mutter, und erst der Herr Vater, der Herr Doktor, Herr Velten! Bei uns Alten behalten sie ihr Andenken, wie sie jetzt da so beieinander liegen nach Gottes Willen, und nun nehmen Sie es sich nur nicht zuviel zu Herzen, Herr Velten, Herr Andres!"

Kinder spielten jetzt nicht mehr an Mondscheinabenden auf dem Friedhofe des Vogelsangs. Es war eine hohe, solide Mauer um ihn gezogen worden, ein schweres, eisernes Gittertor sperrte ihn ab, und eine strenge Kirchhofsordnung regelte den Besuch. Und –

– vor dem Tor lag eine Sphinx,
Ein Zwitter von Schrecken und Lüsten,
Der Leib und die Tatzen wie ein Löw',
Ein Weib an Haupt und Brüsten.

Der Morgen nebelig und grau und regendrohend – der erste Herbsttag des Jahres – werde ich je einen Leser haben, kann ich ihn auf eine Seite zu Anfang dieses Aktenkonvoluts verweisen, wo die Sphinx auch auf dem Kirchhofe des Vogelsangs, nur vor dem mondbeglänzten, romantischen Zauberschloß des Daseins lag, nicht vor dem Leben selbst, vor Beth-Chaim, dem „Hause des Lebens".

„Der Jude oder semitische Hellene hat von seinem Recht als Poet Gebrauch gemacht, als er, wie wir anderen Prosaiker auch, die löwentatzige Belle aux énigmes vor die falsche Tür als Hüterin und Rätselaufgeberin legte", sagte

Velten, als wir auf dem Heimwege vom Kirchhofe auf jene unsere Kinderspiel- und Mondscheinabende kamen.

Als ich ihn dann noch einmal aufforderte und dringender bat, wenigstens jetzt meine Gastfreundschaft anzunehmen, erwiderte er:

„Ich bin da wirklich nichts nutz. Man nimmt zu leicht Leute, ohne es zu wollen, auf Wege mit, wo sie nicht hingehören; und du hast einen großen und angenehmen Verkehr, den ich nicht gern stören möchte. Aber, lieber Alter, du selber wirst mich nie stören: weißt du, komm du zu mir! Auch ich glaube demnächst für die beste Gesellschaft und angenehmste Unterhaltung sorgen zu können." –

Er blieb also in seinem Häuschen, und als ich ihn natürlich schon am folgenden Tage wieder dort aufsuchte und nach seinen Plänen für die weitere Zukunft fragte, meinte er lächelnd:

„Die ist gesichert. Beruhige dich und alle, die Interesse daran nehmen, in dieser Hinsicht völlig. Grade nicht hier am Ort, doch habe ich grade am Ort hier die schönste Gelegenheit, sie noch sicherer zu stellen, ich erwarte nur noch das erste Ofenfeuer dazu."

„Das erste Ofenfeuer?"

„Mir ist niemals ein Winter zu meinem Fortkommen im Leben mehr zupaß gekommen als wie der diesjährige. Jawohl, demnächst heizen wir, Krumhardt." –

Ja, und er ist so gut wie sein Wort gewesen. Als das Wetterglas seines Vaters nach Reaumur unter zwölf Grad in der Wohnstube seiner Eltern sank, fing er an zu heizen, und zwar mit seinem Erbteil an und vom Vogelsang. Er heizte mit seinem Hausrat.

Es war Riekchen Schellenbaum, die am Tage nach dem ersten Ofenfeuer nicht zu mir, sondern zu meiner Frau mit der Nachricht kam:

„Mit der seligen Frau Doktern ihrem Nähtisch hat er angefangen. Ich bin fast des Todes geworden, als er ihn im Hof entzweischlug und mich mit den Beinen Feuer anmachen ließ. Mit den Schubladen und allem, was darin war, hat er selbst weiter geheizt! Der arme Herr! Oh, wenn doch der Herr Assessor mal kommen würde und nach ihm sehen! Heute morgen hat er des seligen Herrn Vaters Schreibtisch von der Wand abgerückt, und ich bin auch nur in der Stadt, weil er mich um eine Säge hineingeschickt hat."

„Du weißt, wie ich ihm entgegengekommen bin, Karl!“ rief meine Frau. „Ich habe ganz gewiß mein möglichstes getan, um ihn deinetwegen gern zu haben; aber hat mich nun mein innerlichstes Gefühl getäuscht? Jetzt magst du sagen, was du willst, ich sage: großer Gott, wie kann nur ein Mensch so sein wie dieser, dein Freund? Und dem hast du dein Kind, meinen armen Jungen, am Altar in die Arme geben wollen! O Gott, wie kann ein Mensch, ich meine, Gott sei Dank, nicht dich, so ohne alles Gefühl sein?“

„Es ist ein unbezahlbarer Mensch“, meinte Schlappe, der dazukam, lachend. „Ob er je zu irgendeiner Zeit seines Lebens recht bei Troste gewesen ist, weiß ich nicht; aber sage mal, Schwager, würde es unter diesen neuen Schnurren nicht doch zu deiner Freundespflicht werden, ihn unter Kuratel stellen zu lassen? Eure Familie hat ja wohl schon seit Generationen das Onus, das Haus Andres zu bevormündeln?“

Ich war den Tag über wirklich nicht in meiner Schreibstube zu entbehren und hatte mich durch vielfachen und vielfarbigen Menschenverdruß und viel Menschenangst und Elend durchzuarbeiten, aber ich wurde ihn nicht aus dem Sinne los, ja um desto weniger aus dem Sinne los, je mehr sich mir des Menschentums Anhängsel aufdrängten. Es waren meistens wieder nur Eigentumsfragen, zu denen auch ich mein lösendes Wort geben sollte, und das Gezerr und Gebelfer, der Grimm und Hohn, mehr oder weniger unter der Maske des dem Menschen „eingeborenen“ Gerechtigkeitssinnes zutage blühend. Und dann war es doch wieder ein anderer Übergang aus meinem ruhigen, behaglichen Heim, von dem Kamin, wo mein Weib mit ihrem Kindchen an der Brust auf niedrigem Schemel leise ihr Wiegenlied sang, zu dem Ofen im Vogelsang, vor dem der wunderliche Freund sich frei machte – nicht von den Sachen, sondern von dem, was in der Menschen Seele sich den Sachen anhängt und sie schwer und leicht, kurz, zu dem macht, was wir anderen im Leben ein Glück oder ein Unglück zu nennen pflegen.

Ich konnte ihm bei meinem Eintritt weiter nichts sagen als:

„Es ist unheimlich warm bei dir, Velten!“

„Gemütlich! ... Deutsch-gemütlich, was? Ihr habt ja den Ausdruck, macht Anspruch drauf, ihn in der Welt allein zu haben, also bleib auch du ganz ruhig bei ihm, Krumhardt.“

„Laß uns nach Möglichkeit vernünftig sprechen, Andres –“

„Ich habe die Jungfer Schellenbaum heute morgen um eine Säge in die Stadt geschickt; sie wird selbstverständlich bei euch gewesen sein, mit den Händen über dem Kopfe und sämtlichen Geisteskräften in Unordnung: Bringst du das Entmündigungsdokument für mich schon mit, mein Karlos?“

„Wir wissen wenigstens in unserm Alltage schon Bescheid über das, was du hier begonnen hast und wirklich weiter zu treiben scheinst; aber du könntest in unserer Alltagswelt doch einen Unterschied zwischen mir und den übrigen machen. Velten, was soll dies sein?“

„Ein äußerliches Aufräumen zu dem innerlichen, liebster Freund! Ein leichtbewegtes Herz und so weiter – wozu nützen uns die weisesten Aussprüche großer Lehrer, wenn man ihnen nichts weiter entnimmt als eine Stimmung für den Augenblick? Ein Hinweis drauf, daß der Meister selber keinen Gebrauch von seinem Diktum gemacht habe, verschlägt nichts. Hat er sein leichtbewegtes Herz durch seine achtzig Jahre mit sich geschleppt, so ist das seine Sache gewesen und hat auch vielleicht zum Vorteil der Literaturgeschichte – um sie interessanter zu machen – so sein müssen. Soll deshalb kein anderer die Fäden abschneiden dürfen, die ihn mit dem Erdenballast verknüpfen? Ja, ich heize in diesem Winter mit meinem hiesigen Eigentum an der wohlgegründeten Erde, mit meinen Habseligkeiten aus dem Vogelsang.“ Er sprach das Wort „Hab-Seligkeiten“ in einer Weise aus, die man im Werkeltagsverkehr nicht zu hören bekommt.

Ja, er heizte durch den seltsamen Winter mit alledem, wovon sich andere Leute nur sehr schwer, und wenn es gar nicht anders geht, und manchmal nur mit Tränen in den Augen trennen. Und er trieb das Ding äußerst systematisch und hatte dabei an mir einen Zuschauer und Teilnehmer, der nur durch seine Ruhe abgehalten wurde, mit einem: „Aber Velten, auch das?“ mit beiden Händen dreinzugreifen und dem Autodafé Einhalt zu tun.

Ich wehrte mich vergebens gegen das Interesse, das ich von Tag zu Tage mehr an dem seltsamen Zerstörungswerk nahm. Meinem Weibe gegenüber den abscheulichen, den „unsinnigen Menschen“ noch zu rechtfertigen, hatte ich bald aufgegeben, aber bald auch wär's nötig geworden, daß ich mich nur noch verstohlen vom Hause nach dem Vogelsang weggeschlichen hätte.

„Karl, Karl“, jammerte meine arme, gute Kleine, „o Karl, bitte, bitte, werde mir nicht so wie der! Bitte, denke immer an uns, an das Herze da in der Wiege und auch ein bißchen an mich, wenn du deinen Freund nicht lassen willst, nicht lassen kannst! Er hat ja freilich keine Familie wie du; aber ich habe doch noch erst die letzte Nacht geträumt, auch du habest mich mit unserm Jungen – ich meine unsere letzte Photographie – verbrannt wie er die Bilder seiner Eltern und seiner als ganz kleines Kind gestorbenen Schwester! O bitte, da nimm uns, Ferdi und mich, doch lieber jetzt gleich mit und schieb uns in euren Ofen in deinem Vogelsang!"

Worin lag nun der Zauber, der mich selbst solche herzzerreißenden Klagelaute überhören ließ, mich gegen das einstimmende Winseln meines Erstgeborenen taub machte und mich jeden Tag nach der alten Heimstätte trieb, die jetzt zu einer Stätte der Vernichtung geworden war?

Wahrlich nicht ein unbewegliches, unbewegtes Herz, sondern ganz das Gegenteil!

Wohl selten ist je einem Menschen die Gelegenheit geboten worden, seine „besten Jahre" in die unruhvolle Gegenwart so zurückzurufen wie mir in Velten Andres' Krematorium. Wie wir im Vogelsang in der Nachbarschaft trotz allem doch wie *eine* Familie gelebt hatten, das erfuhr ich nun noch einmal im reichsten Maße und konnte meine Lebensakten in wünschenswertester Weise dadurch vervollständigen. Der Wanderer auf der wankenden Erde schob aus seinem Hausrat kaum ein Stück in den Ofen oder auch auf den Küchenherd, an dem nicht auch für mich eine Erinnerung hing und mit ihm in Flammen aufging und zu Asche wurde. Vom Keller bis zum Dache war in dem Häuschen kein Nagel eingeschlagen, an welchem nicht auch für mich etwas aus den Tagen hing, wo wir die Rätselaufgeberin vor dem Tore des Lebens eben nur dem Haupt und den Brüsten nach kannten und noch nicht den Tatzen nach.

Es war ein Zurück- und Wiederdurchleben vergangener Tage sondergleichen. Die Woche, in der wir uns mit der Entleerung der Boden-Rumpelkammer des Hauses beschäftigten, vergesse ich in meinem ganzen Leben nicht, und ich schreibe nicht ohne Grund: wir! Was wühlten wir da alles auf aus dem Familienplunder der „Frau Doktern"? Sie hatte sich von nichts trennen können, was je dem Gatten und dem Sohn lieb gewesen und überdrüssig geworden war. Sie hatte es ihnen aus den Augen gerückt und sich selber, sozusagen, ein Herzensmuseum draus gemacht. Wie wog der Sohn des Vaters Ziegenhainer in der Hand, wie holte er aus einem Kasten mit allerhand abgängigen chirurgischen Instrumenten seine Zerevismütze hervor und drehte sie in den Händen! Wie kam mir mit dem Schaukelpferd, das ich unter dem Dachwinkel hervorzog, jener

Weihnachtsabend zurück, an welchem *wir* es zuerst ritten und Velten meinte: „Ich hatte mir ein Tier mit Rädern und wirklichem Fell auf den Wunschzettel geschrieben; aber sage nur nichts davon." Er hat es damals auch bald mir allein überlassen, es war nichts für ihn; ich aber hätte ihn auch nun noch gern gefragt: „Auch das in den Ofen?" und ihn gebeten: „Laß es mir für meinen Jungen!"

Es wäre eine psychologisch-philosophische Abhandlung darüber zu schreiben, weshalb ich weder die Frage noch die Bitte tat, sondern selbst es mir auf die Schulter lud und es ihm die Treppe hinunter zum Küchenherd trug. Ja – er hatte mich auch jetzt wieder unter sich, es war von meiner Besitzfreudigkeit aus keine Abwehr gegen seine *Eigentumsmüdigkeit:* ich habe ihm geholfen, sein Haus zu leeren und sich frei zu machen von seinem Besitz auf Erden! –

Aber es ließ sich nicht alles verbrennen, woran für diesen grimmigen, ruhebedürftigen, unstet gewordenen Gast im Leben, wie wir Juristen uns ausdrücken, ein pretium affectionis haftete. Metall, Glas und Porzellan brannten nicht, und doch wollte er auf seinen ferneren Wegen sich nicht mit der Vorstellung plagen, wer jetzt die Feder in seines Vaters Dintenfaß tauche und aus seiner Mutter Mundtasse trinke und auf welcher Kommode, im Trödel erhandelt, die Bronzeuhr stehe, auf die man nie rechnen konnte, wenn man einmal im Hause Andres die richtige Tageszeit zu wissen wünschte, und die doch mit ihrem zirpenden Glockenschlag so viele gute Stunden ein- und ausgeläutet hatte. Wir kamen auch hierüber weg. Zerstören ist leichter als aufbauen: ein altes wahres Wort, das mein armer Freund seinerseits ebenfalls so in die Praxis übersetzte, daß, wenn ich zu Weib und Kind heimgekommen war, meine Frau mitten in der Nacht oder gegen Morgen sich auf dem Ellbogen aufrichtete, mir über die Stirn strich und rief:

„Mann, nun schläfst du ja wieder nicht! Großer Gott, ist er denn nicht bald fertig? Ich halte dies nicht länger aus und du auch nicht!"

„Beruhige dich, mein Kind –"

„Wie kann ich mich beruhigen, wenn solch ein Unhold dich mir unter den Händen austauscht und allmählich zu einem andern macht? Oder ist das etwa nicht so? Glaubst du, ich merkte es nicht, wie dir jetzt von Tag zu Tag mehr so manches überdrüssig, einerlei und zur Last wird, was doch zum Leben gehört? Oh, mein bester Karl, wenn wir, Ferdi und ich, dir auf einmal zur Last würden, wie deinem entsetzlichen Freunde sein Hausrat und sein Haus in eurem unheimlichen, schrecklichen Vogelsang!"

Nachher wurde es mir in dieser Nacht doch wieder etwas zweifelhaft, ob ein leichtbewegtes Herz ein elend Gut auf der wankenden Erde sei und der Freund im Rechte, sich davon frei zu machen.

Daß er sich wie Herostrat für das Pantheon der Weltgeschichte vorbereite, behaupteten gegen das Ende des damaligen Winters nur die alten guten geistreichen Bekannten vom Schlage Schwager Schlappe und Genossen und hatten ihren souveränen Spaß daran. Die Mehrzahl des Teiles der Stadtbevölkerung, der von ihm wußte, blieb dabei, er sei einfach für das Landesirrenhaus reif; und doch schlug die Stimmung mehr und mehr für ihn um. Und daran war dann wie gewöhnlich eine Minderzahl schuld, die meistens ihre Meinung nur so beiläufig über ihn aussprach, der er aber doch sehr im Kopfe herumgegangen sein mußte und auf deren Wort manche, ja viele etwas gaben. Als mir ein hoher Chef sagte: „Ein drolliger Patron; aber unter Umständen eigentlich zu beneiden und nachahmenswert!", wußte ich, daß nicht nur völlige Billigung, sondern auch der Neid aus ihm redete und jedenfalls längere nachdenkliche Beschäftigung mit diesem Menschen, der „die thebaische Wüste in den Vogelsang übertragen zu wollen schien". Letzteres Wort stammt jedoch nicht aus den juristischen Kreisen der Residenz, sondern aus den theologischen. Der augenblickliche junge Lieblingsprediger der Stadt (unverheiratet) sprach es. –

Zu Anfang März war alles vernichtet, woran für ihn und so sehr oft auch für mich eine Erinnerung gehaftet hatte, und was er nicht in anderer Leute Händen oder Besitz, sei es zu Nutzen oder Vergnügen, wissen wollte. An den Wänden deuteten auf abgeblaßten Tapeten dunklere Flecke an, wo Bilder gehangen hatten. Was die Bücherschränke und Regale anbetraf, so konnte es darin und darauf nicht öder aussehen als in eines andern, berühmteren Phantasiemenschen Studierstübchen, nachdem der Pfaffe, der Barbier, die Haushälterin und die Nichte dort Kehraus gemacht hatten. Der späte Enkel sehe sich in seinen eigenen vier Wänden um, denke sich alles fort, was in irgendeiner Weise was zu sagen, was vertraute und vertrauliche Form und Farbe für ihn hat, und erlasse es mir, von diesem Aufräumen malerisch weiterzuschreiben. Hat ihn sein Eigentum an und auf der Erde auch schon einmal in der rechten Art beängstet, so wird er auch wohl die richtige Art und Weise, den Kopf zu schütteln, herausfinden. Überhebung von gesichertem Besitz her und dürftiger Scherz aus momentanem Behagen wird kaum etwas damit zu tun haben. Aber er selber, Velten Andres, ließ dem Omnia-exeunt seiner Vogelsang-Tragödie sowohl nach griechischem wie nach englischem Muster noch ein Satyrspiel folgen, das ihn aber diesmal beinahe – nicht mit der Sanitätsbehörde, sondern wirklich mit der Polizei in Konflikt gebracht hätte.

Er lud den Vogelsang wie zur Plünderung eines abgerupften Weihnachtsbaums in sein Haus ein.

Er gab den noch vorhandenen alten guten Bekannten der Nachbarschaft alles das preis, was ohne eine *Bedeutung* für ihn war und erregte dadurch natürlich einen Zusammenlauf, der für einige Stunden den Verkehr in der Gasse beinahe völlig unterbrach.

Eingeladen hatte er mich nicht zu diesem letzten Kehraus; aber ich kam dazu, und zwar mit meiner Frau am Arm, von einem Nachmittagsspaziergang über den Osterberg.

„Was ist denn das da vor deines Freundes Hause, Mann?"

Sie hatte die ersten Anemonen und Leberblümchen da oben im Walde gefunden und gepflückt und drückte sich mit dem Frühlingsstrauß ängstlich an mich an:

„Siehst du's, da hat er es! Sie stürmen ihm das Haus! Was hat er nun wieder Neues – Schändliches angefangen – dein – Freund?"

Es sah in der Tat bedrohlich aus; und wir hatten Mühe, durch den menschenvollen Garten zu der Haustür zu gelangen, die er aus den Angeln hatte heben lassen und mit welcher auf der Schulter ein alter Holzknecht weiland Nachbar Hartlebens durch das Gewühl das Freie zu erreichen suchte. Nun fand es sich aber, daß es doch im ganzen lauter gute alte Bekannte und Freunde waren, die er sich aus den „letzten Gassen" und von den Zäunen des Vogelsangs mit dem Wort: „Seht zu, Kinder, was ihr von dem Kram gebrauchen könnt!" eingeladen hatte wie der König im Evangelium das Volk zu seinem Festmahl. Sie machten auch gern Platz, soviel es ihnen möglich war und zogen die Mützen, und einigen, denen ich zu hoch gestiegen war, als daß sie mir die Hand hätten reichen können, mußte ich sie hinhalten: „Na, alter Freund, das geht hier lustig zu!"

„Ja, sagen Sie mal, Herr Assessor! So was hat der Vogelsang gewiß noch nicht erlebt. Zu so was gehörte einzig und allein unsere selige Frau Doktern und unser Herr Velten, der Herr Sohn!" ...

Es ging freilich nicht bloß gierig, sondern auch lustig zu. Aus dem benachbarten Tivoligarten hatte das Getümmel nicht nur die Kellner und Kellnerinnen, sondern auch fast das gesamte Personal des eben dort vorhandenen „Théâtre-Variété" hergezogen, um sich „den Spaß anzusehen". Miß Athleta, die stärkste Dame der Welt, und Signor Volcano, der Feuermensch, die „größte Sensationsnummer der Gegenwart", John Arden, der Weltmeisterschaft-Springer, und die drei Schwestern Larsen, die internationalen Exzentrik-Sängerinnen, Fräulein Miranda, die Piston-Virtuosin, und Herr German Fell, von der Anthropologie genannt „das gefundene Mittelglied", der unübertrefflichste Affendarsteller beider Hemisphären: sie waren alle wie von Velten Andres zu seinem Kehraus gerufen und traten mit den Geladenen aus dem alten Vogelsang die letzten Buchsbaumeinfassungen der „Rabatten" der Frau Doktern nieder und schienen von der neuzugezogenen, kopfschüttelnden Nachbarschaft und der verblüfften Polizei allein für die Sache das volle Verständnis mitgebracht zu haben.

Und Velten schien das auch zu wissen und behandelte sie als hochwillkommene Ehrengäste. Im Sturm der Plünderung behielt er Zeit für einen Händedruck mit dem von der Wissenschaft so lange und schmerzlich vermißten und endlich gefundenen Anthropomorphen mit nicht hervorstehendem Eckzahn, wie für einen Händedruck mit Miß Athleta, bei dem er aber schmerzzuckend das linke Bein hochzog und die Luft zischend zwischen seinen auf die Unterlippe gesetzten Zähnen durchblies.

Nimmer war mein Honoratiorentöchterlein, mein Weib, Schlappes Schwester, in so ausbündig zweifelhafte Gesellschaft geraten wie jetzt und hier. Immer ängstlicher drängte sich die liebe kleine Hand mit dem Schneeglöckchenstrauß vom Osterberg mir an, je weiter wir gegen die jetzt türlose Hauspforte vordrangen.

„O Gott, Mann!" flüsterte sie, als aus der Mitte der ihn lachend vertraulich umdrängenden Sisters Larsen, der drei internationalen Exzentrik-Sängerinnen, der Freund auch ihr lächelnd die Hand entgegenstreckte:

„Aber, gnädige Frau, wie freundlich von Ihnen! Doch weshalb so spät?"

„Der greuliche Mensch! Dachte er etwa auch, ich sollte ihm bei seinem letzten menschenfeindlichen Aufräumen helfen?" sagte meine arme Kleine auf dem Heimwege und nachher, trotz allem, noch öfter, wenn die Rede auf ihn kam. Augenblicklich stammelte sie nur:

„Wir kamen zufällig über den Osterberg, Herr Andres, und hier durch den Vogelsang."

„O und wie Sie mir recht kommen, Frau Assessorn, gnädige Frau", ächzte hinter uns eine halb durch Tränen, halb durch Lachen erstickte Weiberstimme. Eine harte, abgearbeitete Weiberfaust beförderte die größte Sensationsnummer der Gegenwart, den Feuermenschen Volcano, aus dem Wege, packte dann mich am Oberarm, schob uns, mein Weib und mich, gegen die Haustür der Frau Doktor Velten vor, und dann – auf den Sohn der besten Frau des Vogelsangs mit zitterndem Zeigefinger deutend, kreischte Riekchen Schellenbaum:

„Ja, Karl – Herr Assessor, wollte ich sagen; die ganze Stadt sollte man hierzu zusammenrufen! Ja, die Herrschaften kommen zur richtigen Stunde, um ihm, dem Herrn da, zu sagen, daß dies eine Sünde und Schande ist! Hier, der Frau Assessorin, Herr Velten, habe ich mein Elend ja wohl schon seit Monaten des Abends klagen dürfen; aber heute reicht das nicht mehr aus. Hier vor allen Leuten muß ich es ausrufen und ausschreien, was ich ausstehe und ausgestanden habe. Bin ich schon im Irrenhause, oder soll ich erst herein? O Gott, Herr Velten, wenn mich doch die selige Frau Mutter mit hinunter in ihr ruhiges Grab genommen hätte – zehntausendmal wäre mir das lieber gewesen, als wie daß ich diesen Winter durch das liebe Ihrige selber mit in meiner Schürze habe in den Ofen und auf den Küchenherd tragen müssen! Lieber Herr Assessor, Herzenskarlchen, ich habe ja auch zu Ihnen gehört und Sie auf den Armen getragen, und auch bei Ihren lieben Eltern bin ich ein und aus gegangen in guten Tagen und habe zugegriffen in bösen – Sie können es mir bezeugen, daß ich mich habe zusammennehmen können und ihm nicht die guten, lieben Sachen vor die Füße geschmissen habe und nicht die Schürze über den Kopf geschlagen habe und ihm nicht wie eine Verrückte aus dem Hause gelaufen bin! Nun gucke einer, wie mich das schwarze Mohrengesicht hier aus dem Tivoli angrinst! Nicht wahr, Herr Assessor, da von Spukmeyers seligem Grasgarten her und hier, wo ich auf Ihres Herrn Vaters Grundstücke als junges Kindsmädchen auch ihm das Laufen gelehrt habe, ihm, der sich jetzt diese Gesellschaft hergebeten hat, um sich mit anzusehen, wie er sein Vater- und Mutterhaus zu einer Brandstatt und Räuberhöhle macht. Da holt sich die lahme Brandten ihr ungesegnet Teil am Eigentum mit dem Waschfaß, in dem ich ihm seiner seligen Mutter Hemden gewaschen habe! Vor meinen Augen, als ob ich allein zu gar nichts gehörte und ich kein Herz im Leib hätte, was sich vor Wehmut und Gift umwenden könnte! Als ob ich allein in diesem Juchhe an meinen Tränen versticken müßte! Gehen

Sie mal weg, Mamsell Luftspringersche, – da schleppt sich, wahrhaftigen Gottes, die Bande aus dem Hungerwinkel mit meinem – mit der seligen Frau Doktern Küchenschrank, als wenn ich nicht jetzt noch den Schlüssel dazu in der Tasche hätte! Nach dem soll mir aber wer kommen! Die guten Sachen! Und als ob man selber gar nicht vierzig Jahre lang damit hantiert hätte und sie kennte! – Alles wie vor die Hunde. Wer die besten Zähne hat, zuerst damit dran! – Oh, die Ruppsäcke! Wie beim Jüngsten Gericht! Jawohl, am Jüngsten-Gerichts-Tage, Herr Andres, da wird auch noch die Frau Mutter gegen Sie auferstehen und Ihnen sagen, daß dieses hier wirklich nicht in der Ordnung ist und nach Menschenordnung zugeht, nicht wahr, Herr Assessor, nicht wahr, Frau Assessern?"

Sie stand ihm jetzt dicht, Nase gegen Nase, gegenüber, dem Liebling des Vogelsangs, den sie voreinst auf den Armen getragen, dessen Mutter sie zu Tode gewartet hatte und der ihr nun solches antat. Giftig bohrten ihre Augen in seine ruhigen, freundlichen. Die Fäuste zitterten und zuckten ihr, wie vor dem Zuschlagen –

„Das ist nun leider so, Riekchen", lächelte der Unmensch, „den Küchenschrank hat die Familie Steinbeiß aus dem Hungerwinkel, aber den Schlüssel hast du. Die Haustür hat auch schon einen Liebhaber gefunden; aber den Schlüssel dazu habe *ich* noch – es ist mein letztes von meinem Besitztum im Vogelsang. Willst du ihn?"

Er hob ihn in die Höhe, wie wenn man einem Kinde oder einem Hunde etwas Begehrenswertes zeigt; meine Frau klammerte sich immer fester an mich an und flüsterte: „Es ist scheußlich!", aber die alte, treue Dienerin des Hauses Andres, erst mit beiden Armen weit um sich greifend, wie nach etwas im Leeren Vergangenem, reckte die dürre Faust auf und kreischte:

„Jawohl, zum Zeugnis von der Welt Dank und Lohn! Und zum Andenken an den Herrn Vater und die Frau Mutter, und mögen sie sich nicht in ihren Gräbern umwenden wegen Ihnen, Herr Velten, und das ist mein letzter Wunsch und Abschied, Herr Andres."

Er legte den Schlüssel zu seinem leeren oder ausgeleerten Vaterhaus nun dem vor Gift und Galle zitternden alten Mädchen in die Hand, die ihn bei seinen ersten Schritten auf der Erde mitgehalten und ihm geholfen hatte, seine Mutter auf dem Totenbett für den Sarg zurechtzulegen. Die Schellenbaumen aber griff ihn und fuhr mit ihm ab, und zwar mit einem Laut wie ein verwundetes Tier, und der Vogelsang lachte ihr nach und das Théâtre-Variété aus dem Tivoli gleichfalls, als ob dieser „spaßhafte und kuriose Herr“ jetzt seinen besten Witz zu seiner „Generosität“ als Zugabe gegeben habe.

„Herrschaften, ein Schuft, wer mehr gibt, als er hat!“ rief jetzt aber er, sich auf seiner Haustürtreppe hoch aufrichtend und seinen Festgästen freundlich aber fest die Tür in der Gartenhecke weisend. Und es ward leer um ihn, wie es in seinem Hause geworden war. Aus dem war freilich nicht das geringste mehr zu holen. Die letzten Nachzügler aus der alten Freundschaft des Vogelsangs waren schon belastet mit Sparren, Bohlen und Brettern, die auf den völligen Abbruch hindeuteten, an uns vorbeigeschlüpft; aber auch von ihnen hatten einige doch scheu, verlegen und wie verdutzt ob der Sache noch eine freie Hand hingehalten und gesagt: „Wir bedanken uns auch recht schön, Herr Andres.“

Auch das Théâtre-Variété hatte genug von dem Spaß und sich empfohlen. Alle sehr heiter bis auf den Affenmenschen. Der schien mit einem Male auf allen ihm von der Wissenschaft und den Herren Darwin, Häckel, Virchow, Waldeyer und so weiter auferlegten Wert verzichten zu wollen. Dieser Künstler zögerte noch einen Augenblick, verlegen, schüchtern, als ob er noch etwas zu sagen habe, aber nicht recht damit aus sich heraus könne. Plötzlich jedoch fiel der „Tierheit dumpfe Schranke“ unter Gesten und Mimik, die den homo sapiens als Publikum zu hellem Jauchzen hätten bringen können; er stieg, sozusagen, aus dem Pavian oder Gorilla heraus, die geschmeidigen Muskeln steiften sich und – „Menschheit trat auf die entwölkte Stirn“: Herr German Fell aber trat auf Velten Andres mit einer Hölzernheit zu, die ihn in der Meinung verschiedener älterer Herren aus meiner Kanzleiverwandtschaft sehr gehoben haben würde, bot ihm die Hand und sagte:

„Mein Herr, Sie haben mir während der letzten Monate dann und wann nebenan die Ehre gegeben; Sie verzeihen also, wenn ich mir heute hier bei Ihnen das Vergnügen gemacht habe. Bei so kurzer und vager Bekanntschaft würde es – suchen Sie das bessere Wort –, würde es unangebracht sein, wenn ich um Ihre Freundschaft bitten wollte; Sie werden mich jedoch auch nicht verachten, weil ich dann und wann etwas mehr als andere Affe bin. In gedrückten Mußestunden pflege ich mich jedenfalls immer noch wie andere von uns Primaten mit transzendentaler Menschenkunde zu beschäftigen; ich habe ebenfalls einige Semester in Wittenberg studiert, ehe ich zu den Anthropoiden ging. Mein Herr, Ihr Ruf ist während der letzten Wochen auch zu uns und also auch zu mir gedrungen; ich habe dann und wann mit Interesse ein Stündchen mit vor Ihrem

Ofen gesessen. Siehe da, habe ich mir gesagt, auch einmal wieder einer, der aus seiner Haut steigt, während die übrigen nur daraus fahren möchten! Mein Herr, ich wünsche einen recht guten Abend, und nicht bloß für den heutigen Tag."

„Mein Herr", rief aber jetzt Velten Andres, der seinen unheimlichen Wandnachbar aus dem Théâtre-Variété mit immer steigendem Erstaunen hatte reden lassen, „mein Herr, nun bitte ich doch, mir genauer zu sagen, mit wem ich eigentlich die Ehre habe –"

„Mit einem vom nächsten Ast, mein Herr. Vom nächsten Ast im Baum Yggdrasil. Man kann sich auf mehr als eine Art und Weise dran und drin verklettern, mein Herr. Mit unseren Personalbezüglichkeiten dürfen wir uns wohl gegenseitig verschonen. Auf bürgerlich festen Boden hilft wohl keiner dem anderen wieder hinunter; aber reichen wir uns wenigstens die Hände von Zweig zu Zweig. Mein Herr, ich danke Ihnen."

Wofür er dankte, sagte er weiter nicht. Meine Frau hat es nie begriffen, ich aber habe mir auch nicht die vergebliche Mühe gegeben, es ihr begreiflich zu machen. Sonderbarerweise reichte auch unser Freund Velten seine Hand nur wie mechanisch und ohne eigentlich genaues Verständnis der Sache her. Herr German Fell drückte sie ihm, ließ sie fallen, sah dem verkletterten Nachbar in der Weltesche mit dem ganzen melancholischen Schimpanseernst in das verdutzte Gesicht, schurrte, sozusagen, ganz und gar wieder in *seine* Kunst, das Leben zu überwinden, hinab und folgte, runden Rückens, so sehr als möglich Vierhänder, den Théâtre-Variété-Genossen, die den halben Winter durch im Tivoli hinter meines Vaters Grundstücke auf Spukmeyers „seligem Grasgarten" meinem Jugendfreunde die verständnisvollsten Nachbarn in Stadt und Vorstadt gewesen waren.

Nun hatten wir sie für uns allein, die verwüstete Kindheitsidylle. Leise zog meine Frau an mir, doch wagte sie nicht einmal flüsternd ihren Wunsch, die Leere und Öde auch so schnell als möglich hinter sich zu lassen und mich mitzunehmen, auszusprechen. Ich aber konnte so noch nicht scheiden, ich konnte den armen Freund, dem eben so grimmig recht und unrecht gegeben worden war, nicht in seiner türlosen Hauspforte allein stehen lassen. Ich mußte noch nach Herrn German Fell ein Wort für unsern letzten Abschied vom Vogelsang finden, und ob der Ton mehr oder weniger gezwungen herauskam, ich schlug den Freund lachend auf die Schulter:

„Sieh auf, alter närrischer Mensch! Ein leichtbewegtes Herz ist ein elend Gut auf der wankenden Erde, und die vollgültigste Gegenzeichnung des Wortes hast du eben in wunderlichster Weise erhalten. Sie würden es rundum selbst nicht der Zeitung glauben, wenn man es ihnen durch die erzählte, daß es euresgleichen heute noch gibt und auch nicht bloß vor Zeiten mal in der thebaischen Wüste oder auf der Straße nach Olympia, Muster der sterbende Alte von Sinope, gegeben hat. Du hast deinen Willen gehabt und durchgeführt, nun tu aber auch uns den Gefallen und komm wenigstens für die letzten Tage und Nächte in der Heimat mit uns nach Hause.“

Wir standen jetzt in dem Wohnzimmer seiner Eltern, in dem er so gründlich mit seinem besten Eigentum aufgeräumt hatte, der eigentumsmüde Mann, der freie Weltwanderer. Und er sah auf und um sich her, wie einer, der einen Schlag vor die Stirn erhalten hat und sein Selbstbewußtsein nur mühsam wieder zusammenfindet. Er tat mir in tiefster Seele leid, und zu helfen war ihm nicht: er hatte aus seinem verödeten Vaterhause den Nachbar im Gezweig des Baums Yggdrasil mit sich auf allen seinen ferneren Wegen durch das Dasein zu schleppen. Mich und mein zitterndes, ihre Angst und ihre Tränen hinunterschluckendes Weibchen mochte er schon loswerden aus der Erinnerung an seinen letzten Abend zu Hause; aber Herrn German Fell nicht. Der blieb ihm drin! –

„Ich möchte doch heute abend noch einmal der Vorstellung da neben mir an beiwohnen. Wie man doch seinesgleichen, so was zu einem gehört, nur dadurch und dann kennenlernt, wenn es einem so im Gedränge den Ellbogen in die Seite setzt, nicht wahr, Karl? Den Affenmenschen aus dem Tivoli dürfte ich Ihnen doch wohl nicht als Freund, Gast und Gastfreund mitbringen, gnädige Frau? Also bitte, Kinder, laßt es dabei, daß wir einander so wenig als möglich durch unser Vorhandensein in dieser wimmelnden Welt genieren. In einer geschäftlichen Angelegenheit muß ich freilich auch vom Deutschen Hofe aus dich belästigen, lieber Karlos.“

Ich fühlte den Arm meiner Frau immer mehr an meiner Brust erzittern. Sie hielt in der heißen Hand noch immer ihr armes Sträußchen erster Frühlingsblumen; jetzt aber entfiel es ihr und verstreute sich auf dem schmutzigen, zerstampften Fußboden unter Scherben von zerschlagenem Geschirr, Tapetenfetzen und wertlosesten Trümmern von Hausgerät.

„Komm du mit nach Hause!“ flüsterte sie. „Ich halte dieses nicht länger aus! Oh, mein armes kleines, liebes Kind zu Hause! Bitte, komm, ich muß zu meinem Kinde. – Das laß ich mir nicht nehmen, wenn er auch dich verwirrt. Ich halte mein Eigentum an der Welt fest! Bleib, wenn du willst, - *ich* will nach Hause und zu meinem Kinde! Ja, bleib, bleib und steige mit ihm und seinem andern Freunde, dem gräßlichen Affenmann, so hoch du willst aus unserm armen lieben Leben in die Höhe: ich will zu meinem Kinde und meinem Eigentum an der Welt!“

Sie ist uns fortgelaufen, mit dem Arm und Ellenbogen vor den Augen, selber wie ein Kind, das sich vor einem Schlage fürchtet.

„Gute Nacht, Velten.“

„Gute Nacht, Krumhardt...“

Ich holte meine Anna erst an der zweitnächsten Straßenecke ein. Als ich *mein* Eigentum wieder an mich nehmen wollte, weigerte es sich dessen durch mehrere Gassen. Mit fast bösem Blick wies die Kleine, statt meinen Arm zu nehmen, nach dem Vogelsang zurück:

„Ich habe dem Herrn Generalsuperintendenten versprochen, dir für Gut und Böse zu gehören, und ich habe mir selber versprochen, nur da zu sein und zu bleiben, wo du bist und gehst und stehst, Karl; aber – dahin bringst du mich nicht mit zehn Pferden wieder! Dahin setze ich in meinem Leben meinen Fuß nicht wieder. O lieber Gott, was machen deine Menschen aus deiner schönen Welt!“ –

Ich habe den Freund im Leben nicht wiedergesehen. Als er am nächsten Tage nicht zu mir kam und ich am Abend im „Deutschen Hofe“ nach ihm fragte, wußte man nur, daß er seine Rechnung berichtigt habe, aber nicht, ob er sich noch in der Stadt aufhalte.

Von London aus machte er es schriftlich mit mir ab, es unserm Riekchen Schellenbaum amtlich und gerichtlich glaubhaft zu machen, daß zu dem Hausschlüssel, mit dem es als mit seinem „einzigen Andenken“ abgefahren war, auch der „neue Bauplatz“, einer der besten im neuen Vogelsang, gehöre.

Ich habe eine längere Pause in der Abfassung oder Niederschrift dieser Annalen und Historien des alten Vogelsangs machen müssen. Als ich das letzte Blatt zu den Akten brachte, schneite es noch; nun läuft wieder ein grüner Schimmer über den Osterberg, und *meine Kinder tragen Hände voll von den nämlichen Frühlingsblumen, die ihre Mutter in Velten Andres' verwüstetem, ausgeleertem Heimwesen aus der Hand gleiten ließ, ins Haus.*

Wir hatten viel Sorge im Hause. Wir fürchteten, unsern ältesten Sohn, den seinerzeit Velten nicht aus der Taufe hatte heben wollen, am Typhus zu verlieren; aber der Junge ist uns erhalten geblieben und munter wieder auf den Beinen, und ich habe die Feder zum Besten *seines* Hausarchivs von neuem aufgenommen. Wir sind im März eines neuen Lebensjahres, und ich halte wieder den Brief in der Hand, den mir Mrs. Mungo im November des vorigen Jahres aus Berlin schrieb.

„Velten läßt Dich noch einmal grüßen. Er ist nun tot. Wir haben unsern Willen bekommen. Er ist allein geblieben bis zuletzt, mit sich selber allein, ohne Eigentum an der Welt ..."

Könnte ich ihr doch – könnte ich von hier an Helenen Trotzendorff die Feder in die Hand geben und sagen:

„Nun schreibe du weiter. Schließe das Aktenstück ab!" ...

Ich habe in den langen Jahren kaum etwas von dem Freunde gehört. Nach Hause, wenn man bei ihm nach seinem vernichteten Hause diesen Ausdruck noch gebrauchen könnte, ist er nicht wieder gekommen, und geschrieben hat er an mich auch nicht. Aber da mich meine Stellung in unserem kleinen Staatswesen dann und wann nach Berlin führte, so bin ich mit dem Hause des Beaux in einiger Verbindung geblieben. Kommerzienrat des Beaux – Leon des Beaux hält, trotzdem er längst zu den bedeutenderen Bankiers und Kapitalisten der Reichshauptstadt gehört, das alte gute Verhältnis aus „unserer Universitätszeit" noch aufrecht. Das väterliche Geschäft in der Dorotheenstraße besteht aber nicht mehr (aus einem Schneiderladen gelangt man ja wohl nicht zu dem Titel Kommerzienrat?), und Leon selber bringt die Rede nie darauf und sie gern auf etwas anderes, wenn sie darauf kommt. Da ich auch jetzt in seinen Geschäftsstuben nichts zu tun habe, kenne ich ihn nur in seinem Familien- und Gesellschaftskreise in seiner Villa einer vornehmen Vorstadt. Er ist auch verheiratet und hat eine gute, für ihn passende Frau bekommen. Er ist Vater von zwei Kindern, einem Sohn und einer Tochter. Der Junge wird Friedrich gerufen, das Mädchen Viktoria: die traditionellen altfranzösischen Familientaufnamen der des Beaux aus dem Languedoc figurieren nur noch in den Taufscheinen der Kinder. Die jetzige Madame des Beaux weiß nichts mehr von dem Familien-Wunderwinkel in der Dorotheenstraße, wo *Leonie* und Leon des Beaux ihr, ihres

Vaters und ihrer Väter Eigentum in Angestammtem und Zuerworbenem festhielten und ihren Lebensstolz drauf gründeten. Sie, Frau Wera des Beaux, vordem zweite Liebhaberin am ***theater, hat sich in den guten Leon trefflich hineinzufinden verstanden; sie ist eine tüchtige Berliner Hausfrau und zugleich eine vornehme Frau, die die Stellung ihres Gatten wohl zu wahren weiß; aber von Albi, Simon von Montfort, Raimund von Toulouse, Peter von Castelnau weiß sie nichts, die Bartholomäusnacht kennt sie nur aus den Meyerbeerschen Hugenotten und das Edikt von Nantes –

„Für das muß ich eigentlich dem Himmel unbeschreiblich dankbar sein", sagte sie mir einmal lachend an ihrem Teetisch. „Wie sollten ohne es Leon und ich uns wohl in der Welt zusammengefunden haben, Herr Oberregierungsrat?"

Fritz und Vicky, die beiden Kinder des lieben, harmlosen, freundlichen Paars, wissen nur von Sedan, Gravelotte, der dritten Einnahme von Paris und von Kaiser Wilhelm und seinen „Paladinen"; von den Paladinen der „Tante Leonie" aber wenig mehr. Sie sind eben eine geraume Zeit nach Sedan, Metz und der dritten Einnahme von Paris in die deutsche Welt hineingekommen, und das Eigentum ihrer Vorfahren väterlicher Seite hat kaum noch viel Bedeutung für sie. Was in der Dorotheenstraße noch pietätvoll zusammengetragen worden war, das dient in der jetzigen Villa des Beaux in den Gemächern nur noch hie und da zur Zier, und im Salon der Frau Kommerzienrätin schaut der erste brandenburgische Ahnherr, der Sieur Antoine des Beaux, dem der Große Kurfürst seinerzeit die Hand geschüttelt hat, von der Wand aus seinem Clair-obscur ernst, aber auch ruhig in das Plein-air des laufenden Tages hinein. Das Bild hat Kunstwert: von wieviel Wänden wird es wohl noch auf fremde Leute hinuntersehen?

Und Leonie? Leonie des Beaux?

Von der wissen die Kinder ihres Bruders nur zu sagen, daß sie sehr gut, aber nur einmal auf längere Zeit zu ihnen und Papa und Mama vom Rheine her gekommen sei, ohne daß einer im Hause oder sonst jemand sehr krank gelegen habe.

Leonie des Beaux hatte sich wie Velten Andres ihres Eigentums an der Welt entledigt, sie war Diakonissin zu Kaiserswerth geworden und diente dem Herrn jetzt auf einer „Arbeitsstation" in Deutsch-Lothringen. Da ich die Feder auch nicht in *ihre* Hand legen kann, hatte ich dieses zu den Akten zu bringen, ehe ich weiterschreibe in Sachen Velten Andres und – Helene Trotzendorff. – – –

Ich bin wieder auf dem ersten Blatt der *Chronik des Vogelsangs.*

„Du mußt und willst doch auch wohl als erster guter alter Freund von allen nach Berlin?“ hatte meine Frau an jenem Novemberabend gefragt, und „Morgen, wenn es mir irgend möglich ist“, hatte ich ihr geantwortet. Dann waren wir beide, Anna und ich, zu unserem jungen Volk gegangen, um uns zu vergewissern, daß wenigstens da noch alles in Ordnung auf Erden sei. Am andern Mittag war ich in Berlin. Meine Stellung in unserm Staatswesen erlaubte mir, den nötigen Urlaub, wenigstens für einige Tage, mir selber zu geben.

„Erkälte dich nicht, Alter“, hatte meine Frau gesagt. „Bedenke deinen Rheumatismus und denke auch ein wenig an deine Jahre, und daß wir im November sind.“

Ich bedachte freilich manches in meinem Blitzzuge; auch nicht zum mindesten meine wohlgezählten achtundvierzig Lebensjahre. Würde ich aber noch einmal von meinen Türen, die ein Bedienter öffnete, von meiner behaglichen Luftheizung, meinen amtlichen Aussichten auf die Zukunft und darin den Titel Exzellenz, ja, würde ich auch nur noch einmal von Weib und Kindern reden, so liefe das nur auf eine Wiederholung von schon Gesagtem hinaus. Während einer unbehaglichen Wirtstafel hatte ich mir zu überlegen, ob ich am besten erst den Kommerzienrat des Beaux in seiner Villa oder Mistreß Mungo im Kaiserhof von meiner Ankunft benachrichtige und ihnen die weitere Führung überlasse. Zwischen drei und vier Uhr nachmittags aber stand ich allein in der Dorotheenstraße vor dem Hause, in welchem die alte Hugenottenfamilie zum letztenmal ihre Lebensandenken zusammengehäuft und Velten Andres eigentumslos seinen Weg über die Erde beendet hatte. Seit meinen Studentenjahren war ich nicht wieder in diese Gegend der Stadt gekommen, und von dem Hause war nur die Nummer geblieben, was die Gassenseite anbetraf. Vater des Beaux nahm nicht mehr das Maß der oberen Zehntausend der Stadt, und der Hofhufschmied beschlug nicht mehr die Hufe ihrer Rosse in der Dorotheenstraße: nach der Gassenseite hin hatte sich die Dekoration vollständig verändert, soweit ich meiner Erinnerung trauen konnte. An der Architektur der zweiten Hälfte der achtziger Jahre des Jahrhunderts emporblickend, konnte ich, mit dem Briefe Helene Trotzendorffs daheim auf meinem Schreibtische, in meinem und des Vogelsangs Aktenkonvolut, mich nur fragen:

„Frau Fechtmeisterin Feucht? Ein Irrtum ist doch wohl ausgeschlossen?“

Ich habe auf meinem Wege durch meinen Beruf und vorzüglich während der zwei Jahre, in welchen ich zu Hause der Oberstaatsanwaltschaft als Mitarbeiter zugeteilt war, in mancherlei Örtlichkeiten mich zurechtzufinden gelernt. Hier hatte ich nur den Neubau zu durchschreiten, um merkwürdigerweise in dem neuesten Berlin das wenn nicht älteste, so doch ältere noch vollständig an Ort und Stelle zu finden. Das weite, lärmvolle Gehöft des Hofhufschmieds war freilich überbaut worden und bis auf einen brunnenartigen, lichtlosen Lichthof verschwunden. Doch der Frau Fechtmeisterin Feucht und ihrem Reich hatte die Zeit nichts anhaben können. Ich fand sie beide noch, wie sie vor Jahren gewesen waren: das Hintergebäude der großen Firma des Beaux und die Frau Fechtmeisterin. Sie hatten sich beide gar nicht oder nur ganz unmerklich verändert, das eine, rauchgeschwärzt, mit jetzt seinen hundertundzwanzig, die andere, weiß, zierlich, das richtige Märchenweiblein, mit fast ihren neunzig Jahren auf dem Nacken! –

Baissez-vous, montagnes,
Haussez-vous, vallons!
M'empêchez de voir
Ma mi' Madelon –

wie kam es, daß auf den dunkeln, steilen Treppen, die zu der alten Frau hinaufführten, dieser Vers, daß die süße Stimme, die das Lied uns in dem vornehmen Salon des Vorderhauses so oft gesungen hatte, mir plötzlich wieder in den Sinn kam? Es waren doch eigentlich nur wenige Jahre her, daß wir dort in dem Zauberwalde Brozeliand zusammensaßen und über der Berliner Schneiderwerkstatt, aller romantischen Wunder voll, provençalische Minnesänger, altfranzösische Chroniken und hugenottische Streitschriften und Liederbücher durchblätterten, und nun schien mir nichts davon übrig zu sein als dieser Ton, dieser Vers! Und schauerlich merkwürdig kam mir dazu eine spätere Winternacht in das Gedächtnis zurück und ein anderer Vers, aber nicht aus einem französischen Volksliede, sondern aus einem deutschen Klassiker. In seinem von seinem Eigentum an der Erde sich leerenden Vaterhause im Vogelsang murmelte ihn Velten Andres bei seinem Vernichtungs- und Befreiungswerk vor sich hin:

Sei gefühllos!
Ein leichtbewegtes Herz

Ist ein elend Gut
Auf der wankenden Erde.

Dorotheenstraße Numero o – Hintergebäude – Frau Fechtmeisterin Feucht – Studiosus Valentin Andres! Ich zog im dritten Stockwerk wie ein eben Erwachender die Glocke und erkannte auch ihren Klang wieder.

„So etwas mußte es wohl sein, was uns zwei noch einmal im Leben zusammenbringen konnte, Herr Krumhardt“, sagte dann ganz dieselbe Stimme, die vor Jahren mich so oft freundlich begrüßt und auch dann und wann gar mütterlich gewarnt und gescholten hatte. „Sie treten wohl erst einen Augenblick bei mir ein, ehe Sie in sein Zimmer hinübergehen, Herr Oberregierungsrat. Sie hat Sie wohl nicht so früh hier in Berlin erwartet; aber mir konnten Sie nicht früh genug kommen. In meinem Alter kann man ja wohl alles leicht nehmen, aber dieses wird mir doch zu schwer allein zu tragen. Seit dem Morgen sitzt sie wieder auf seinem Bett, mit den Ellbogen auf den Knieen und dem Kopf zwischen den Händen.“

„Sie? Allein mit ihm? Helene? Helene Trotzendorff?“

„Die große amerikanische Dame. Haben Sie nicht auch von ihr und ihren Reichtümern in der Zeitung gelesen?“

Die alte Frau faßte mit ihrer dürren, altersharten, kühlen Hand meine heiße:

„Kommen Sie, Herr. Es hat Zeit, daß Sie zu ihr gehen. Sie scheint nichts mehr von Zeit und Stunde zu wissen; aber seit sie mir gesagt hat, daß Sie kommen würden, sind mir in der Erwartung die Minuten zu Jahren geworden, denn gegen wen könnte ich so meiner Seele Luft machen, wem könnte ich hiervon so erzählen als wie Ihnen? Wem kann man denn so was begreiflich machen als wie einem, der auch mit dazu gehört hat vom Anfang an?“

Die Sonne geht um diese Jahreszeit gegen halb fünf Uhr unter. Die breiten Straßen, die großen Plätze der Stadt lagen noch in ihrem Lichte; in dem Stübchen der Frau Fechtmeisterin Feucht war es merkwürdigerweise noch hell, das Stückchen Himmelszelt vor dem Fenster für den Novembernachmittag lichtblau und wolkenfrei wie am schönsten Sommermorgen. Wohl ein Vierteljahrhundert war hingegangen, seit ich zum erstenmal zwischen diesen vier Wänden gestanden und verwundert umher und von der Bewohnerin auf die Wände gestarrt hatte. Nun stand ich wieder so; – während in den langen Jahren um mich her nichts an seinem Platze geblieben war, hatte sich hier nichts verändert. Die Zeit, die mit so leiser, sanfter Hand über die Stirn der kleinen, greisen Elfin gestrichen hatte, hatte auch in ihrer Umgebung nichts von der Stelle gerückt, nichts in den Winkel geworfen, nichts unter den Auktionshammer gebracht, nichts – in den Ofen geschoben. Die Frau Fechtmeisterin Feucht allein von uns allen hatte ihr Eigentum noch vollständig beisammen, und da stand sie nun wie damals mit dem Strickzeug in den Händen und dem Garnknäul unter der Achsel und deutete plötzlich um sich herum auf ihre Waffentrophäen und die ungezählten Schattenbilder vergangener Burschenherrlichkeit und seufzte:

„Weshalb mußte der, an den ich von euch allen als den Letzten mein ganzes Herz gehängt hatte, mir so was zuleide tun? Setzen Sie sich, Herr Oberregierungsrat."

Da saß sie mir wieder gegenüber, am Fenster wie die Frau Doktern im Vogelsang, in ihrem Korbstuhl und mit ihrem Strickzeug, aber diesmal Gespinste und Knäul im Schoße, und sagte:

„Er hat drüben – jetzt bei der Frau Mungo, einen Vers über sich an die Wand geschrieben, den können Sie nachher lesen; jetzt aber muß ich es erst von der Seele los sein, was ich mit ihm erlebt habe – ich, das alte, alte Weib, mit dem Kinde, ja mit diesem Kinde, dem jungen Menschen!"

Sie hatte bei ihren Jahren wohl recht, so von Velten Andres und auch von uns anderen als Kindern zu reden, und sie sprach auch wie eine märchenerzählende Großmutter in der Dämmerstunde: ich konnte nur sitzen und hören.

„Was meinen Sie wohl, wie Ihnen zumute wird, Herr Oberregierungsrat, wenn plötzlich so ein unbekannter alter Mensch vor Ihnen steht und fragt: „Frau Fechtmeisterin, nehmen Sie immer noch dumme Jungen in Kost und Logis?" und dann Ihnen sagt: „Ich bin der und der!" und Sie nachher nur sagen können: „Ja, Kind, dann komm herein!"?"

Sie erwartete natürlich keine Antwort auf die Frage, sondern fuhr mit der Hand auf meinem Knie fort:

„Ich vergesse den Tag in meinem Leben nicht. Es ist am letzten fünfzehnten Juni gewesen, am Nachmittage, so um diese Tageszeit, wo es bei mir klingelt, und ich frage, mit wem ich die Ehre habe, und der Besuch sagt: „Ich bin der Studiosus der Weltweisheit Velten Andres, wissen Sie, Frau Fechtmeisterin, und da Ihr Zettel noch immer aushängt und meine alte Bude zufällig frei ist, möchte ich sie noch einmal wiederhaben." – Herr Oberregierungsrat, wenn ein Gespenst Sie am hellen, lichten Tage auf die Schulter klopft und Ihnen einen Namen wie vom Kirchhof her nennt, können Sie nicht heller als wie ich schreien: „Was wollen Sie? Wer wollen Sie sein?" Eine gute halbe Stunde hat's gedauert, ehe ich mich in ihn, meinen Schlimmsten und meinen Besten, gefunden und mich noch mal über den lieben Gott gewundert habe, daß er mich auch dieses noch bei Lebenskräften und gesunden Verstandessinnen erleben lassen will. Seine Zeit wollte es freilich haben, bis ich mir aus dem gegenwärtigen Spuk meinen alten, lieben Sohn von damals herausgeholt hatte und an ihn glauben konnte. Nicht daß er, mein Velten, etwa wie ein Spuk ausgesehen hätte; nein, ganz respektabel grau, nur mit ein bißchen zuviel Haut und zuwenig Fleisch auf den Knochen und müde, Herr Oberregierungsrat! Müde, müde! Wie einer, der seit einem Menschenalter nicht von den Füßen gekommen ist! Todmüde von seinem Wege durch sein junges Leben! Natürlich nötige ich ihn denn aufs Sofa, und da sitzt er und sagt nichts, aber lacht; und das, Herr, das Lachen hat meinem letzten Zweifel ein Ende machen müssen. „Menschenmöglich ist es ja nicht; aber Ihre Stube ist frei, Velten", habe ich gesagt. „Soll ich nach Ihrem Gepäck schicken, oder wollen Sie es selber holen – ich weiß nicht, woher!?" – „Ja, das weiß ich auch nicht!" lacht er mich wieder an und reicht mir über den Tisch da seine Brieftasche. „Meine Papiere für die Polizei und die Miete wie schicklich pränumerando; behalten Sie gleich den ganzen Bettel, ich gehe heute früh zu Bette." – „Und keine Wäsche? Und keine Bücher?" – „Nichts!" – „O du lieber, lieber Gott, so kommen Sie zu der Fechtmeisterin Feucht zurück?" – „So!" sagt er nur und reicht mir über den Tisch die Hand, und ich fühle wohl, daß die ein bißchen fieberisch ist; aber meine ist ja desto kälter, und so fasse ich fest zu und rufe: „Ja, wenn das *so* ist, bleibst du natürlich bei mir. Es ist zwar spät am Tage für mich; aber für einen langt's wohl noch. Dich füttere und flicke ich mit unseres Herrgotts Hülfe noch heraus!" Jaja, Herr Oberregierungsrat, in dem Augenblicke habe ich den Mann du genannt, als hätte ich ihn wie ein Kind auf dem Arme! Daß das nicht so war, konnte ich damals ja noch nicht wissen. Aber drüben sitzt die Frau auf seinem leeren Bett; ich darf Sie wirklich nicht zu lange aufhalten hier bei mir, Herr Krumhardt; Sie sind nebenan wohl nötiger. Also kurz: er hat sein letztes halbes Jahr bei mir zugebracht und ist bei mir gestorben. Mühe hat er mir nicht gemacht und Unkosten auch nicht; aber (und hier leuchteten die Augen der fast Neunzigjährigen wie die eines greisen Feldherrn über ein Schlachtfeld) Freude hat er mir auch jetzt wieder gemacht: er war doch der Närrischste, aber auch der Tapferste von euch allen. Schade, daß er zu feine

Nerven mitbekommen hatte und so, so, so sein Leben führen und so, so zum Ende kommen mußte, wenn er nicht als euer aller Narr oder im Irrenhause zugrunde gehen wollte.“

„Ein leichtbewegtes Herz
Ist ein elend Gut
Auf der wankenden Erde“,

murmelte ich, bis ins Tiefste durch das ruhige Wort der verstandesklaren Greisin erschüttert.

„Das ist es, was er drüben mit Kohle an die Wand geschrieben hat. Nun sitzt die Frau Mungo davor und hält den Kopf mit beiden Händen darüber – das arme Ding. Als ob sie die Schuld davon trüge, daß euer Velten eigentumlos über und von der Erde gegangen ist! Was hilft es mir, daß ich der lieben Seele zurede: „Du konntest nichts daran ändern, Herz“; es mußte eben auch einmal einen solchen Egoisten zu euch anderen, wenn auch nur der Rarität wegen, in der Welt geben. In ein Kloster, wie meine liebe Leonie, konnte der nicht gehen. Mitleiden hat er wohl gehabt, aber ein barmherziger Bruder steckte nicht in ihm. Oh, wie die zwei sich zum erstenmal wiedersahen bei der Fechtmeisterin Feucht, die barmherzige Schwester aus dem Diakonissenhause am Rhein und dieser von allen Straßen der Welt, beide ohne Eigentum auf und an der Erde!“

„Leonie des Beaux und Velten Andres?“ stammelte ich.

„Ja, die beiden auch. Sie erinnern sich der Zeit wohl, wo das Vorderhaus noch stand und wir alle, selbst ich, noch jung waren. Nun war es im September, und er hatte sich vollkommen bei mir eingerichtet, das heißt eigentlich ich ihm alles. Nicht aus meinem Geldbeutel: in seiner Brieftasche hat er genug Scheine aus aller möglichen Herren Ländern gehabt, daß ich ihm davon nicht bloß noch ein halb Dutzend Hemden, sondern auch alles übrige besorgen konnte – nach seinem jetzigen kuriosen Leben wohl noch auf Jahre hinaus. Auch in der Leihbibliothek hatte ich ihn abonnieren müssen; denn ausgegangen ist er kaum mehr – da entschuldigte er sich immer mit seinen kranken Füßen. Auf seinem alten Studentensofa und seinem Bett hat er gelegen und den lieben langen Tag und auch manchmal die Nacht durch gelesen, alles, was ihm einmal gefallen hat in seiner Kindheit und Jugend, und immer aus den alten, schmierigen, ekligen, zerrissenen Bänden von Olims Zeiten. Brachte ich ihm ein neues Exemplar, ließ er's liegen und meinte: „Mutter Feucht, das ist das rechte nicht.“ – Jaja, man konnte sich bei allem irgend etwas denken, aber man mußte sich wirklich sehr in seine Grillen und Schrullen hineinfinden. Und sehen Sie mal, Herr Oberregierungsrat, das ist jetzt denn auch wirklich mein Stolz und meine Freude, daß er mit denselbigen, ich meine die Schrullen und Grillen, nur bei mir eine Unterkunft gesucht hat. Ja, er ist freilich nicht der einzige von meinen alten Herren, dem gegenüber ich die Jüngere geblieben bin mit Gottes gnädigem Beistand. Aber da brauchen Sie nur auf die Straße hinauszugucken: wenn so eine von uns über ihre Jugendschwäche herausgekommen ist, da weiß sie schon ihren ihr vom Herrgott anbefohlenen Wackelkopf und Knickebein auch an der Linden- und Friedrichstraßenecke durchs Gewühl zu dirigieren. Überheben Sie sich ja nicht über Ihre liebe Frau unbekannterweise, Herr Krumhardt. Wenn Sie die jetzt gut behandeln und handhaben, tut die Ihnen vielleicht auch noch mal das gleiche."

Der letzte Schein der Herbstsonne war längst von dem Stückchen Himmelszelt vor unserm Fenster gewichen; die Dämmerung kam rasch, und ich hätte gern hier das Protokoll abgekürzt; aber wenn wer jetzt was zu den Akten zu geben hatte, so war das doch die Frau Fechtmeisterin Feucht, und ich unterbrach sie nicht durch überflüssige Bemerkungen meinerseits, zumal sie selber sagte:

„Ich komme sofort auf die Hauptsache, Herr Oberregierungsrat, aber ihr Herz hat unsereine auch voll bei solcher Sache!"

Ich konnte, nachdem sie sich die Augen getrocknet hatte, nur die beiden lieben, tapferen Knochenhände fassen, in die sich Velten Andres zu seiner letzten Pflege gegeben hatte.

„Herrgott, wie habe ich dann seine und meine Stube voll gehabt von der vergangenen Zeit. Wie er es erfahren hat, daß sein Freund wieder da sei und im alten Quartier, weiß ich nicht; aber er war auch sofort da, der Herr Kommerzienrat, und was es dann für Szenen zwischen ihnen gegeben hat, davon weiß auch niemand zu erzählen als ich. Wie haben sie in Güte und mit Gewalt an ihm gezerrt und gezogen, daß er mit ihnen kommen sollte! Als wenn es bei dem jemals der Welt Pracht und Herrlichkeit getan hätte! Sein Behagen hat er wie alle anderen Leute durch sein Leben haben wollen, aber nur auf seine eigene, kuriose Art, und so hat er es zuletzt nur bei der Fechtmeisterin Feucht finden können. Und der Herrgott hat ihm Gnade dazu geschenkt; eigentlich so recht krank ist er gar nicht gewesen; sein Herz hat nicht mehr gewollt, haben dem Herrn Kommerzienrat seine Doktoren gesagt. Er ist auch gar nicht weiter vom

Fleisch gefallen, sondern im Gegenteil. Er schob es auf seine Füße, daß er lieber lag als ging; aber die hätten wohl auch ausgehalten, wenn das dumme Herz gewollt hätte. Das hatte aber alles, alles aufgegeben und so auch seine Füße. Sehen Sie, Herr Oberregierungsrat, an meinem armen Velten habe ich erst als Neunzigjährige gelernt, daß es eine Dummheit ist, wenn man sagt: der Mensch braucht nur zu wollen. Dieser wilde Mensch konnte nicht mehr wollen, und so hätte ihn auch Schwester Leonie mit dem besten Willen nicht wieder auf die Füße stellen und in den Tumult draußen in unserer Dorotheenstraße stoßen können, selbst – wenn sie gewollt hätte! Aber wenn eine auch schon aus dem Menschenlärm heraus ist, so ist das meine Leonie, meine Leonie des Beaux! Sie ist zuerst mit ihrem Bruder gekommen; aber dann auch allein. – Oh, wenn ich an die alte Zeit in dem alten Vorderhause denke, wie schön sie war, ich meine meine Leonie, und wie schön sie spielte und ihre alten französischen Lieder sang und alles mitten in diesem Berlin wie ein fremdländisches Märchen war – oh! … Aber nun war dies jetzt noch tausendmal mehr wie aus einer andern Welt heraus als wie das Frühere. Stellen Sie sie sich nur vor, die beiden, grade die beiden, die so wieder aus ihren jungen Tagen und Phantasien sich so wieder bei der Fechtmeisterin Feucht zusammenfinden mußten, und nichts mehr um sich und in sich von der Erde Herrlichkeit, und was sonst der Mensch zu seinem Wohlbehagen und seiner Freude als sein Eigentum um sich festhält und für es nicht bloß mit dem Schläger, sondern auch mit Mund, Hand und Herzen auf die Mensur tritt! Sehen Sie, Herr Oberregierungsrat, nacherzählen kann ich es nicht, aber verstanden und mitgefühlt habe ich, was da im letzten Monat zwischen diesen zwei Menschenkindern vorgegangen ist. Zusammen hätten die nie kommen können; aber sich darüber aussprechen, wie sie durchs Leben gekommen sind, das konnten sie und das haben sie getan und sind friedlich und ruhig voneinander geschieden – ganz ruhig, viel, viel ruhiger als damals im Vorderhause, wo sie das Leben noch vor sich hatten. Aber – großer Gott, das ist ja vollständig Nacht, und die arme Frau da drüben hat noch immer kein Licht!“

Völlig Nacht war es wohl noch nicht; aber volle Abenddämmerung freilich.

„Bitte, gehen Sie jetzt hinüber; ich komme mit der Lampe nach“, sagte die Frau Fechtmeisterin, und zögernd, bangend erhob ich mich, betäubt, mühsam nach Atem ringend, stand ich und suchte vergeblich nach irgend etwas in mir, was mir den wunderlich schweren, schreckensvollen Weg zu der Tür da drüben leichter und lichter machen konnte. Es gibt so Augenblicke, Zeiten, Umstände im Menschenleben, wo man es vollkommen vergessen hat, daß sich in der Welt im Grunde nachher „alles von selber macht“.

Wie ist eben jetzt, da ich dieses bei offenem Fenster und Frühlingssonnenschein an einem geschäftslosen Feiertagsmorgen zu den Akten des Vogelsangs bringe, dem alten Gemeinplatz wieder sein volles Recht geworden! –

Der Frühlingsanfang fällt immer in den Monat März, aber in diesem Jahr sind auch die hohen Ostern hineingefallen. Ich schreibe am Morgen des ersten Ostertages, und über das Nachbardach sieht mir noch immer, unverbaut, die höchste Kuppe des Osterbergs auf den Schreibtisch. In der Frühlingssonne liegt der liebe Hügel schon, auf dem wir unsere glücklichsten und ahnungsvollsten Jugendträume träumten und die Sterne fallen sahen, – noch einige Wochen, und das junge Buchengrün wird von dem Osterberge herüberleuchten: wie sich auch das immer wieder von selber macht!

Aber was hilft es dem Menschen in seinem einzelnen Bedrängnis, daß Himmel und Erde jung bleiben und sein Geschlecht auch? Gegenwärtig blendet mich über meinem Protokoll der Glanz von Himmel und Erde, und ich muß dagegen mit der Linken die Augen verdecken, wenn die Rechte die Feder weiterführen soll. „Kind, erst nach der Kirche!“ hat meine Frau glücklicherweise vorwurfsvoll zu meiner musikalischen Ältesten gesagt: ich würde sonst mich auch wohl noch selber gegen den Flügel und die junge Frühlingslust in Tönen im zu nahe gelegenen Nebengemach haben wehren müssen. –

Von selber hatte es sich trotz meines innerlichsten schaudernden Widerstrebens gemacht, daß ich in dem Gemache stand, wo Velten Andres gestorben war und Helene Trotzendorff auf seiner leeren Bettstatt saß.

Helene Trotzendorff! Unsere Elly aus dem Vogelsang – verwitwete Mistreß Mungo – unsere Helene. Mit den Ellenbogen auf den Knieen und dem Kopf in den Händen, im letzten grauen Tageslicht des Monats November – die Öde um sich her – eigentumlos, besitzesmüde in der Welt, sie, die in New York zu den reichsten Bürgerinnen der Vereinigten Staaten gerechnet wurde!

„Ellen!“

„Bist du das, Karl?“ fragte sie, das Gesicht langsam aus den Händen erhebend.

Wie viele Jahre waren es her, daß wir unsere Stimmen nicht mehr gehört hatten? Und wie sie nun aus dem langen Zeitraum sich so fremd und doch so bekannt entgegenklangen!

Sie richtete sich auf – zu stattlicher Höhe. In der Erinnerung hatte ich sie, wenn nicht klein, doch von nur mittlerem Wuchs und zierlich gelenkig. Alle Hügel, Büsche, Mauern, ja, auch Bäume um den Osterberg herum konnten ja davon berichten, wie sie sich durchzuwinden, zu springen und zu klettern wußte. Nun stand sie in dem letzten grauen Licht des Novembertags so ganz anders als die, auf welche ich mich die letzten Tage vorbereitet hatte, um ihr hülfreiche Hand in einem großen Schmerz zu leisten. Später bei Tageslicht würde ich wohl gesehen haben, daß sie noch immer eine schöne Frau war, trotz dem Silber, in das sich ihr goldenes Haar verwandelt hatte, doch das geht zu den Akten wie so manches andere von geringer Bedeutung. Als die Frau Fechtmeisterin jetzt mit der Lampe kam, sah ich auch auf ihrer weißen, klugen, vom Alter nur leicht gefurchten Stirn das Wort geschrieben:

„Sei gefühllos!
Ein leichtbewegtes Herz
Ist ein elend Gut
Auf der wankenden Erde." –

Sie reichte mir jetzt erst die eine Hand her, dann auch die andere, und über die Schulter nach dem leeren Bett zurückblickend sagte sie:

„Wie gut von dir, daß du auf meinen Brief so rasch durch dein Kommen geantwortet hast. Ich hätte dich gern früher hier gehabt, aber – er wollte es nicht. Eure gute Leonie und mich hat er sich um sich gefallen lassen müssen, wohl oder übel. Da habe ich, da haben wir auch unsern Willen gehabt! Sie, eure Leonie, ist nun wohl schon wieder in ihren Frieden heimgekehrt; aber ich – ich habe noch nicht wieder gehen können. Ja, Karl, ich habe *hier* gesessen und auf dich gewartet, um dir von *uns* zu sprechen – von ihm und mir, und wenn es auch nur wäre, um einen bessern Platz in deinem Gedächtnis zu bekommen, als ich ihn bis jetzt gehabt habe, seit *er* dir zuletzt bei euch – im Vogelsang von mir gesprochen hat."

Nun hätte ich ihr sagen müssen, wie wenig von ihr zwischen uns die Rede gewesen war in der Zeit, da Velten Andres mit seinem Eigentum in der Heimat aufräumte; aber die Frau Fechtmeisterin ließ mir glücklicherweise nicht dazu Zeit.

„Ja, sprechen Sie sich nur aus, armes, liebes Frauchen; der Herr Oberregierungsrat ist immer ein guter Zuhörer gewesen“, sagte sie und fügte kopfschüttelnd bei: „Wo die Leute aus so verschiedenen Welten kommen wie jetzt bei mir, da muß man ja wohl für jeden ein anderes Wort haben. Fräulein Leonie –“

Mistreß Mungo fuhr mit einem so wilden Schulterzucken auf, daß die Alte nur noch einmal den Kopf schüttelte, die Lampe ein wenig weiter in die Mitte des Tisches rückte und – Helene Trotzendorff und Karl Krumhardt mit Velten Andres allein ließ. –

„Er wollte nichts mehr um sich haben, der verrückte Mensch“, hatte mir vorhin die Frau Fechtmeisterin noch mitgeteilt. „Nichts weiter brauche er als einen Tisch, einen Stuhl und ein Bett. Du lieber Gott, als ob hier jemals bei meinem jungen Volk von Überflüssigem hätte die Rede sein können! Er aber schob alles und jedes von sich ab und mir vor die Tür. Ja, sehen Sie sich nur drüben um. Um ein festes Herz zu kriegen, hat er sich zu einem Tier, zu einem Hund gemacht; – sehen Sie sich nur bei ihm um, Herr Oberregierungsrat.“

Das tat ich nun bei dem trüben Licht der kleinen Lampe und empfand nichts von einer Befreiung von der Schwere des Erdendaseins in dieser Leere, sondern im Gegenteil den Druck der Materie schwerer denn je auf der Seele. Ich hätte freier geatmet im Staube, der aus hundert Fächern die Wände uns verenget, unter dem Trödel, der mit tausendfachem Tand in dieser Mottenwelt uns dränget. Die Luft entging mir, und es war mir eine Erlösung aus traumhaft wüstem Bann, als mich doch noch eine Menschenstimme ansprach und die Freundin, unsere Freundin, sagte:

„Laß uns niedersitzen, lieber Karl“, und mit hartem Lächeln hinzufügte: „erzählen trübe Mär vom Tod der Könige.“

Sie sprach das Dichterwort englisch: „Let us sit upon the ground and tell sad stories of the death of kings“, und als ich nach dem Stuhl griff, ließ sie sich wieder auf der eisernen Bettstatt nieder, von der sie sich bei meinem Eintritt erhoben hatte, und deutete auf den Platz ihr zur Seite:

„Dahin, mein Freund! Erinnerst du dich wohl noch der Bank auf dem Osterberge, von welcher aus wir vor hundert Jahren einmal die Sterne fallen sahen und die Götter versuchten, indem wir unsere Wünsche und Hoffnungen damit verknüpften?"

Sie wartete meine Antwort nicht ab, sondern fuhr hastig fort, als fürchte sie sogar, durch eine Zwischenrede in ihrem wilden Drange, ihrer Seele Luft zu machen, aufgehalten zu werden:

„Seht" (sie sprach, als ob Velten noch wie damals zwischen uns sitze), „ich hätte mir lieber die Zunge abgebissen als ganz wahr davon gesprochen, wie ich mir mein Lebensglück dachte. Und ihr kanntet das ja auch zur Genüge; meine arme Mutter hat gut dazu geholfen, und ich kannte euer Grinsen und Lachen. Das war euer albernes Jungensrecht, und er vor allem hat Gebrauch davon gemacht – nicht bloß im Vogelsang und auf dem Osterberge, sondern auch im großen Leben, drüben in Amerika, in London, in Paris und Rom, wo wir nachher einander getroffen haben! Und wir haben einander wieder getroffen, Karl. Wie wir uns sträuben mochten, wir mußten einander suchen – bis in den Tod, bis auf dieses harte Bett, in allem Sturm und Sonnenschein des Daseins bis hinein in diesen Novemberabend. Das war noch stärker als er, und er hielt sich für sehr stark; ich aber kenne ihn in seiner Schwäche. Da er sich nicht anders gegen mich wehren konnte und mich überall in seinem Leben, in seinen Gedanken und Träumen und in seinem Tun fand, da er mich nicht aus seinem Eigentum an der Welt loswurde, mußte er ja allem Besitz entsagen, alles Eigentum von sich stoßen und hat – doch vergeblich den Vers dort an die Wand geschrieben! Es war ja auch nur ein törichter Knabe, der mit seinem leichtbewegten Herzen zuerst in jenen nichtigen Worten Schutz vor sich selber suchte!"

Sie wies auf die ärmlich weißgetünchte Wand, auf die letzte Spur von Velten Andres' Erdenwanderschaft; dann nahm sie das Gesicht in beide Hände und senkte das Haupt tiefer, und ein Frostschauer schien ihr über den Nacken zu laufen. Nun griff sie nach meiner Hand und drückte sie zusammen, daß sie schmerzte:

„Sprich nicht zu mir, Karl! Was könntest du mir sagen? Laß mich sprechen! Wen habe ich denn auf der ganzen weiten Erde, zu dem ich von mir reden könnte? Ich, die ich die ganze weite Erde zum Eigentum habe und nur die mit Gold gefüllte Hand hinzuhalten brauche, um meinen Willen zu haben, wie ich ihn auf dem Osterberge in mein Herz desto zorniger verschloß, weil ihr schon zuviel davon wußtet! Wäre ich doch wie andere, die sich damit trösten können und es auch tun, daß sie verkauft worden seien, daß es von Vater und Mutter her sei, wenn sie gleich wie andere auf dem Markte der Welt eine Ware gewesen sind! Aber das wäre eine Lüge, und gelogen habe ich nie, und feige bin ich auch nicht, und wenn *er* was von mir wußte, war es das. Was ich geworden bin, ist aus mir selber, nicht von meiner armen Mutter her und noch weniger von meinem Vater. In unserm Vogelsang unter unserm Osterberge war ich dieselbe, die ich jetzt war, wo ich hier lag vor diesem Bett und ihn mit meinen Armen umschlossen hielt und auf seine letzten Worte wartete. Da strich er mir mit seiner Hand noch einmal über die Stirn und lächelte: 'Du bist doch mein gutes Mädchen!' Das war auch wie in unseren Wäldern zu Hause, wo er mich mit dem Worte tausendmal zum Küssen und Kratzen, zu Tränen und zum Fußaufstampfen brachte. Was wußte eure weiche, fromme Leonie von ihm und mir? Deine liebe Frau zu Hause, in deinem lieben Hause, Karl, könnte da vielleicht noch mehr von uns wissen, denn die lebt nicht allein im Traum, sondern hat dich und ihre Kinder und nicht bloß die Geschichte ihrer Väter von vor Jahrhunderten und ihr Reich Gottes von heute. Was hatte diese Fromme, Milde, Sanfte sich zwischen mich und ihn zu drängen? Was wollte sie hier? Ich, ich, ich, die Witwe Mungo hatte allein das Recht, in diesem leeren Raum mit ihm den Kampf bis zum Ende zu ringen. Auch ihn zu begraben, hatte ich keinen von euch nötig, auch euren Herrn Leon nicht, obgleich ich mir dessen Freundlichkeit gefallen lassen habe. Was hättet ihr ihm in seine letzten Tage und Stunden hinsprechen können, was ihm den alten Glanz in seinen Augen festgehalten hätte? Lache nicht über meine greisen Haare, über das verrückte alte Frauenzimmer. Vor zwei Jahren war ich, ich, die Witwe Mungo, mit meiner Jacht von Brindisi nach Alexandrien gekommen und er als Dolmetscher auf einem Pilgerschiff durch den Suezkanal von Dscheddah, da haben wir uns auch getroffen im Hotel an der Wirtstafel. Was wißt ihr hier im Land von uns beiden? Damals hat auch er mich seine alte Nilschlange genannt – oh, ich habe seinetwegen mir ja die ganze Gelehrsamkeit von Poughkeepsie zusammentragen müssen in mein armes Hirn: sie waren auch in unserm Alter, der Mark Anton und seine ägyptische Königin. Sie waren auch alte Leute, er über die Fünfzig hinaus, sie vierzig Jahre alt, und haben doch ihren Kampf um sich kämpfen müssen bis zum Tode, bis sie beide tot waren. Sie zuletzt! Ja, auch ich lebe noch und habe noch meine ganze Herrlichkeit um mich her und sie nicht verloren wie die Ägypterin die ihrige bei Aktium. Ja, merkst du, ich habe seinetwegen Geschichte und auch Literaturgeschichte getrieben. Da ist noch ein ander Paar aus euren Büchern. Am achtzehnten Oktober achtzehnhundertdreizehn hat euer alter Goethe – nicht mehr der junge, der uns den giftigen Vers gab, den

Vers, der unser Leben vergiftet hat! – ja, was wollte ich sagen? ja, hat euer alter Goethe sein letztes schönes Gedicht gemacht – auf die Elisabeth von England, die ihrem Liebsten den Kopf abschlagen lassen mußte. Das konnte die Witwe Mungo – nein, das konnte Helene Trotzendorff nicht, wie gern sie ihm auch oft den Fuß auf das Herz, das gefühllose Herz gesetzt haben würde! Sie hat ihm nur die Hand darunterlegen dürfen – hier auf seinem Sterbebett, in seiner Todesstunde, darunterlegen müssen! Wie konnte sie anders, die Witwe Mungo, da er sie nicht erwürgt und sie auch nicht angespieen hatte – da der arme Komödiant das elendeste Gut auf dieser Erde, das leichtbewegte Herz, trotz aller Reime eurer Poeten und aller Sprüche eurer Weisen in seiner Brust hatte behalten müssen, so süß und so bitter wie ich, die arme Komödiantin, das meinige, trotzdem daß ich mit dem Vogelsang und dem Osterberg auch unser liebes fürstliches Residenzschloß im Tal und die ganze Stadt und das halbe Herzogtum aus meinen amerikanischen Eisenbahnen und Silberbergwerken kaufen könnte?! Sein weises, törichtes Haupt in meiner leeren Hand – meiner leeren, leeren, besitzlosen Hand: oh wie schade, daß du kein Versmacher bist, du guter Freund Karl, sonst solltest du über Velten Andres' und Helene Trotzendorffs Sterne, Wege und Schicksale ein Lied machen. Ob du ein Philosoph bist, weiß ich nicht; aber daß du ein kluger, guter, verständiger Mann bist, das weiß ich; und so, wenn wir jetzt, wohl auf Nimmerwiedersehen, voneinander scheiden, dann gehe heim zu deiner lieben Frau und deinen lieben Kindern und erzähle den letzteren zu ihrer Warnung von Helene Trotzendorff und Velten Andres, und wie sie frei von allem Erdeneigentum ein trübselig Ende nahmen. Schreib in recht nüchterner Prosa, wenn du es ihnen, der bessern Dauer wegen, zu Papier bringen willst, und laß sie es in deinem Nachlaß finden, in blauen Pappendeckeln, wie ich sie immer noch unter deines guten Vaters Arme sehe; und da er darauf schreiben würde: 'Zu den Akten des Vogelsangs', so kannst du das ihm zu Ehren auch tun, ehe du sie in dein Hausarchiv schiebst – ein wenig abseits von deinen eigensten Familienpapieren." – – –

Diese Blätter beweisen es, daß ich – diesmal ein wenn auch treuer, doch wunderlicher Protokollführer – nach ihrem Willen getan habe, doch abseits von meinen und der Meinigen Lebensdokumenten werden sie nicht zu liegen kommen. Die Akten des Vogelsangs bilden ein Ganzes, von dem ich und mein Haus ebensowenig zu trennen sind wie die eiserne Bettstelle bei der Frau Fechtmeisterin Feucht und die Reichtümer der armen Mistreß Mungo. Der Menschheit Dasein auf der Erde baut sich immer von neuem auf, doch nicht von dem äußersten Umkreis her, sondern stets aus der Mitte. In unserm deutschen Volke weiß man das auch eigentlich im Grunde gar nicht anders.

So habe ich wenig mehr zu der Sache beizubringen. –

„Du solltest mit mir nach Hause kommen, Helene“, sagte ich wieder, nachdem wir von unserm traurigen Sitz aufgestanden waren. „Wenigstens für einige Zeit. In meiner Frau würdest du eine liebe Freundin finden, und auch die Kinder würden dir nicht mißfallen. Laß uns nicht so, laß uns nicht hier scheiden. Komm zu uns, komm mit mir in die alte Heimat und erwarte dort den Frühling! Die Bank auf dem Osterberge steht noch, und wir sollten da noch einmal zusammen sitzen in der Abendsonne und die Wälder, die Hügel, das Tal, die Stadt und den Vogelsang auch noch einmal zu uns reden und uns raten lassen auf der wankenden Erde. Glaubst du nicht, daß sie auch dir eine andere Sprache sprechen werden als diese dunkelen Wände und der nichtige Spruch dort, dem kein Mensch weniger Folge gegeben hat als sein Verfasser?“

Sie hat den Kopf geschüttelt, die arme reiche Frau, die Witwe Mungo, wie seinerzeit Velten in seinem tür- und fensterlosen Hause im Vogelsang.

„Laß mich, bester Freund“, sagte sie. „Was sollte die Witwe Mungo bei deinen lieben Kindern und deiner guten Anna? Ich wollte dich ja auch nicht bei seinem Begräbnis haben, Karl. Frage die alte Frau da draußen, wie glücklich ich hier – jetzt – in meinem Besitz, meinem Eigentum, meinem Reichtum in der Welt gewesen bin. Was hätte die Heilige, die Französin, eure – seine Leonie ihm noch in sein totes, taubes Ohr flüstern können? Aber ich, ich habe das gekonnt, nachdem ich ihm die Augen zugedrückt hatte und ihn im Arm hielt, die Nacht durch. Ich habe ihm viel zu erzählen gehabt, wie es mir ergangen ist im Leben, seit dem Abend, an welchem er in meines Vaters Hause das Blatt aus dem Buche riß, und da hat er mir vergeben; denn weißt du, wie er jetzt gelächelt hat in seinem befriedigten Willen, das hat aus meinem wilden, albernen, kranken Hirn das Lächeln verscheucht, mit dem er mir in New York das Blatt hinhielt: Sei gefühllos! Siehst du, das – sein Gesicht, sein gutes Lachen eine Stunde nach seinem Tode, das gehört nun mir für alle Zeit, mein einziges Eigentum für alle Zeit. So mein Eigentum, daß auch niemand mit mir nur darüber reden soll, und deshalb kann ich auch mit dir nicht nach Hause gehn: die Heimat würde mir und ihm nur zu verwirrend dreinreden und mir an meinem einzigen Besitz auf Erden zerren und zupfen. Auch die Berge und Täler der Heimat würden sich nur zwischen uns, zwischen Velten Andres und Helene Trotzendorff, drängen. Ich kann sie nicht wiedersehen, und sie sollen mir sein Gesicht so lassen, wie ich vorgestern das Tuch darüber gedeckt habe." –

Da habe ich es auch ihr wie seinerzeit Velten gegenüber aufgeben müssen, die im Alltage Fremdgewordene in mein Haus einzuladen als lieben und kranken Gast; sie aber hat die Frau Fechtmeisterin Feucht geküßt und ihr weinend den Kopf auf die Schulter gelegt und geschluchzt:

„Mutter, daß du nicht mit mir kommen wirst, das weiß ich; also, sieh, damit man uns, dich und mich, nie von hier austreiben könne, habe ich dieses Haus gekauft, deines lieben Stübchens und dieser vier Wände wegen. Euer Freund, Herr Leon, ist mir auch dabei behülflich gewesen, lieber Krumhardt. Sie mögen wohnen bleiben und ihr Leben und ihre Geschäfte treiben da draußen, der Gasse zu; was kümmert uns das?! Aber hier soll niemand weiter ein Recht haben als die Frau Fechtmeisterin Feucht und Helene Trotzendorff. Ich werde wohl noch oft und weit in die Welt hinaus müssen, ihr Guten; aber wo ich auch sein mag, will ich die Sicherheit dieses meines Eigentums haben; denn nicht wahr, Mutter, du läßt mir diesen Raum und duldest nicht, daß sie die Worte da an der Wand übertünchen! Und wenn ich zu dir komme, nimmst du mich auf wie – ihn?"

„Aber Kind, ich bin neunzig Jahre alt –"

„Wenn ich nicht zu dir komme wie Velten Andres und du hast mich nötig wie er dich, so merke ich das und erfahre es, wo ich auch sein mag. Fürs erste gehe ich ja auch nicht weit von hier weg. Laß es so sein, wie ich sage!" – – –

Nun schritten wir durch die menschenvollen Gassen der Stadt, die Witwe Mungo und ich. Um uns her schienen sie wirklich noch ein anderes, heftiges, leidenschaftliches Interesse an dem Besitz und Eigentum der Erde zu nehmen. Ich weiß es in der Tat nicht, um was für ein staatliches, politisches, soziales Problem es sich unter den Leuten handelte, welche Menschenversammlung einberufen oder auseinandergetrieben worden war und über welche Frage man wieder mal nicht einig hatte werden können. Namen von Führern im Gezerr klangen um uns her – sehr berühmt für den Tag, sehr zeitungsgerecht – mit Wut, Hohn, Spott oder jubelndem Beifall ausgesprochen oder herausgeschrieen. Es handelte sich sicherlich um hohe Dinge; aber wie viele Leute gab es da in dem Gedränge, die der Witwe Mungo höflich Platz gemacht haben würden, wenn sie gewußt hätten, wer die Frau in Trauerkleidung an meinem Arm war und über welche Mittel sie verfügte, den Neid der Menschheit zu erregen und Menschen glücklich zu machen!

Sie wohnte natürlich im berühmtesten Gasthause der Stadt, und ich brachte sie bis zu dessen Tür:

„Was tun wir weiter mit der Nacht?“ fragte sie in dem Lichterglanz, inmitten der herbeieilenden Dienerschaft. „Willst du noch ein Stündchen mit heraufkommen, und sollen wir noch ein wenig von anderen Sachen plaudern? Unsere Gesandtin hat mir heute morgen geschrieben und mich dringend gebeten, den heutigen Abend bei ihr nicht zu versäumen. Willst du mich dahin begleiten? Wir werden sehr willkommen sein, und Mr. Irving, der berühmte Komödiant, ist aus London inkognito hier. Willst du den Monolog: „To be, or not to be“ von ihm hören? Der Herr wird mir einer Tournee drüben bei uns zuliebe gewiß gern den Gefallen tun.“

„Lebe wohl, Helene. Laß uns beide dazu tun, daß wir einander noch einmal wiedersehen, gefesteter in uns auf der wankenden Erde.“

„Können wir das? Ja, so lebe wohl für heute, mein Freund, und habe Dank dafür, daß du zu mir gekommen bist. Ich wußte keinen andern, den ich rufen konnte!“

So haben wir wieder Abschied voneinander genommen. Ob für immer, wer kann's sagen? Ich hätte nun noch auch diesmal Freund Leon aufsuchen können in Berlin, aber ich wußte es ja, daß ich die Schwester Leonie nicht mehr bei ihm finden würde. Es war mir wirklich unmöglich, seinem Lebensbehagen jetzt die rechte Teilnahme entgegenzubringen, seine Wera singen, seine Viktoria Klavier spielen zu hören und mit ihm den Erben der Troubadourharfe, der Albigenserlanze und des Hugenottenschwerts der Ahnen, seinen braven Friedrich, vom Kadettenhause zu Lichterfelde durch alle möglichen neuen kriegerischen Ehren der Familie bis zu dem Prädikat Exzellenz zu begleiten.

Eine schlaflose Nacht in meinem Gasthause; dann der Morgen und die Heimfahrt! „Trüber Tag. Feld“! Die Wälder, Felder, Dörfer, Städte und die Bahnhöfe mit ihrem Getreibe im triefenden Novemberregen und -nebel. Am Spätnachmittag, vom Regen und Nebel gleichfalls verhangen, der Osterberg und – ein erstes Aufatmen!

Das Haus, die Frau und die Kinder! ... Und so gegen Mitternacht am warmen Ofen, in allem Behagen Leon des Beaux', Annas Seufzer:

„Mein Gott, und sie weiß gar nichts mit ihren ungezählten Millionen anzufangen?“

„O doch! Sie hat Land und Meer um den Erdball zur Verfügung. Sie baut Paläste, Krankenhäuser, kauft Bücher, Bilder, Bildsäulen, unterstützt –“

„Aber das ist doch gar nichts! Das ändert an ihr und an der Welt nichts. Ach, ich sollte an ihrer Stelle sein!“

„Du?“ fragte ich gespannt. „Was wolltest du denn mit ihrem vielen Gelde beginnen?“

„Nun – ich habe doch meine Kinder?!“ –

Es ist ein lichtgrüner, schöner Frühlingstag, an welchem ich dieses zu Papiere bringe. Ich könnte auf dem Blatte den spätesten Nachkommen noch einmal mit hinaufnehmen auf die Bank im Sonnenschein von heute auf dem Osterberge; aber ich schließe die Akten des Vogelsangs.